U0524278

骆平——著

流年
当归

浙江文艺出版社
Zhejiang Literature & Art Publishing House

图书在版编目(CIP)数据

流年当归 / 骆平著. -- 杭州:浙江文艺出版社,
2024.9 -- ISBN 978-7-5339-7719-1

Ⅰ.I247.5

中国国家版本馆CIP数据核字第202404FW48号

图书策划　柳明晔　许龙桃
责任编辑　张　可
营销编辑　宋佳音
数字编辑　姜梦冉　诸婧琦
装帧设计　朱　琳
责任印制　吴春娟

流年当归

骆平 著

出版发行　浙江文艺出版社
地　　址　杭州市环城北路177号
邮　　编　310003
电　　话　0571-85176953（总编办）
　　　　　0571-85152727（市场部）
制　　版　浙江新华图文制作有限公司
印　　刷　浙江新华印刷技术有限公司
开　　本　880毫米×1230毫米　1/32
字　　数　204千字
印　　张　8.5
插　　页　4
版　　次　2024年9月第1版
印　　次　2024年9月第1次印刷
书　　号　ISBN 978-7-5339-7719-1
定　　价　59.80元

版权所有　侵权必究

目 录
Contents

流年当归

1	**第一章**
3	白术
9	黄芪
17	青黛
23	赤芍
33	**第二章**
35	灯心草
55	地锦草
63	车前草
70	夏枯草

79	**第三章**
81	黄栀香
93	芝兰香
103	杏仁香
108	茉莉香

115	**第四章**
117	紫苏
126	紫菀
133	紫鹃
141	紫草

149	**第五章**
151	白豆蔻
157	红豆蔻
164	草豆蔻
172	肉豆蔻

目 录

177 第六章

179 覆盆子

188 菟丝子

195 决明子

201 冬葵子

206 苍耳子

213 第七章

215 砂仁

221 杏仁

227 薏仁

235 桃仁

241 第八章

243 木蝴蝶

249 毛冬青

256 石菖蒲

263 北野菊

Chapter 1

第一章

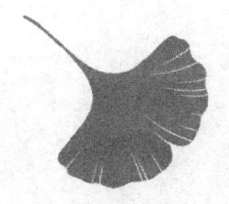

白 术

人生到了一定的阶段,节奏就会慢下来,不是"车,马,邮件都慢"的那种老态龙钟的慢法,也不是"一生只够爱一个人"的古典浪漫主义,而是从前那些慢吞吞的、不屑一顾的物象,譬如文火细煨的工夫茶、清湛微苦的中草药,乃至艾灸、足浴、盘核桃、八段锦,这些淡然徐缓、需要许许多多时间与之虚度的古风之物,不知不觉间,具有了普适性的价值,顺理成章地成了生活当中的一部分。

杜峻第一次去见许淳洵,就带了一小盒茶叶与一罐黄精膏。茶叶是一种名为流年的白茶。白茶历来有一年茶、三年药、七年宝的说法,这茶,刚刚好,三年。枣香、荷叶香、花草香之外,还有了药香。上点年纪的男人,白茶明目,黄精安神,功效介绍里面,两者都是抗氧化的。专家说了,人活得久了,跟这世界不断地产生氧化反应,就连呼吸都会生出一种叫作自由基的祸害,癌症、死亡都跟这玩意儿有关联。谁都求个延年益寿,大方向上是不会错的——如果有足够的耐心与定力,那是要活到老,抗击到老的,至于这背后的真相如何,是天理,还是人欲,皆无须在意。

在杜峻的假想里,许淳洵就是一个皮囊松弛的老男人,大肚腩、老花眼、前列腺肥大,保温杯里泡枸杞,早晚一把降脂降压药,太极拳打起来,俯卧撑也做起来。毕竟是五十多岁的年纪了,看透冷暖的老狐狸,小命最要紧。但智商情商再高,该掉的头发一根都保不住。衰老这种事，谁都没有豁免权，这跟神韵、风骨无关，也不是言志和缘情的范畴。

然而经验有时并不准确。就像这世上没有两片绝对相同的树叶，人与人之间，也是有时差的。

杜峻从急诊科的那道侧门走进医院，那是一条去往住院大楼的捷径，不用跟熙熙攘攘的门诊病人摩肩接踵。一辆鸣笛的救护车从她身边呼啸而过。她那一身时髦精的行头，燕麦色蕾丝荷叶边的衬衫、阔腿裤、尖头高跟鞋、墨镜，跟这地方简直格格不入。

这都是她精心挑选的单品，穿搭尽量往时尚风和书卷气两个方向靠，有头脑加上有品位。头一回拜见学校的大领导，态度比实力更重要，任何一个细节都不能敷衍。这一天，与过去的每一天都不太相同，它承载了杜峻预先所赋予的一些挣扎与迟疑，她在道德层面上宽恕了自己的渴望，这在过去求学、求职以及所有的对峙中，几乎是不可思议的。

许淳洵是分管人事与科研的副校长，头顶好几项国家级人才称号，光芒四射，在杜峻这种不入流的学术民工眼里，就算是位高权重了。从行政级别来看，副校长是副厅级，是省管干部，而高校的圈层自有一套逻辑自洽的造神体系，官衔不是紧要的，那是人性的部分，庸常、凡俗，在恃才自傲的知识分子眼里，恐怕不值什么。对大领导的恭谨是表面的，那是人间真实。但人才帽子散发出的是神性的力量，它的获取不仅依靠标志性论文、高级别课题的无限次堆积，更有诸如导师、门派、影响力、美誉度，甚至好运气等繁复的成分共同创构，包圆了言象意。从词源学、社会学、哲学、伦理学等多学科领域来看，这才是读书人的终极追求。所谓识心见性，这是心灵真实的部分。

此前杜峻从没见过许淳洵，校领导们她统统都不认得，她跟他们毫无交集。学校网站首页的新闻网有领导们的行迹和图片,但她从不登录,她只关心学校的财务系统和科研系统。跟大部分高校一线教师一样,杜峻日常打交道最多的是学院的教学办、党政办,学校职能部门中的计财处、科研处。申请课题、凑一堆发票去报销课题费、提交成果、申请结项、再申请、再报销、再结项,如此循环往复,一辈子就过去了。

婆婆告诉她,许淳洵差不多每天中午和夜晚都会待在病房里。婆婆帮她约了午后这个时间段。婆婆是这家医院的外科医生,但她很少在诊疗室以外的地方谈到那些开膛破肚的场景。因此,即使有了十几年的婆媳关系,杜峻对于婆婆的职业仍然近乎陌生,当她偶然听见一些器官切割的话题时,脑子里只会响起类似烤肉的吱吱声。

这就像是她对于长期栖居病房的想象。病房里的时间是折叠起来的,形而上的世界枯瘠下来。混乱的内循环,一些毒素堂而皇之地杀灭另一些毒素。身体就像一株植物,哆嗦着、委顿,或是重新生长。许淳洵经历着中午和夜晚,在一览无余的阳光与黑夜的缝隙间,凝视疾病的脉络,它们朝向不同的方向丛生,很快就有了荆棘密布的意味。她猜想许淳洵必然是衣冠楚楚地坐在病房的窗前,一边用笔记本电脑办公,一边跟护工间歇性地交谈几句,多半是关于植物、庄稼、雨水,抑或自建房的成本、家畜的利润,乃至过去的某一天,一段较为独特的田野调查,等等,要知道那些护工都来自遥远的乡村。聊天本身是毫无意义的,甚至很多情节都没有按部就班,它们以倾斜的角度插入白茫茫的病房里,又在薄薄的过氧乙酸的气息里戛然而止。不过,在如此漫长的时光中,除了零星地处理企业微信里的公务,百无聊赖地说说话,去做别的任何事情,都是难以置信的。

修建中的地铁十九号线穿过医院的中轴线,因此第二住院大楼门前被整个地圈了起来,围栏外有两棵瘦棱棱的树,一条干枯的藤蔓不依不饶地缠绕上了二楼的玻璃窗,那窗户是不透光的深黑色。医院的植物好像都骨瘦如柴,稀疏的草丛、晦暗的水池,树木又细又长,枝叶黯淡,在喧哗的风里瑟缩,甚至不太能够感受到它们的存在。

电梯不太拥挤,杜峻跟在一个推轮椅的护工身后,来到十三楼。轮椅上仔仔细细地搭着一件黑色毛衣,出电梯的时候,杜峻才发现那部轮椅上其实空无一人。

病房在走廊的尽头,太过洁净的地面仿佛被无限拉长,两旁整齐分布的房门砸下碎片似的阴影。许淳洵待在一个单人间里,科室里只有两个单人间,另一间据说也住着一个重症患者。杜峻站在门边,一眼就看到病床四周的心电监测器、呼吸机、输液仪。洗手间里传来哗啦啦的水声。杜峻迟疑了一下,敲了敲敞开的门。水声停了,传出一声暴喝:

"别再来了!"

杜峻吓一大跳,这是什么情况?

一个男人随即从洗手间里出来,左手拎着一条湿答答的毛巾,右手托着一只绒布质地的暖手袋,浅浅的粉色,表面是大耳朵兔子的造型。这人看都不看杜峻一眼,一阵风似的径直朝病床边走去,嘴里还在焦躁地嚷嚷着:

"我都说过了,不抽了!咱不抽了还不行吗?我来给主治医生讲,我签字,我负责,没人找你们麻烦!"

这是一个瘦削而又结实的男人,刀片脸、紧皱的眉头,宽松的棉布T恤与工装短裤,胸前尽是斑驳的污渍和水渍,裸露的手臂肌肉紧实,头发多且乱,光脚穿一双塑料拖鞋,行止显得敏捷、有力。他背对杜峻,弯下腰去,小心翼翼地抬起病人的左腿,将热水袋放进去,再用一只靠垫撑住。毛巾是用来给病人擦手的,避开输液通道,每一根手指都轻轻地擦拭过了。整套动作一气呵成。

这是一个出色的护工。杜峻模糊地想着,但紧接着心里就冒出一个巨大的疑问,许淳洄怎么会为妻子雇用一名男护工呢?

住院的是许淳洄的妻子。严重的脑出血,大大小小的手术做了七八次,捡回一条命,目前的状态接近植物人,而且已经持续两年多。她沉默地躺在那里,既是身体的全部,也是她自己的影子。

"请问一下,"杜峻硬着头皮问道,"许校长这会儿没在吗?"

这男人闻言霍地转过身来:"你是杜峻?"他深吸了一口气。

杜峻比他还要惊讶,这就是许淳洄本尊?简直颠覆杜峻的认知。这男人横看竖看,哪哪都不像大学副校长,没戴眼镜就罢了,他那种强健又迅捷的身手,没有他那个年纪通常会有的松懈的状态,他身上有着强烈蓬勃的生命力。哪里像成天坐在会议室、办公室、实验室里的人呢?

许淳洄苦笑着摇摇头:"我还以为是抽血的护士,来了两拨都没抽出来。"说着他腾出左手,在衣摆上随意一擦,跟杜峻松松地握了握手。杜峻立即被沾了一手的水。

"你坐。"他潦草地指指椅子,转身接着料理病人。越过他的肩膀,杜峻发觉他在更换护理垫。轻微的异味奔涌而出,像是波浪形的,层层叠叠地在室内弥散开来。

"许校长,要我帮忙吗?"杜峻本能地站起身,问道。

"不用不用。"许淳洄急忙摆手。"她的皮肤已经很脆薄,"他那种烦躁的语气又出来了,"看看,看看,到处都扎了个遍,全身的血管都淤青了。"

杜峻想破头都没想到许淳洵并不是抽象地坐在病房里喝茶聊天看电脑,人家是一把屎一把尿地亲自护理病人,那些人体排泄物,汗液以及粪便,既不美丽,也不崇高,事先就已经将料理者沉沉压在一堆崩塌的废墟底下,像钉在十字架上,或是躺在五指山下,动弹不得。这显然是许淳洵自身的选择,他离开光明温暖的一面,心甘情愿地被裹挟进一种模棱两可的状态之中。这是为什么呢?他老婆是高官二代?娘家有矿?还是神仙颜值,病了都是睡美人范儿?没等她胡思乱想下去,许淳洵开口道:

"护工一个个笨手笨脚的,净会吹牛,夸自己专业,结果没一个像样的,我但凡有点空,就打发她们一边儿歇着去,我自己来弄。"

他三两下把换下来的护理垫卷成一团,扔进垃圾袋,再用湿纸巾轻柔擦拭,完了细心地调整了一下氧气面罩的绷带,回过头来,招呼杜峻:

"来,我瞧一眼你的材料。"

室内只有一把单薄的白铁椅子。杜峻永远记得那个时刻,她规规矩矩地坐在椅子上,许淳洵站在她身前,翻看她打印出来的职称材料,不时问她几个问题。即使是提问的时候,他也没有朝她看,而她则小心地仰起头,观察着他的反应,等待从他的嘴唇里吐露出来的评价,赞美,或是贬斥。无论他说什么,她都决定信以为真,就像一个虔诚的信徒。

很久以后,她才意识到,那是一个弥足珍贵的时刻,从那时开始,她的人生被劈成了两半,它们并不连贯,一半在孤独的暗影里,一半在微蓝温暖的光影中——那是一道来自上方的光芒,穿过天花板、车顶,或是别的停留在她世界里的阻隔,悄无声息地,将她轻轻簇拥起来。

黄　芪

指尖密密实实地滑过肩胛,像极了浮潜时的感受。手臂变成了翅膀,在水中飞翔。诡异的海水摇摇晃晃、铺天盖地地撞击过来,快速变幻的斑驳光影、蓝得发黑的深海、闪着暗光的珊瑚与纷繁的海洋生物,一切都令人眩晕,同时还伴随着恍惚的失重感和轻微的耳膜刺痛。

渐渐地,水流的冲击消失了,身体变得轻盈,充满戒备的筋骨在手指皮肤柔和的触感与指骨虽微小但精粹的劲道下,一点一点地打开,宛如性爱时拼命绽放的器官,柔软而蓬松,像是朝着四面八方肆意张开的花瓣。

杜峻面孔朝下,闭着眼睛,趴在窄窄的理疗床上,仿佛慵懒地漂浮在海洋深处,整个世界只剩下单调的水泡声,时间凝定,观念消失,没有叙事,没有隐喻,这世间空无一物。

不知过了多久,手指的节奏由疾转缓,由重而轻。潮水慢慢退去,荡漾的海洋植物和斑斓的海鱼也徐徐消失,清晰的呼吸声越来越遥远。杜峻睁开双眼,像是从安静的海底回到了海平面,阳光刺目,窗外的操场传来一阵阵哨声和一些嘈杂散乱的跑步声。

理疗师将铺在杜峻身上的毛巾向上拉了拉,遮住裸露的脊背。杜峻不想动弹,恋恋不舍地打了个呵欠。

"最近颈椎的症状好些了吧?"理疗师稍稍收拾一下按摩用到的药膏以及桑枝棒、小锤,"状态不像前些天那么僵硬了。"

"没那么强的对抗性了？"杜峻开玩笑道。

"放松了很多。"理疗师一本正经道。

校医院的几个理疗师，杜峻都试过，有的卡顿，有的缺乏均匀的劲力，像电量不足的灯泡，时明时暗。这一位态度最冷漠，说什么都是淡淡的，从来不见笑容。但她的手法无疑是最棒的，重而不滞，轻而不浮，收放自如。杜峻都是固定约她的钟点。

理疗这种事，医师的手艺很重要，懂的都懂。不少行家专程冲着这位理疗师过来。人越多，她脸上的厌倦就越明显。上班时她是一成不变的白衣白口罩白鞋，呆板的扁框眼镜，个子小小的，人很瘦，好像一阵大风就能刮走，或是一眨眼就能藏进地底下。谁要是跟她搭讪，问点什么，她是连敷衍都懒得敷衍，假装听不见，一律不回答。她的诊室里总是安静得不可思议。

杜峻在偶然间听说她是针灸学的博士，从一家三甲医院的康复科调到校医院工作，这多少有点纡尊降贵的意思。她冷冷倦倦的样子，杜峻起初理解成怀才不遇的那种矜持和忧郁，后来才知道，人家的工作愿景就一个字，混。不图钱，不图利，不图职称，不图晋升，有事业单位的编制保底，有社保医保，足矣。最好能够任性地迟到早退翘班，主责主业是带娃。那些慕名而来找她做理疗的，都是累赘。人家本意是来找个旮旯躺平，这些凭空冒出来的脑残粉非得硬生生把她扶起来。

杜峻就是其中之一。

跟其他粉丝不同的是，杜峻很快就成为这里的超级VIP，跟理疗师相互加了微信，隔几天就来一次，做完还会聊一会儿天，时不时地还在微信里聊几句。只因她们都是三孩妈妈。三孩妈妈跟独生子女妈妈、二孩妈妈的哺育体验又有着细微琐碎的差异，这种差异往往在日常生活中被遮蔽和瓦解,得不到足够的指涉与尊重,而此间同好并不多,通常是生到第二个就打住了,又不是家里有皇位,非得弄出个九子夺嫡的动静来。理疗师遇见杜峻,就像是在伸手不见五指的深山老林里一个人走了很长很长的夜路,在沟渠、水洼里已经摔得七荤八素,忽然之间,月亮升起来,星星也出来了,清清楚楚地照见脚下的陷阱。

杜峻就是那月影星光,她把理疗师从孤单中拯救了出来。她陪她说起三个孩子,理疗师从僵尸般的死寂中活过来,然而活着似乎更痛苦——她总是处在迷惘、愤怒、焦虑与无助中,跟婆家闹翻了,娘家不给力,老公是外资药企的销售主管,一年有大半年在出差中,她是典型的"丧偶式"育儿,一个人生生熬着。

理疗师生的是龙凤三胞胎,一次性生下来,早产,低体重,有各种并发症。三个孩子在医院的保温箱里足足住了两个月,前两年极其难带,婴幼儿高发病一个不落地得了一遍,好不容易熬到进了小学,偏偏三个崽子是异卵三胞胎,性情样貌大不同,软肋弱点也花样百出。大崽学拼音逼死老娘,二崽一个学期都学不会写自己的名字,三崽学习倒还顺利,但这家伙脑子麻溜,反应比别人快半拍,自己听懂了就坐不住,扯人头发、做鬼脸,闹得课堂鸡犬不宁。理疗师踩过的坑,杜峻都不陌生,她有的是锦囊妙计,逢山开路、遇水搭桥、见招拆招——当然,有时其实是无招胜有招。毕竟杜峻是分了三次,生了三个娃。三个都是儿子,一件"小棉袄"都没有。杜峻都能强悍结实地一天天过下去,理疗师还有什么过不去的坎儿呢?于是,两个三孩妈妈达成了一种细微但闪光的关系:杜峻给理疗师提供情绪价值,理疗师给她提供健康价值。

当下两人还交换了一遍小玩意儿,理疗师从包里拿出两瓶叶黄素压片糖果,杜峻家二宝近视,理疗师特地推荐给她。杜峻带来一套古文绘本，是大宝用过的，理疗师的三个娃小学二年级，到了古文启蒙的阶段。

"失眠了？"理疗师发觉了杜峻的黑眼圈。

杜峻穿好外衣，用粉拍补了补妆，老老实实地说：

"是。"

她并没有解释。理疗师也不追问，两个妈妈在家务以外的交流近似于零。

杜峻没有告诉理疗师，这是一个大日子。职称评审进行到了第二个关口，学科组差额。这是全部环节当中最激烈的一关，真枪实弹，尸横遍野。杜峻在职场上并不是一个一往无前的女战士，但架不住高校评价体系中的视觉秩序，从助教到讲师到副教授，再到教授，这是高校教师的职场西天取经之路，一路升级打怪，历经九九八十一难，有人在半道上爆胎了，有人误入盘丝洞，只有少数取到真经，再继续上下求索，从四级教授到三级教授再到二级教授。生命有止境，奋斗无止境。

前一晚杜峻失眠了，她的终极目标就是评上教授。理想唾手可得，像挂在骡子眼前的胡萝卜，好像一张嘴就吃到了，又好像始终差着那么一点儿距离，就像薛定谔的猫，在吃到与没吃到之间痛苦煎熬。

翻来覆去到了半夜两点，杜峻索性坐起来，拉过一个靠垫，追一部网络科幻小说，更新的部分读完了，又全部从头看一次。看完天也差不多亮了，这一整天都没课，她还是到学校来，先去校医院的理疗室里安安静静待一会儿。

学院分到了三个正高名额，六人参评，百分之五十的淘汰率，杜峻是六人之一。当然，副高更惨烈，八个人竞争两个名额。评审惯例是，评委们先议定规则，一般都会同意无限次多轮投票，直至投出晋级人选,目标是不浪费指标。接着就分别看评审材料,鸡蛋里挑骨头,骨头不论大小、软硬、真伪,一旦被挑出来,就得红牌罚下场,算是自然减员。剩下的选手继续血战到底。

职称评审像是一场路演,没有隐秘,就连会前评审组组长宣读的保密要求,都被传播了一遍。仿佛全学院的老师们都在评审现场,谁谁说了什么,谁谁什么表情,一样不落。杜峻从校医院出来,微信里好几条未读信息,有语音有文字,同事兼闺密范漫卷给她现场直播。

评委们的手机是统一收走了,但会议室里还有工作秘书,有记录员,有学院党委书记和兼任纪委书记的党委副书记列席,党政办主任与行政秘书穿插进去斟茶送水。谁都有可能往外透露消息。

评委一共是九名,按照校外专家三分之二的组成原则,校内三名,校外六名。校内出场的评委是院长、副院长加学术委员会主任,校外评委则是清一色的老先生。老人家们权威、审慎,但絮叨,随身携带保温杯,泡着浓茶,茶水浸润下去,五脏六腑都舒展开来,精气神也上来了,轮流使着近视与老花眼镜,俯身细看厚厚一大摞材料,看一会儿,质疑几句,或是从任何一篇论文生发开来,谈一谈该领域的最新研究成果,需要评审组组长也就是学院院长随时把这些老专家的思路从四面八方给拽回来。

投票前的名额分配倒是没费太大周章,大致按照学科归属与专业方向来。意料之中的是,杜峻和柴小蛮PK一个名额。正高的另外两个名额归属,意见比较统一,到杜峻和柴小蛮这里就卡住了。六名校外评委各抒己见,三名站杜峻,三名挺柴小蛮,一半对一半。范漫卷得到的最新消息是,校内的评委们都还没有吱声。

杜峻和柴小蛮的支撑材料不分伯仲,杜峻横向课题到账经费突出,柴小蛮指导的硕士生先后两次毕业论文获省级优秀。孰优孰劣,难见端倪。老先生们的论争甚至上升到评职称是评科研先进,还是导向育人实效的重大命题。两者都政治正确。眼看越扯越远,院长提议休会茶歇。

三对三,平手。杜峻禁不住一阵心惊肉跳,赶紧告诉自己淡定淡定淡定。院长是评审组组长,院长的意见很关键。那天在病房里,许淳洵当着她的面给院长打了一个电话。许淳洵的原话是:

"学科组的会开了吗?没开是吧?杜峻的材料我大概浏览了一下,还是不错的。"

关于杜峻的部分,就这么多,接下来许淳洵跟院长说了一会儿本年度重大课题申报的孵化工作。事后杜峻一个字一个字地反复琢磨着许淳洵的那几个短句,得出一个结论,人家领导果然是领导,像不像的,那是另外一回事,不是非得一身松垮垮的肥肉或是骨瘦如柴、目露精光,那才是领导的范儿。许淳洵的外形跟路人甲似的,还透着跟年纪不相符的结实与矫捷,但一开口就不一样了,貌似惜字如金,没有定论,又一副淡然如水的态度,但该表达的都表达到了,分寸、技巧、火候拿捏得滴水不漏,话术掌控到了炉火纯青的地步。

杜峻的职称,许淳洵不过是与院长在电话里蜻蜓点水似的交流了一下,效果他显然是有数的,他有那个把握。而茶歇过后的下半段会议,反馈也及时到来。无论结局如何,院长的态度泾渭分明。院长强调了横向课题的重要性,院长说,社会服务是高校四大职能之一,不可偏废。此其一。其二,如今学校各类评价均偏重理论研究,但杜峻所在的电影学并不是传统的基础学科,它本身就是建立在实践维度之上,互证与互释均出自公共视角,具有共同的现实感,不可分裂,杜峻很好地糅

第一章

合了理论教育的观念滞后与产业前沿的技术发端。

从范漫卷的转述中，杜峻意识到，院长正在建立起一种既出自公正立场，又绝对有利于杜峻的价值体系。院长将职称评审置身于"我们"的场域之中，不是简单地说服、动员甚或教化，而是进行平等对话，这让那几位支持柴小蛮的老人家比较容易接受"诸神隐退"的现实场景，而不至于跟院长展开一场愤世嫉俗的抨击与探讨。杜峻由此得出了两个显而易见的结论：第一，院长买了许淳洵的账。两人之间行政级别的差异并不是导致这种行为产生的必然条件，在高校校院两级管理范式中，院长通常有着不同于常规下属的职场姿态，挑衅与冒犯是时有发生的，校领导的话语并不具有天然的神圣性。第二，在杜峻与柴小蛮的战斗中，表明自身立场和观点这一过程，院长采用了极其圆融的方式——她是一个睿智的人。

电影学院成立不到十周年，中青年教师居多，学历普遍偏高，院长本人是女博士，海归，本科就读于国内C9高校，硕士博士在欧洲读完，是华语电影圈内知名的学者加编剧——学术成就大于创作名气。她编剧的电影先后有两部进过院线，可惜都不幸沦为院线一日游。院长通体散发出不食人间烟火的艺术气息，偏偏她又喜欢穿那种丝质的袍子，有些是轻纱，有些镶羽毛，看起来仙气缥缈。她有一个在德国上大学的女儿，但没老公，也未曾听闻过有前夫，那孩子貌似是从石头缝儿里蹦出来的，或是单性繁殖的产物。自有各路大婶加大神四面出击地打听了一番，然而她身边真是连男人的影子都没有，清冷得密不透风，纵然她年纪只不过比杜峻大了五六岁，相貌又很过得去，秀气而纤弱，却真就是无缝的蛋，一只苍蝇都没有。院长是学院这些女老师的职业天花板，有颜有钱——没有编剧的活，她就给人做剧本策划、文学统筹，手头又有国家社科基金重点项目,收入是不低的。

院长的态度出来以后,评审的战线就泾渭分明了。除了范漫卷,杜峻还收到了好几条祝贺信息,俨然已成胜利者。这是杜峻第三年申报教授了,第一年论文外审没过,评审开始前就倒下了。第二年遇到有两项国家课题的勇猛对手,不战而败。

今年,是她距离教授最近的一次。

青　黛

学院的教职工大会安排在星期五下午，间周一次。杜峻跟范漫卷坐在一块儿。范漫卷悄悄告诉杜峻，《电影理论》的新任副主编，是柴小蛮博导的硕士同门师妹的老公本科时期睡上下铺的同学。这么复杂的渊源，杜峻在脑子里捋了半天都没整明白，一团乱麻。不过她什么都没问，在这件事上，任何人都可以是主动的观念生产者和灌输者，杜峻只能是被动的需求者与接受者。

"果然有亲缘关系，辈分上长着整整两辈儿呢，那也下得去嘴。"范漫卷靠近杜峻，慢吞吞地说。中午教工食堂有一道孜然烤羊排，一股浓郁的洋葱味儿扑面而来。杜峻使劲忍住了掏出口香糖递给范漫卷的冲动，那挺得罪人的。她瞥见端端正正坐主席台上的柴小蛮，人家戴着黑色口罩，遮了大半张脸。中午她们仨在食堂坐一桌，柴小蛮也吃羊排了。杜峻对牛肉羊肉过敏，没敢碰。

党内的主题教育全面铺开以后，学院的教职工大会增加了一个环节，博士党员教师讲党课。这回轮到了柴小蛮。柴小蛮认真做了PPT，一板一眼地讲红色电影里的革命叙事，她选择了党史中涉及江河湖泊的意象，从浙江嘉兴的南湖，到湘江、金沙江、大渡河，再到核潜艇直下几百米的深海、军舰集结的亚丁湾，PPT上的图片每一张都有滔天巨浪，气势无比磅礴，像是要蔓延到屏幕外面来了。柴小蛮的声线清脆婉转，流畅自如地一径说下去，讲课戴口罩还不带喘的，杜峻也是服了柴小蛮的肺功能。她无端端地想起《瓦尔登湖》里写到的那一段，大洪水之后，人类的祖先杜卡里翁和匹娜从头顶往后丢石头，人类就此诞生。那段描述引用了一句韵律诗：从此，人变成铁石心肠，任劳任怨，证明我们的身体，本是岩石结构。

柴小蛮这个人，一直给杜峻一种坚硬的感觉，尽管她媚眼如丝，假睫毛底下戴着美瞳的双眼闪闪有光——那也是陨石的反光。石头本身是没有光的。

范漫卷提到的《电影理论》，是一本 CSSCI 来源期刊，在学校的科研评价系统里面认的是 A 类刊物，发表一篇文章计科研分值 20 分，绩效奖励是两万元。柴小蛮拿到了一份用稿通知，附上文章清样，证明将在下一期见刊。

杜峻胜券在握的教授职称，就栽在这篇用稿通知上。学科组评审阶段的剧情反转，令她始料未及，眼看就要到手的教授职称，就像煮了个半熟的鸭子，居然抖抖擞擞地振翅飞走了。

按照职称评审规则，未刊发的文章是不予认定的，柴小蛮确实也没有填报在职称申报表格里。但在贴身肉搏的关键时刻，当院长适时表明了立场，柴小蛮便在此时闯进了评审现场。评审地点就在学院的会议室，柴小蛮捧着快递刚刚送到的用稿通知和清样，在众目睽睽之下，推开门，走了进去。

柴小蛮这种行为是规范的还是违规操作，无人质疑。但后半场的情形确实急转直下，会场只剩下先前支持柴小蛮的那三位评委的声音。

评委甲说，这种级别的刊物，柴小蛮的选题又很契合当下的文化战略总体规划，很容易被《新华文摘》之类的大刊摘录、转载，一旦转载了，够评两遍教授的。

第一章

评委乙说，话说高校教师的论文就像后宫妃嫔的子嗣，属于安身立命的必需品，这种分量的文章，约等于生下了皇太子。

评委丙说，肯定应该是柴小蛮上。

柴小蛮完胜杜峻。消息传出来，杜峻不是没有过挣扎的念头，可还能怎么样？柴小蛮从天而降一份代表作，打乱了所有的节奏，当场实名投票，柴小蛮全票过。这种时候，她再去找许淳洵，那就是不懂事了。

那份用稿通知成为整桩事故中最意外的线索，焦点是，现在哪还有杂志开这个后门？柴小蛮就有本事拿到手。这得多大的面子、多大的人情！人家凭什么这样不遗余力地帮她？这后面的猜测就可以演绎出好大一部"事实的历史"与"叙述的历史"来，后者显然牵涉到了历史观，可以不去评价善与恶，但必须要对"正义"和"非正义"做出判断。在这样的背景之下，告状信以批判现实主义的嘴脸出现了。

学科组评审结束，紧接着是学校评委会评审，全部程序走完没两天，有人先往学校党委教师工作部寄了一封匿名信，控诉柴小蛮以非正常渠道获取学术利益。教师工作部的一位科长打电话给学院领导，问了问情况，此事也就不了了之。寄信的人锲而不舍，往学校纪委又寄了一封，纪委的调查程序增加了一道，找柴小蛮本人初步核实情况，柴小蛮写了一份情况说明，就算结案了。告状的人还不撒手，同样的内容直接复制粘贴，写了一百来封信，普寄给全校的头头脑脑们，学院党政班子成员更是人手一封。这事儿一下子就传得尽人皆知。匿名信的核心内容直指柴小蛮的那篇论文，被指控犯有学术不端、师德失范、权色交易三宗罪。

"这雷锋要是早点儿出手就好了，把猫腻查查清楚，不能让老实人吃亏的。"范漫卷说得有鼻子有眼的。杜峻是她口中吃了亏的老实人。

杜峻没什么表情。她必须置身事外。她倒不是范漫卷为之愤愤不平的那种被挤对的老实人,这压根儿就不是老实不老实,这是"道"和"术"的问题。柴小蛮这一招算是险棋,用与不用、怎么用、用的时机,每一步都考究,每一步都不能出错,从战略上来讲,就连柴小蛮闯入会场的分秒都掐得不早不晚,早了,等于跑风漏气,给了对手另辟蹊径、迎头反击的时机,晚了,则一切尘埃落定,没有翻盘的机会。柴小蛮的技艺可圈可点,足以进入兵法实操手册。在这一点上,她比杜峻强多了,当杜峻还陷在传统的思路里,人家柴小蛮已经剑走偏锋,可谓有道有术,道术相长。

杜峻不断听到匿名信全文的若干版本,范漫卷带来的最新讯息只是其一。当然,汇总起来,不过男女那点破事儿,诸如论文是柴小蛮的男性博导/硕导/进修访学导师亲自代写的,是柴小蛮的师叔/师兄/师弟给开的用稿通知单,编辑部为了柴小蛮评职称,紧急撤掉了最新一期版面上的另一篇学术大佬的文章,事先柴小蛮求得了大佬的谅解。当然大佬也是男的。反正都跟男人有关,是男人帮忙没跑。雄性动物是柴小蛮的枪手,多重功能,全方位发射。

柴小蛮单身,车子里随时放一套工装,进课堂换西装长裤,除此以外一年四季都走清凉路线,大冬天穿超短裙,不惜冻得鼻涕长流,太古里街拍的那位"石油姐"的裹身裙,人家早有同款,就差个拎包牵手的老Baby。柴小蛮是妥妥的高龄、高学历、高职称、高度美颜——医美弄得就差把零件给换一遍。这种女性,天生就是给人制造话柄的,不传点儿啥都对不起她那种往死里折腾的劲儿。

范漫卷说的刊物副主编是最新冒出来的说法,还有人说刊物主编的上级——一个行政机构的主管,被柴小蛮给拿下了。传闻里面,柴小

第一章

蛮在一次学术会议的茶歇期间,端着咖啡,跟这男领导插空进入会务组的房间,偏偏有工作人员在洗手间里方便,隔墙听见了外头的动静——怎样的动静倒也没具体演绎,只形容说是柴小蛮都快把对方给生吞活剥了。柴小蛮这是有多饥渴?抑或男方有多抗拒?那位行政领导是学者,学院不少人在学术活动中见过,一个干瘦单薄的小老头。柴小蛮身高一米七,虽然长期轻断食,但骨架子搁在那儿,还爱穿高跟鞋,那种力拔山兮气盖世的体格,谁都能想象可怜的小老头会是什么样的情形。这段绯闻仍然是范漫卷带给杜峻的。范漫卷这人简直毫无新闻操守可言,一会儿说是主编的主管,一会儿说是副主编,她的八卦经常会前后冲突、自相矛盾。

这几天学院同事见面,说不上两句别的,就会心照不宣地绕到这桩是非上来,先是隐晦的、含蓄的、遮遮掩掩的,没几句就放开了,说的跟听的都无比兴奋。没人意识到,由中庸、适度跟和谐所构成的学院派伪善正在烟消云散,伦理学意义上的"善"被现象学中的"真"取代,这里的"真"不是事实的存在,而是满足内心的真实需求,这种满足是极其罕见的,完全具备了高贵与不朽的先决条件。在这场"求真循理"的狂欢中,不仅柴小蛮的一堆陈年老醋般的传闻被翻出来继续发酵,就连她那八十多岁的硕士生导师在庆祝大寿当日,顺嘴叫了她一声"小乖乖"都给扒拉了出来。这还了得!此处怎么可能没有一部如烽火戏诸侯一般跌宕起伏、腐败落魄的大故事?大家一通乱七八糟地解读,全然不顾老头在寿辰后不久就脑梗偏瘫,连话都说不利索了。

作为职称火拼的当事者,杜峻很克制,与柴小蛮相关的话题,她都不接茬。要是话赶话地逼到了死胡同里,不过是不咸不淡地说些打铁还需自身硬,这几年自己荒疏了做正统学问之类的谦辞。职称落败,都是她杜峻的错,杜峻惹的祸,跟月亮没关系,跟谁都没关系。但是,那封匿名信,据说三次提到了香港电影,还以一部港片里的人物原型为例,形容柴小蛮道德败坏。那部影片和那个人物,是杜峻一篇论文的研究对象。最近几年,为了评职称,杜峻发表了好几篇高级别学术论文,研究面向都是围绕香港电影展开的。因此,这封信的"真实"性呈现出了两种不同维度的意图,一个是表面罗列罪证的"真实",另一个则是"真实"地展现告密者的创作风格。如此一来,要说匿名信不是杜峻写的,连她自己都不能够相信了。她简直啼笑皆非,难不成是遭遇了量子纠缠?在两个空间重叠的刹那,做梦似的写了信,梦游似的寄出去,醒过来就全忘了?毫无疑问,这封信的动机藏得很深,它声势浩大地直指柴小蛮,实则为幻想提供了丰腴的土壤,土质肥沃得足以把杜峻整个儿地埋了。那么,究竟是谁干的?又为何想要一箭双雕?纵然杜峻从高中时期就喜欢追网络悬疑作品,面对这种动机不明的高手,也还是毫无头绪。更糟的是,这件事,她无人可诉,总不至于约上柴小蛮,两个人跟小学生似的,一起认认真真做一份思维导图,一块儿按图索骥地破案吧!

赤 芍

杜峻跟范漫卷、柴小蛮均属于戏剧影视文学教研室,三人同一年博士毕业,来到学院工作,一向形影不离,开会吃饭都凑一块儿。职称评审闹成这样,杜峻与柴小蛮默契地继续展现亲闺密的做派,三个人还是成群结队——至少表面如此。杜峻和柴小蛮都当作什么也没发生过。

其实这三个女人的CP组合历来就是不稳定的,分分合合,看得惯看不惯的,都在谈笑间灰飞烟灭,所有的情分与信任,也就是彼此做个饭搭子,校园里遛遛弯,微信里头说说八卦、聊聊天、骂一骂培养质量每况愈下的学生、痛痛快快地吐槽吐槽学校的各种考核规章罢了。支撑这份塑料姐妹情的,是她们的真性情。她们都不会假扮柔弱与无辜,尽管她们气质迥异——杜峻优雅,范漫卷女汉子风,柴小蛮妖娆,但毕竟女博士又不是女神仙,得从社会向度、学术向度、性别向度三重话语框架下客观审视。

前些天职称评审走到最后关头,柴小蛮参加完答辩,只等校评委会投票通过。校评委会就是走一个流程而已,没有必然的差额,但柴小蛮还是郑重其事地拜托了杜峻,请杜峻嘱托娃他爸出个面。杜峻的前夫向善是学校文学院的副院长,向善的顶头上司、文学院院长是校评委会成员之一。

"姐,您就是我亲姐,妹妹心里记着您的恩情,往后姐有啥事儿,说一声,妹妹保证两肋插刀,赴汤蹈火,在所不辞——姐,您说这事儿已经成了一大半儿,要是在校评委会栽了跟头,姐岂不是白疼我一场了吗?"柴小蛮一番话说得入情入理,既有温度,又有深度,临到头来,请求杜峻派娃他爸出马托个人情,好像还不是为了柴小蛮本人,而是为了成全杜峻自己的名声——所谓帮人帮到底,送佛送到西的意思。

柴小蛮是哈尔滨姑娘,跟成都女孩讲话的风格不太一样,但话里的小心机有过之而无不及。就连一再发誓不蹚浑水的杜峻那天都没憋住,转头就跟范漫卷说了这个细节。

"这丫头就这德行,你还不了解?能把死的说成活的,几句话就把人给绕进去了,这就让你不好意思背地里搞点儿啥了,对吧?"范漫卷感同身受。

范漫卷给予杜峻的感受是,她喜欢杜峻,不那么喜欢柴小蛮。在对柴小蛮的看法上,杜峻有同感。这不是简单的个人嗜好,是一切遵循公序良俗的女性对柴小蛮这种怀揣祸害社会无知男青年动机的未婚大龄女博士的道德评判,伦理意义大于审美意义,具备好奇与谴责的双调性。柴小蛮是一个不吝惜甜言蜜语的女人,不仅是对她的猎物,她对谁的前缀都是亲爱的:亲爱的院长,亲爱的书记,亲爱的姐们儿,亲爱的帅哥,亲爱的同学们。如果对方是女性,她还会直接用肢体语言来表现情感,牵手、搭肩、拥抱。这些,杜峻和范漫卷无疑是鄙夷的,她俩都有曲高和寡的女博士范儿。当然,人的宽容与狭隘都有多面性,譬如杜峻与柴小蛮在关于范漫卷不修边幅这一点上很容易达成一致,她们不约而同地嘲笑范漫卷内心强大,因为她穿成什么屌丝样儿都敢出门上讲台,这是表扬,还是批评呢?反正范漫卷是当成了表扬,随便她们怎么取笑,她自岿然不动。杜峻和柴小蛮起先还赞助她睫毛膏、口红、丝巾什么的,后来也就放弃了,原因是她根本就置之不理。范漫卷只有休闲

第一章

服、运动鞋,装修面孔的工具仅仅是一盒粉饼,也不打底,那脸刷得跟大白墙似的,瘆人。范漫卷有一个不可思议的习惯,当她专注于写一篇论文的时候,从动笔那一天,便不会再洗澡洗头,非得等结束时,再酣畅淋漓地清洗一番。这是一个怪癖,当她萎靡不振,脸色和头发都脏兮兮的时候,杜峻和柴小蛮就知道,她的思想正处在一种至高无上的境界之中。她们丝毫不羡慕她的全神贯注,杜峻是那种无论进考场,还是进产房,都要化个妆的女人,柴小蛮就更是连睡觉都要贴眼膜、唇膜这些。再譬如范漫卷与柴小蛮对杜峻的所谓健康养生习惯嗤之以鼻,杜峻不喝奶茶,不吃烧烤,不沾咸菜和腌腊制品,她在车里放着一只焖壶,里面永远焖着一壶养生茶,当归打底,党参、黄芪、桂圆、红枣、枸杞依照季候轮番上阵,上课的时候她就喝那个。别的饮料,她能够接受的只有咖啡和茶,绿茶还被排斥在外。这种清心寡欲的坚守,在范漫卷和柴小蛮看来就是一种丧心病狂的自虐,所谓物极必反,活成老妖精又如何?一句话,没劲。

　　三个人里头,范漫卷率先实现了从"研究什么"到"如何研究"的飞跃,相对杜峻和柴小蛮尚在形式、技法中苦苦摸索、拾人牙慧,她俨然已是青年才俊,杜峻和柴小蛮难以望其项背。范漫卷一到学院就拿下了国家社科基金的青年项目,同年还拿了个国家艺术基金的个人项目,三十四岁就破格晋升了教授,现在是国内南非电影研究领域仅有的两位专家之一,另一位专家在上海。她与杜峻和柴小蛮操心的内容不在一个层面上,在这里,她们之间的"述"和"见"绝对是分离的,各自的表意功能在可见性和可述性之间,根本不存在一致性,既没有因果关联,也没有象征性。就像评职称这种一年更比一年卷的激烈争斗,范漫卷是居高临下地俯瞰,不负责任地点评,她的焦虑是,如何申报国家社科基金重大项目。在杜峻和柴小蛮这里,就属于"你只是失去了一条腿,她却失去了她的爱情"的那种凡尔赛式的烦恼。

杜峻不相信柴小蛮没有别的途径去找校评委会成员,也不认为文学院院长这一票就能定她的生死。但求人是一个技术活,并且暗含着某种请求或是警告:不管柴小蛮是因为什么原因评上了,实力也好,运气也罢,她都给杜峻记下了一分情——还不是顺水推舟、水到渠成的情,是有难度有挑战的,毕竟她央求杜峻去托付的,是杜峻的前夫。不管杜峻有没有当真,柴小蛮都赢了。这就是柴小蛮处世的理路,蕴含着关于真假、得失的认识论逻辑——对手连话都说到这份上了,杜峻要是个正常人,就不会去背后捅刀作乱了。

这就是知识分子的江湖,并非陷阱密布,也没有悬崖险峰,而是一处布满沼泽的池塘,不透明的水流下,潜隐着深玄的佛禅义理——那禅意、佛理,都是私密的、主观的、自我的。极少有明面上的、撕破脸皮的过招,都是澄静的、生动的、含蓄的,但嗖的一声,不知从哪里就飞出来一支暗箭,射手与伤者却还保留着一脸温润如玉的笑容,就像是没人出过手,没人流过血。每年的职称评审,或是干部提拔,或是别的事关利益纷争的事儿,实名举报一个都没有,匿名信却从不缺席,这简直成了学校的一种生态。

杜峻以前倒是距离这些钩心斗角的阴招很远,没想到职称没评上,够倒霉的了,还会被擦剐,羊肉没吃着,还沾了一身骚。循着这封信,可以细化出两个判断:一是并非有真凭实据要拉柴小蛮下马,纯粹就想恶心一下她。因为信件出现在公示期结束以后,职称聘任的正式文件都下发了,都板上钉钉了。这行为起到的约等于是氛围组的作用。二是释清背后黑手,须得上升到理性与致知的高度,表面是搅浑水,野心其

第一章

实不在柴小蛮,而是杜峻,或者说是一石二鸟。杜峻是首当其冲的嫌疑人。她跟柴小蛮的职称利益直接相关,这没办法,柴小蛮要真是被告掉了,补上去的就是杜峻,她是或然层面潜在的获益者。

这暗箭力道凶猛,杜峻不可能拿个话筒在学校里到处解释不是自个儿干的,或是在自媒体上发表一则声明,掏心挖肺地表白自己对此次职称评审不在乎不计较不期盼不失望不生气不发怒,统统不!当然,要是那样做,更要给人笑掉大牙。

杜峻从学院每个同事的眼神里都能瞧出看热闹不嫌事大的闪烁与暧昧,她扪心自问,潜意识里有没有过暗地里写匿名信的想法,答案是不寒而栗的,要是匿名信能把柴小蛮拽下来,她早写了一千遍。这种念头跟学历毫无关系,杜峻读完了博士,又做了两年博士后研究,但那是知识的累积,又不是修仙,改变不了饮食男女的自然属性——棋逢对手,厮杀竞争是免不了的,谁心软谁先死,这就是丛林法则。这道理,不只是高校,简直放诸四海皆准。

就连范漫卷都相信是杜峻干的——范漫卷千方百计地找证据,证明柴小蛮发文章这件事污点重重、疑点重重,不就是侧面佐证自己是站她这边?杜峻真是百口莫辩,但凡开口就输了,越抹越黑。

"一篇论文,搞坏了自己的名声,柴小蛮还是嫩了点儿,不懂得爱惜羽毛。"柴小蛮在教职工大会的博士教师讲堂中抑扬顿挫地宣讲,范漫卷则继续跟杜峻咬耳朵窃窃私语。

"没有羽毛怎么爱惜?"杜峻接了一句无厘头的话。

范漫卷喷笑出声。坐在她俩侧前方的学院党委书记目光瞥了过来,她俩立即噤声。不是惧怕,而是出于对书记本人的尊重。在高校的二级学院里,党委书记是一种难以描述的存在,可以是拥有赫赫权威的,也可以是清淡如水的,这取决于党政班子的话语范式。这位书记是性情和缓的姐姐,来学院不到一年,经常穿中式的裙装,其人体型偏硕大,但藏在古典风韵的宽袖大袄里,倒也有了几分秀气,加上说话慢声细语,观之可亲。

书记跟院长一个壮,一个瘦,一个坚实如大地,一个仙气缥缈,两人相处却是不错的。书记只有本科学历,财会专业,在职读了工商管理硕士,职称是高级会计师,相当于副教授,跟电影学院的艺术范儿不搭界,但人家一来,就充分表述了对我国建设电影强国重大文化战略的高度认可,又引经据典,从第一部电影《工厂大门》,到英格玛·伯格曼的《野草莓》,再到费穆的《小城之春》,都是小众经典的作品,虽不至于让人肃然起敬,但好歹看得出来,这是做了功课的。功课做的程度不重要,要紧的是,这是一种态度。这跟上一任书记太不一样了。

前任书记是理工男,由内而外散发着浓浓的厅局风,不谈艺术,只谈政治立场,这没错,问题在于,他喜欢各种现实题材的电视连续剧,从不进电影院,还自以为是地谈论那些昙花一现的热播剧,还不把自己当成街头巷尾的那种吃瓜观众,处处显摆自己的理论根基,随时炫弄国学,再来点传统文化里的禅道经学,不是那些深邃的部分,是网上随处可见的心灵鸡汤式的金句,这还不够,动辄就是演技瑕疵、剧情漏洞,在科班出身的研究者听起来,太肤浅了,太小白了。他在会上讲影视,见面拉着人讲影视,大伙都报以含蓄的微笑。当然,人家不是来转行搞电影专业的,他是来做领导的,平日里老想在气势上压着院长一头,行政工作不管懂不懂,先反对了再说,开会一定是他压轴做指示。院长也是个人物,先是惊诧地注视着他的行止,绝不轻易表态,弄到后面,但凡书记出场,她就尽量退避,但凡书记发言,她一律沉默。两人的关系如临

第一章

深渊,含糊着混了几年,好歹没闹到拍着桌子大吵的地步。前任书记退休以后,从学校学生工作部提拔了一位副部长,到学院来做书记。这新来的书记很懂管理艺术,跟院长的班子搭建得牢不可破,时时处处、话里话外为院长撑场子。领导层现世安好,通常就不应该出幺蛾子,那一捆关于柴小蛮的匿名信,算是顺手打了学院班子的脸。

被告柴小蛮的反应也是意味深长,她分别坐在院长和书记的办公室里狠狠痛哭了一场,哭得走廊里地动山摇的,唯恐别人听不见。哭完,眼泪一抹,出了门,小腰一扭,该干吗干吗。是谁写了信,是谁抹黑她,她一概不猜测、不打听、不痛斥。面对同事的关切或打探,她的回复永远只有两个,第一个是俩短句:不知道,无所谓。第二个是以宽宏大量、悲天悯人的语气,陈述对告状者从心理到人格的全方位同情,搞得受伤的好像不是她,而是那个心理阴暗的举报者。杜峻暗暗惊讶,没想到柴小蛮的定力还真是一流。

柴小蛮讲红色电影讲了半小时,书记点评了几句。按照惯例,教职工大会就该到此为止了。但书记没有结束的意思,她接了个电话,叮嘱大家不要离会,还有一项议程。果然一会儿,学院党政办主任走出会场迎进来两位小个子男性,书记介绍了他们的身份,分别是学校的纪委书记和纪委副书记。学校的纪委书记也是学校党委副书记,是校领导之一,副厅级干部。电影学院极少有大领导现身,这一来,底下那些看手机聊天打瞌睡的老师们纷纷正襟危坐,洗耳恭听有啥了不得的大事件。

两位领导是冲着匿名信来的。在纪检系统有一个专有名词:澄清。他们就是来给柴小蛮澄清的。匿名信里提及的几大罪状,经过调查,全都属于空穴来风。

纪委副书记先发言,这是一个五官精致的男人,但他的体内似乎蕴

29

藏着洪荒之力,声如洪钟、气贯长虹,一口气讲了一篇洋洋洒洒的大道理,内容密度和信息含量都极大。杜峻不太习惯听这种格局宏大的抽象式宣讲,有点把握不住其中的要领,回了回神,在脑子里过了一遍,厘清了三个主体内容:一是清白。匿名信本身及其留白的部分,目前没有证据能够证明属实。本来也是,涉及床笫之事,提上裤子就没了证据。二是澄清。这澄清可是一个稀罕的动作。它的前置条件是这种大规模的告状信极其罕见,给当事者带来了一定范围的不良影响。三是诬陷。这就借机给大家普及了一下法律知识,诬陷这种行为就是违规违纪,不过迄今为止学校还未坐实过诬告者,启动诬告调查非同寻常。杜峻有点蒙,前面两点是规则、秩序、真相、本我的意思,最后这点是什么意思呢?是老子的"有物混成,先天地生"?她想不明白,也就不去想了。

纪委副书记讲完,纪委书记收官,一样地铿锵有力。杜峻发觉这两位领导不仅身材相似,就连眉眼都大差不差的,简直互为镜像,一个人就是另外一个人投射在地面上的影子。

整个澄清的程序不到二十分钟,规格高,效率也高。老师们屏息静听,一线教师很少跟纪委打交道,这算是长了见识。柴小蛮一直戴着黑口罩,看不出神情,也没出现什么明显的肢体语言。议程里面没有请她讲两句的安排,也就不知道她哽咽了没,眼眶稍微是有点发红的——范漫卷搭杜峻的车去地铁站,讨论了一下,一致认定柴小蛮现场没哭出来。范漫卷的车星期五限行,她总是蹭杜峻的车去地铁站。

"不过,也算圆满。"杜峻在信号灯前踩住刹车,语焉不详地评价了一句。

范漫卷小心翼翼地看了看她的脸色,没接话。杜峻知道她是怎么想的,大概率杜峻就是那个凶手,虽然没落网,但纪委的领导们一边给柴小蛮澄清,一边在学院里开展警示教育,告密者心里不会好过的——谁都默认杜峻就是那个人。

杜峻险些就冲动地拍着范漫卷的大腿,大喝一声:姐们儿,你不会真以为是我干的吧?开什么玩笑!这种损人不利己的事情,怎么可能!

下一秒红灯转绿,杜峻一转方向盘,向右侧驶去,每次她都把范漫卷送到最近的那个入口,一脚油门的事儿。范漫卷临下车时,轻轻拍了拍她的手臂,说:

"你说得对,也算圆满。"

杜峻一愣,看着范漫卷穿着一双轻捷的小白鞋大步流星走路的样子,她仿佛看到自己就在范漫卷身旁,可怜巴巴地扛着一只流言蜚语的大麻袋,吭哧吭哧地负重前行。

杜峻忍不住一踩油门,在心里骂了句,圆满你个鬼!

Chapter 2

第 二 章

灯心草

硕大的快递箱里是几块白色的泡沫板，正中央簇拥着一只暗绿色的绒面盒子。杜峻打开来，是一条项链。她认出来，是梵克雅宝的四叶草。在一桩公共事件里，一名女性官员因为佩戴着昂贵的耳钉而被网民深扒，那款耳钉的品牌就是梵克雅宝。杜峻到官网上搜了一下，发现这项链有红、绿、白、黑四个色号。盒中躺着的是黑玛瑙款，闪着微淡的光芒，美而神秘。向善选了黑色，作为杜峻四十一周岁的生日礼物。

梵克雅宝比较小众，作为传媒专家，向善究竟是从那段舆情里受到启发，或是另有参谋，杜峻不得而知。她换了一件低领的打底衫，把项链戴起来。向善出手不凡，对待前妻能有这样的手笔，算是很了不得了，杜峻也不能别别扭扭的，显得小家子气，索性坦然收下来。

婆婆安排阿姨添了菜，叫杜峻过去吃晚饭，婆婆知道她节食，但每年生日夜的长寿面还是不能省略的。婆婆也有礼物给她，微信里转给她一个红包，六千元，数字很妥帖。范漫卷和柴小蛮也有微信红包——她们三个人是同一年出生的，每年总会在各自生日的那几天选个大家都去学校的时间点，找间学校附近的网红餐厅，欢喜热闹地吃个饭，然后发个小红包给寿星，八十八元。固定数字，无人破例。破例就是不懂事。

杜峻住攀成钢板块，那是成都的豪宅区之一。十来年前，婆婆就在这里买了房，是这个区域最早修建的一个小区，一梯两户，婆婆把二十三层的两套都买了下来。每套都是将近三百平方米的大平层,并没有打通,保持着相对的独立性。离婚前,这一大家子的居住模式是,杜峻和向善单独住,公公婆婆带着娃们、保姆住一套。离婚后,杜峻还住原来那套,向善搬去跟公公婆婆住——准确地说,是去那边睡觉,书房还用这边的。当年装修时,杜峻向善住的这套,杜峻来做主,书房是她最用心的地方,她隔出了两个阔大明亮的书房,一间是她的,一间属于向善,三面墙都是到顶的木头书柜。但两间书房风格迥异,向善的是棕色系,大落地窗,椅子是人体工学椅,是极为板正的款式,有榻榻米和整套的茶具。杜峻这间是灰绿色调,有室内植物,还有若干的杂物,诸如手办、版画,沙发和扶手椅都是从网上淘来的,有了孩子以后,她这里还兼了家庭图书馆的功能,腾出空间来放绘本、拼图这些,一条光脚走上去如同踩在棉花上的地毯,非常适意。向善现在还是用他那间书房,渐渐地,直接就在书房的榻榻米上睡觉,除了衣服与盥洗用品搬去了公公婆婆那边,好像什么都没变化。这婚离得倒也挺诡异的。

向善回家来,不出所料,由始至终他都没留意到那条项链,浑然不觉杜峻脖子上有他支付的两万多账单。这就印证了杜峻的猜测,他给了个大致的价格区间,礼物是别人代为挑选的。多半是一个女人。通常男人不会为女人选一条黑色的项链。但这也没问题,向善在法律上是单身。

"谢谢你的礼物。"杜峻大大方方地说。

向善一脸茫然,杜峻指了指自己的项链,向善愣了半晌,点头道:"好看。"

果然,他应该事先连项链的图片都没看过。他未经她的知晓,送了她一条黑项链。其实也是未经他的知晓,她拥有了这样一件色泽沉重的礼物。她和他同时被隐瞒。这程序令人厌倦,礼物以及挑选时的应付、嫉妒、痛楚,也许还有一点幸灾乐祸,终于都消失了。当它被她戴起来,就又一次完成了离别。他不断地来到她的身边,又不断地将她弃之脑后。

向善一向是一个自理能力很差的人,虽然不至于糊涂到把手表煮进锅里去,但他从来看不见杜峻的任何处境,现实的、审美的,全都视而不见。杜峻问过他,原来女人化妆打扮这件事,在他眼里,就是涂口红和没涂口红的区别,其他都多余。从前杜峻调侃过他,在现代美学中,美的反面,不是丑,而是对美的漠不关心。这一点,向善是不认同的,他觉得杜峻很美,但追问下去,全然不知道哪里美,笼统地觉得顺眼顺心。杜峻引以为傲的纤细的脖颈、瘦削的脊背、修长的双腿,乃至极美的嘴唇的轮廓,这些,在向善眼里,从来就没有细部欣赏的现实意义。在向善的世界观里,把一个女人拆解开来点评,那不是诗意,而是矫情。起初杜峻不能忍受向善作为一个人文学者的粗疏,后来,她成为三个男孩子的妈妈,才慢慢意识到,整个社会伦理对男人的评价体系,未免太过严苛。他们曾经也是柔软呆萌的人类幼崽,同样会遵循生物成长的基因,成为有缺陷、有漏洞、有软肋,会生病、会受伤、会死去的物种,就像大部分女人对机械的天然排斥,男人的神经大条是有科学依据的。

说是生日小聚,出席人员只有向善。婆婆回到家,还没来得及换鞋,就被一通电话叫回医院。这不是她的手术日,但三天前切割的一只乳房,手术部位突然大出血。这本来是住院总医师处理的,但乳房的主人是一位省领导的妹妹。婆婆已经不是手术室里一站十几小时的手术大夫,混到了这种年资,从科主任的职位上退下来,她的精力早已转向科研与人才培养,能够让她亲自主刀的手术,要么是具有较强研究价值的疑难杂症,要么患者是非富即贵的身份。婆婆在乳腺外科号称第一刀,西南地区的第一刀,全国排名前三。

公公照例提前单独吃点东西,面条或者饺子,这会儿他正带着三宝,开车去接大宝二宝放学。接娃送娃是公公的任务。三宝刚满周岁,小小年纪就是睡渣一枚,白天睡不踏实,得抱着,落地就炸,全靠坐车兜风睡上一大觉。这娃在安全座椅里睡得无比酣甜,估计把他拎路边扔掉,他都不会醒。

阿姨提醒杜峻,餐桌正中央搁的是婆婆为她订的蛋糕,粉紫色的草莓花朵款,很有小公主风。向善听了,满屋找打火机,准备吹蜡烛那些仪式。杜峻拦住他,说:"不用了。"离婚以后,杜峻说什么,向善都听,杜峻不知道这一切究竟是出于尊重,还是疏远。这跟离婚前太不一样了,她努力回想着婚姻之内弥足珍贵的和谐时刻,却怎么也想不起来,在日常生活里,他从不听从她的指示,除非是她叫他滚得远远的。

向善把塑料切刀递给杜峻,杜峻切开蛋糕,分出一块给他,他直接就开吃,吃完把盘子伸过来,又要了一块。杜峻没吃,让阿姨把蛋糕放进冰箱,等会儿孩子们回来是要吃的。家里平时很少买这种齁甜的点心。

向善吃了蛋糕,用咖啡机做了一杯咖啡,兑了牛奶,心满意足地喝下去,完了还不忘说一句:"甜品就得配咖啡。"这清奇的脑回路,杜峻简直无话可说。

以前她怀疑过向善有可能是阿斯伯格综合征患者,起码在他们的婚姻之中,向善体现出了这种疾病的典型症状:只有两种情绪,平静或是生气,并且欠缺社交或情感上的共鸣。他的大脑门也有外观上的嫌疑。杜峻甚至按照网上提供的测试题,偷偷给他做过一些测试,比如在

第二章

他跟前说好几遍口渴,他都没反应,必须直接叫他去倒杯水过来,他才会执行命令。再比如跟他讲头顶有好多蚊子,他不会抬头去看上方,而是伸手去摸自己的头发。诸如此类的现象,让她觉得他就是一个患者,这样会让她好受一些,没有那种被彻底忽略和冷落的羞辱感。

然而自从三年前,向善成功竞聘文学院副院长,在行政职位上做得风生水起,在上级眼里是忠诚可靠的,在下属眼里是足智多谋的,善于发现问题,更善于解决问题,杜峻彻底打消了自己的猜疑。向善的高情商,证明他不是什么患者,他只是缺乏跟她之间的社会与情感共鸣,不屑于此,还是不擅于此,这是一个谜题。

这也不必刨根问底了,反正他们已经不是夫妻。但伙伴模式是牢不可摧的。撇开生活不谈,他们一直是并肩作战,一起搞事情的兄弟姐妹。杜峻的生日餐就变成了论证会。向善一边大口往嘴里塞着咖喱牛肉,一边说着他那个县级融媒体建构的横向课题。

那个课题是政府立项,经费可观,已经做了一年多。做的过程中向善延伸出了一些新的想法,他把人工智能的理念加了进去,生成了全新的论点。向善打算用这个立意写份申报书,争取申报省里的哲学社会科学重大项目。省哲社重大项目的资助经费不低于国家社科重点项目,还是很可观的。向善语速很快,杜峻默默地开启了手机的录音功能,向善嘴里冒出来的那几个洋气又陌生的新词,"可游可居""镜游表达",这都是什么意思?她有点晕。向善大脑的信息处理速度超乎常人,转眼间就说出了申报书大致的框架与结构。

"你的看法如何?"向善放下碗筷,盯着杜峻,他吃饭的速度也很快。他这个人,吃饭快,说话快,走路快,做什么事都快,以1.5倍速看网剧,在向善这里,大概就是正常节奏。

杜峻一份沙拉才吃了不到三分之一,小鸟胃。谁都以为杜峻以三娃妈的生育率,长年保持着体重不过百,是先天基因的优势,其实杜峻深知,哪有随随便便的好身材,瘦,就是少吃,扛住了饥饿,就抵制住了赘肉。

"有戏。"杜峻说了两个字。这不是敷衍,是客观中肯的判断。

向善的学术观点总是站在国家文化战略发展的高度,保持着对社会演进的重大关切,从历史、现实、未来三重逻辑进行提炼。杜峻对这男人的学术实力是服气的。

"要找俩助手不?"向善站起身来,用牙线清理口腔。杜峻想了想,说:"还是他俩吧。"向善说:"好。"完全明白她说的是他带的那两个博二的学生,杜峻用过几次,磨合得比较顺手了。

并不需要更多的交流。向善说了方向和重点,杜峻来执行。在两个人的合作中,他们的角色定位是清晰的,向善在前端,负责拿课题、报项目。向善从政府和企业弄到了不少横向课题,他善谈,也善饮,一众PK的对手里,唯有饮者留其名。人家是酒囊饭袋,向善是酒缸酒瓮。他酒品好,喝到量上了,就开始讲故事,听众一定是津津有味的。他是连《笑林广记》都能讲出有颜色的笑话,而又绝不是低俗恶心的那种,是机智的、烧脑的、俏皮的,是要想一想,会过意来,才能会心一笑的。他可以说很多很多似是而非的话,轻盈又沉重,理性又抒情,听的时候沉溺其间,听完不知所以。向善历来有一种大智若愚的气质。

拿项目是向善,做项目是杜峻。她倒不是千年老二,一些级别不那么高的项目,向善不时会让她排名第一,凑齐评职称的材料。杜峻与他,是将才和帅才,是主体与客体,是感性与理性,是二元对立,也是多元融合。涉及项目的所有工作,他们之间永远是默契的,没有丝毫的争

第二章

执与怨怼。这跟他们在生活中的相处模式简直南辕北辙,向善是一个皮实的人,在哪儿都能活下去,他经常出差、做讲座,活得好好的,但就是不能跟她单独待在一起,只谈生活,不谈工作,一旦那样,他就像是一个束手无策的囚犯,紧张、乖戾,凡事都跟她对着干。

吃完饭,向善不逗留,他到书房里去,出来换了跑步服。他说:"申报通知我发你微信了,留意一下截止日期。"杜峻"唔"了一声。向善又说:"散步,去不?"

杜峻说不。向善就是这样,除了不再跟她睡一起,仿佛他们的关系从无改变。杜峻琢磨过,向善不是脸皮厚,也不是腹黑,更不是什么念念不忘,这件事,他就是一派天真烂漫的少年心性,结婚、离婚,本质的变化只在于是不是每天晚上跟她睡——在他的伦理观念中,两个未婚的离异男女,你情我愿地睡一觉也是允许的。话说他们家的三宝就是这样来的。向善的果决与武断,单方面地让他们经历过的一个个瞬间,无论是美妙的,还是龌龊的,全都丧失了郑重其事的意义。为此,杜峻生过气,她生着自己的气,直到她明白这无济于事,向善根本不介意她对这些事的看法,这也不是什么量子纠缠,而是一种突如其来的决定。他决定了下一刻的行为,然后很快便忘记,在他看来,这些都是微不足道的,他接受并遗忘跟她之间存在过的或是即将来临的所有事实。

就像是面对她的拒绝,向善习以为常,他把手机放进裤兜,在玄关换了一双鞋,出去了。那鞋已经旧得没眼看,奈何向善喜欢那种踩屎感,不肯扔掉。从他们结婚的第一天起,他就穿着它出门散步,持续了十几年。他一直穿着它,而它竟然没有漏水抑或彻底撕裂,简直像是一个神话。向善每晚都出去锻炼一小时,不是跑步,而是快走。也不挑地方,人行道上都能一通疾走。没离婚时,有时杜峻跟他出门,顺道买个牛奶什么的。别人两口子出门是一道的,他们是一前一后,杜峻跟不上他,他也不会等她,一般都是在回程的路上"捡"到她,又一块儿回家进门。牵着手、挽着胳膊、咬着耳朵说说悄悄话,这些都是不存在的。谈恋爱的时候向善就总是闷着头一通猛冲,走出老远,发现杜峻丢了,再掉头回来找。她试过在出门时紧紧攥住他的手腕或是手指,没用,他会轻轻地但无比坚决地抽出来,脱离掉她,按照自己的节奏朝前疾走。如此循环往复,两个人出门,向善要比杜峻多走一倍的路。

在向善之前,杜峻谈过两个男朋友,高中时期一个,本科阶段一个,认识向善的时候,她已经不是处女。可以说,她对男人不是完全没有经验和体验。那两个前任有一些共同之处,他们不停地对着生活指手画脚,丝毫没有意识到自己的孱弱与荒诞,他们懂得赞赏一些小而美的事物,也会做很多大而无当的努力,这是正常的男人,生与死之间那一大片虚空的地带,就是他们的天地万物。他们急切地寻求她的身体,一旦得逞,却又敷衍了事,杜峻洞悉这两种截然对立的态度,她闭上眼睛,假装什么都没看见。

但是,他们跟向善都不一样。高中时期的那个男孩子,他们的关系停留在接吻的阶段,在下了晚自习以后的操场角落里,男孩子紧紧贴着她,恨不得把自己镶嵌到她的身体里似的,他不断地抓住她的头发、她的肩膀,抓住她的任何一个部位,用尽全力,使她微微地疼痛起来,而后在某个瞬间,他骤然离开她,好像她是使他痛苦的根源。他就在紧贴她与远离她之间挣扎着。本科阶段的那一位,周末的下午会固定地在一个旅馆的钟点房里与她约会,他带去她喜欢的小零食,讨她的欢心,对着她甜言蜜语,而所有的目标不过是她的身体。当得到她的允许,他会急不可耐地扒下她的衣服,他总是等不及脱光她,他会笨拙地(这一点从未改观,就算她穿着同一条裙子,他的姿势也从未熟练过)扒下她的裙子,粗鲁而又多少有些害羞地(因为自己无法掩饰的欲望?)进入她,像从炽热的室内进到了一个清凉的空间,平静一会儿,再慢慢脱去她的上衣,从容地抚摸她。

他们令她感到一种具象的功能性,指向她的肉身。因为被需要、被渴望、被赞美,她会以强烈的虚荣心,更加热爱自己的躯壳。但向善却令她迷惑不解。他从来没有暗示性、指令性的动作,每次都是在她的召唤之下到来。他会千篇一律地问一句:

"你先脱,还是我先脱?"

没有调情的环节,也不急迫,神奇的是,他的身体时刻准备着,当她需要的时候,不必有视觉的刺激,也不用别的什么,他就在那里,等待着她的临幸(就是这种感觉)。最后的时刻来临时,他甚至会问她:

"可以了吗?"

这是一句倒足胃口的征询,击碎了她最后的倔强,将她从一切拼命营造的自我陶醉中拽出来,跟他一起理智地、旁观一般地凝视着他们的欲望(当真存在吗?)。

他从来不会失去控制。甚至他会一丝不苟地穿着袜子做爱。光光的身体,唯有双脚套在棉织物里。哪怕在夏天,当一切快要开始的时候,他也会穿上袜子,慌乱中随手抓起两只,结果就是,一只脚穿着黑色的袜子,一只脚穿着白色的袜子。那是一个无比可笑的场景,但杜峻不能够笑场。她的每个反应都会影响到他。当她发出深重的呼吸,他的第一个动作,是去查看自己的袜子,使劲把它们往上牵拉,好遮盖住小腿的一部分。他不在意裸露着身体,但他仿佛想把双脚隐藏起来,而在别的时刻,他会光着脚在地板上行走,袒露双脚不是什么难题,可是全身赤裸是他不能忍受的。

除此以外,向善还有好多坚持多年的习惯,像是雷打不动地早起工作(六点钟以前到办公室),半夜起来喝几口茶,冥想一会儿再睡,手写日记——这一点是杜峻难以想象的,他不保密,日记本对全家开放,这更是可怕。他的书柜有一层是专门用来放各类型号的日记本,从小学三年级至今,他每天都会把经历过的事情流水账似的写下来。即使出差,回来以后也会及时补上,包括时间、地点、人物,骤然一看像是影视剧的拍摄台本。人生如戏。向善那种审慎严谨的姿态,仿佛是一位朝向奥斯卡致敬的电影人。

杜峻从他的日记本里,回溯了他们在一起的每一天,从第一天,到婚姻的最后一天,再到后来这些绵延不绝的日子。仅就日记而言,他们之间既没有爱情,也没有怨恨,他是如此平淡地记录着一些他认为必须记录的事件。例如:

> 2007年5月16日　第一教学楼3109教室　傍晚
> 师妹杜峻也在这里上晚自习。
> 我们一起去吃了烧烤。
> 我们决定一起做事情。
> 最近我陷入了困境。
> 导师对论文开题报告有异议。
> 我还得同时完成一个项目。

杜峻记得那个晚上,向善在晚自习以后,邀请她去校外吃夜宵,他们待了三个多小时,那是他们第一次交谈。而交谈的内容围绕着向善

第二章

的那个项目。他们谈妥了合作事宜,完成方式、分成以及时限。交流很顺畅,杜峻把向善从迫在眉睫的任务里拯救出来。杜峻发觉,这个大脑门的师兄,具有不可估量的科研潜力。他诚恳地向她介绍自己,他的父母,他私人的存款(已经有七八万元),他的身高、体重,他喜欢的食物,就像是面试。

而这些,并没有出现在日记里。向善的文风简洁、精练,里面没有细节。从头到尾,杜峻在里面只是一个背景式的存在,她看不出他是否爱过她。她也看不出他是否爱过任何人。他好像不停地下决心,做一个项目,或是评职称,或是晋升职务,这是一种信念,也可以说,是对命运的承受。究竟是什么,他的日记里毫无表露。他把一切都暴露出来,但他的情绪被完整地隐没于每个事件之外。杜峻无法想象他是怎样做到的。

此外还有,向善喜欢吃食物的皮,什么橘子皮馒头皮猪皮鱼皮花生皮,一点一点仔细剥下来,吃得干干净净。他热衷于观察、拍摄路边的植物,发朋友圈。微信动态经常更新,但全部都是植物的特写,他几乎认识杜峻不认识的一切稀有的植物,杜峻从不知道身边有那些叫作鹅掌楸、虎耳草、苦楝树、五色梅、夏雪片莲、黄木香花之类她闻所未闻的树、草与花。他买了好些关于植物的书,他会推荐给孩子们,不识字的时候,他念给他们听,后来大宝二宝就自己阅读,他继续念给三宝听。杜峻顺走了一本《十三种闻树的方式》,放在行李箱里,也不知道为什么,乘飞机的时候她永远读这一本。然而,植物与植物的一切,只活在向善的朋友圈里,日记中从未出现过。杜峻相信,叙事对象与叙事主体的动机之间一定存在着某种紧密的关联,向善这些记录的个人性与公共性的疆域在哪里?她跟他讨论过,每次他都会从不同的向度做出阐释,每次的理论依据都不相同,每次都显得彪悍和骁勇,仿佛那就是唯一正确的思考。他似乎对于阐释而非事物本身乐此不疲。杜峻没法对此做出任何理性干预,她知道只有植物能让他稍许停下匆促的脚步。

当然,也有若干缺乏任何内在意蕴的行止,例如他睡觉的时候,被子蒙头、打呼噜、憋气、磨牙,午饭后而不是别的任何时段上大号,晚上在泡脚桶里热牛奶,臭脚跟袋装奶待在一起一刻钟左右,不用吸管,直接咬开袋子,小口喝下去!

跟向善在科研中的审时度势不同,他在生活习惯的主体表达方面,是一个有原则的人,或者说,是一个固执而又刻板的人。跟杜峻的极度自律相似,他像个颜控一样监测自己的体重,每天上称,结果是长期保持一百六十五斤的重量,他的身高是一米六五。他接受这个体重,或者说,他跟自己的肥硕已经达成了充分的和解,重一些或者轻一些,都是不可以的。婆婆说,他在大二就是这个体重,持续至今。公公婆婆对待向善有一种无可奈何的放任,他的优秀让他们安慰,但他的执拗是显而易见的,他们不得不顺从他,迁就他,尊重他的习惯,他们一家子就像是站在冰雪覆盖的河流两岸,三个人都冷得瑟瑟发抖。相比向善,两位老人家更愿意跟杜峻聊天,他们会一起商讨生活的重大决定,买房,生孩子(生育与生育观,杜峻与婆婆有一致的观念,那就是顺应自己的内心),相反,向善对这些都是听之任之,生孩子可以,不生孩子也可以,没有什么是非得要进行的。杜峻时常怀疑,在公公婆婆、向善与她之间,究竟谁是谁的工具,谁是谁的载体?

杜峻什么都跟向善是反着来的,单在外形上两人的差异就充满了戏剧张力。杜峻体型细而高,跟通常缺少光照、肌肤胜雪的成都女性不太一样,肤色是偏向于暗色的,向善则是土肥圆,他比他的父母都要矮,

第二章

一颗硕大的头,肌肤很白,全身都白得发光,一张胖脸嫩得像溏心鸡蛋,满满的胶原蛋白。他比杜峻大两岁,熬夜、吃火锅、抽烟喝酒,五毒俱全,但脱发、白发、发际线后退这些若隐若现的中年危机,杜峻全中,他却一样都没有。向善有一种难得的本事,他可以把PRADA的polo衫穿出二三十块钱地摊货的效果。杜峻则刚好相反,她有一种天生的贵气,能够驾驭奢侈品与大路货的混搭风,任何时候都没有廉价感。事实上,这诸多错位极为复杂地拓展了他们的婚姻空间——他俩结婚七年,离婚七年,离婚这七年中,有两三次险些复婚,包括一年前生下三宝时。他们的关系超出了一切概念,一切度量,一切边框,一切表现和再现,构成这种奇异的伦理秩序或曰价值支撑的力量是什么呢?杜峻自省的结果是,与智慧、才情和内在学养都没有关系,爱情更是不值一提,本质很简单,三个娃的神助攻,加上金钱的自觉介入,让平和的对话成为可能。

杜峻评上副教授五六年了,基本工资加上课时费、导师费、监考费等,收入十分有限。高校教师的待遇差距其实就体现在科研这件事上。理工科的横向项目经费惊人,多则上亿元,作为人文类学者,向善算是翘楚了。他的研究经费保持在好几百万元,这个数字还在逐渐增长中。杜峻不仅仅是他的财务助理,向善除了负责拿到课题,此外所有的事情都是杜峻的职责。从填写申报表到结题报告,以向善为第一作者发论文、写专著与咨询报告、准备报奖材料,都是杜峻一手操持完成。

他们这种团队模式俨然成为他们全部关系的基本表征。向善是杜峻的师兄,硕士博士都是同一个师门,硕士是一个方向,文艺学理论,博士期间向善转向新媒体,杜峻则选了电影学。理论根基是一致的,彼此的优劣更是摸得一清二楚:向善脑子够用,是引领者的角色;杜峻具备"小镇做题家"的坚韧,写作的速度和质量都有保障。向善在博士期间就从一个老牌电影厂拿到了编写年鉴的活儿,那会儿向善一天恨不能有二十五小时写论文,转手就把资料给了杜峻,细细讲了编写模式,杜峻完成得很好。而这种伙伴关系也就此确立了下来,延续至今——人家说的防火防盗防师兄,防的就是向善这种擅长资源重组的师兄。杜峻无力反抗,他们从一开始就陷入忙碌的文稿撰写中,她甚至来不及区分他们之间的情感,是寄生、错位,还是别的什么。

向善有两张银行卡,一张发放工资和绩效,另一张是科研收入,后面这张就在杜峻手里,离婚以后仍然没有改变。杜峻每个月按照财经政策去报销一次发票或者发放一次劳务费,经费到账以后,杜峻立即从手机银行APP上转到自己的户头。这些年她学习了不少理财知识,炒股、买基金,钱渐渐多一些了,就接触私募、信托。尽管是文科生,她的手气还是不错的,不足以创造什么财富神话,却是小有盈余,比银行定期强。杜峻不是贪心的人,赚的钱买买奢侈品是够的,她开的一辆卡宴,小一百万元,钱是她自己出的。她在温江买了一套房,房产证写了母亲的名字,母亲去世以后,作为母亲的遗产继承下来。离婚以后,她又在天府新区买了一套房。

杜峻从小穷怕了,不是那种填不饱肚子的、实打实的贫穷,而是精神上的、形而上的恐惧。母亲独自养大了她,母亲是一个稍微有点神经质的女人,很年轻就开始掉牙齿,不得不安装了假牙,睡觉以前,有时她把假牙摘下来,泡进水杯里,有时她会忘记。幼小的杜峻从假牙里感到一种难以逆转的衰老,她对于将会失去母亲这件事充满了忧虑,她会在夜晚感到危机四伏,说不定在哪个时刻,忘掉摘取假牙的母亲就会被偶然落下的假牙给噎死。杜峻做着一个重复出现的噩梦,在梦境里,她行走在空洞的悬崖边,底下什么都看不见,只有呼啸而过的风声,她随时

第二章

都会坠落下去似的。她经常半夜惊醒过来,轻手轻脚地掰开母亲的嘴唇,看一看假牙是否还待在原来的位置。杜峻在整个幼年时期,灵魂并没有随着年纪而渐渐丰盈起来,她看不见灵魂,她的眼里只有肉体以及依附于肉体之上的假牙的存在,它们是坚硬的、雪白的,像一些公然招摇过市的阴谋。

这种幼稚的畏惧并没有随着长大而消失,反倒在小学后期,她发觉了更为悲伤的事实,那就是,母亲和假牙带给她的那些惊恐的晚上,背后的本质是因为穷酸。母亲能够为她提供最基础的衣食,但没有更多的钱让她认识辽阔的生活。母亲没钱安装种植牙,她只能选择最便宜的假牙。在杜峻上大学以前,她们母女没有进过一次电影院,没有去过离家五十公里以外的地方,没有买过一件超过一百块钱的衣服。尽管如此,母亲却有一种执念,她拼命让杜峻读书,读到最高学历。在母亲看来,只有学历才能带给她们无穷无尽的机遇。事实也正是如此。杜峻离开小城,成为一名大学教师,嫁了一个高级知识分子的家庭,谁都看不出她曾经是一个从物质到思想层面都无比贫瘠的女子。杜峻在婚后第一年的春节,带着向善回到老家,住进了一个在她的记忆里最昂贵的旅店,她记得那是一个灯光璀璨的地方,有草地,有湖泊,有白色的长椅和成片的苹果树。当她形容着那些美景,与向善来到那里,竟然惊讶地发现那不过是一栋荒芜的建筑,破败而又肮脏,树木杂乱无序,在她脑中潺潺流淌的,不过是一潭死水,水面漂浮着垃圾。

杜峻意识到她日复一日地困缚在假想的繁华里,在那之外,是一个她从虚构的文艺作品里窥测到的但从未真正遇见的世界。现在,向善将她带到了这个世界,不对,不是向善,是她的学历,是母亲所执拗地信奉着的学历。杜峻感激这一切,母亲,还有向善。她热烈地亲吻向善,在高潮时咬住他的肩膀,避免自己发出尖叫。他们有了大宝。公公婆婆为大宝添置了漂亮的婴儿用品,大宝睡在有栏杆的婴儿床里,用一双清澈的双眼,惬意地打量着房间里的一切。生命是如此富足。杜峻觉得应该再有一个孩子,便有了二宝。

她不需要为孩子们花钱,婆婆是一个购物狂,孩子们所有的物品一应俱全。从生下孩子开始,杜峻的人生就像是从茫茫云雾中进入坚实的地面,她学会了适度地消费,不用在买一件东西以前,反复对比价格,反复追问自己是否需要,反复思量是不是可以一物多用。她的体内伸出一只手来,先是怯懦的,继而是坦然的,从那些超市、商场、网店里,把各种各样细小而纷繁的物品带回家里。她出钱,领着母亲去做了种植牙。再也没有什么恐怖的事物出现在她的梦里了。

向善从不过问她把钱花到哪里去了,离婚前后都是如此,他好像也看不见她为生活所做出的改变,水晶花瓶、手绘挂毯,从全世界收集起来的冰箱贴,这些,他都视而不见。跟她不同,他从来就没有感受过贫苦与单调,因此也就不需要用很多很多的东西来营构一种幻想中的安全感。他从来就不惧怕失去。

离婚时,他们在律师的见证下签了一份合同,向善相当于杜峻的大老板,她转走他的钱,是在法律许可的范畴内。律师是婆婆帮忙找的。刚结婚时,婆婆跟杜峻并不十分亲密,随着大宝二宝的出生,婆婆仿佛跟她成为同盟,她们被两个有着共同血脉的小家伙连接起来,这是一种神秘而稳固的关系,建立在信任、平等、怜惜的基础之上。在决定是否要离婚的那段日子里,杜峻的精神有点轻微的崩溃,她被失眠纠缠,半夜起来,蜷缩在客厅的沙发里发怔。她和向善的无性婚姻已经持续了相当长的时间。也不是全然无性,而是她不去主动索取,他似乎不会想

第二章

起来世间还有这样一桩享乐,他的躯体高贵地舒展开来,听凭她的摆弄,他可以在她面前完全脱光,除了袜子。他浑身赤裸地穿着袜子,看上去非常可笑。他只能在光着身子穿着袜子与光着脚穿着衣服之间,挑选其一。杜峻厌倦这一切,她感到自己下贱、淫荡、羞耻、离群索居,她认定自己缺乏足够的吸引力。她哭出来,或是喊叫起来,他都无动于衷,顶多拍拍她,穿上衣服,离开事发现场,回到自己的电脑前,他是那样无辜,就好像是她提出了开始,又决定了结束,这些跟他是没有关系的。她确定他没有隐疾,在外面也没有别的人,这倒是没有疑点,她可以在任何时刻找到他,他不是在教室、办公室,就是在书房,或是在演讲、谈项目、酒桌上,所有她知晓的地方,他从不隐瞒自己的行程。尽管他并不拒绝配合她,然而她还是从心理上陷入永无止境的自我怀疑中——从推论的、逻辑的、言说的不同维度去证实自己的了无生趣。

杜峻决定终止这种内耗,她花了太多太多的时间,用来怀疑、否定、恐惧和不知所措。她觉得自己快要疯掉了。她每天半夜都躺在客厅的沙发上,无法入眠。

有一天,婆婆悄无声息地来到她的身旁,拿来一瓶酒,倒两杯,陪她喝一点。之后就时不时来陪她。杜峻不太喜欢酒精,不过在婆婆的竭力推荐下,她试了试,然后就逐渐接受了。婆婆会定量,就是小小的一杯,不是在高脚杯里晃悠的琥珀色的葡萄酒,她们直接喝五十二度的白酒。

"下个月十二号,愿意跟我去一趟威尼斯吗?"某一次,婆婆这样问她。而她刚好在那时候结束该学期的全部课程,进入假期。于是她就跟婆婆到那个陌生的国度去开国际医学会议。就她俩,没有别人。她们在异国的行程中谈论向善,她们完全地敞开来,毕竟这个男人,同样经由她们的阴道,来到嘈杂的人世间或是去往欲望的极乐世界,从这个意义上来讲,她们像是一对知己。

无论对于她,或是对于婆婆,向善都是一个高高在上的男人,他不会迁就她们当中的任何一个。从他十岁起,婆婆就再也无法从他那里得到一个拥抱或是亲吻。他是一个独立而冷酷的孩子,可以说天性凉薄。事实上,婆婆感激杜峻,是杜峻把向善重新带回到他们身边,因为大宝二宝的出生,他们需要公公婆婆的帮助,在此之前,向善很少回家,过年的时候,他只有除夕的晚上会回家吃一顿饭。

"但我永远不会离开他,"婆婆说,"而你可以。"

杜峻可以离开向善,但她不会离开大宝二宝,后来又有了三宝。这样一来,其实她与向善是永远没有可能划清界限的。也许婆婆早就洞察了"离开"这一动态意象背后的静观理论,她笃定杜峻会一直留在这个家里。

离婚的时候,杜峻的妈妈已经被诊断出几处癌症,那时杜峻只有一个念头,在情感上,她不要再被向善无限度地降维打击,他对她的不介意、不在乎,让她极度自卑。她再也不要忍受那种男女之间最纯洁的友谊,他的冷淡与模棱两可,耗尽了她的自尊,她决定痛快地回到单身。她宁愿做一个混蛋绝情的女人,也不要在怀疑自己中憋出什么严重的疾病来。

公公婆婆不是那种一闹离婚,就原形毕露的恶毒人设,他们很理智,纯粹就是与杜峻有了淡淡的情意,最要紧的是,无论她与向善的走势如何,三个粉妆玉琢的男孩子始终都是他们的血缘至亲——又不是后宫戏上头,没有那么多的翻脸与尔虞我诈。因此,杜峻与向善的合作继续了下去,婆婆还找了个业界的律师大佬,帮杜峻解除了法律上的后顾之忧。婆婆是天使婆婆，向善也不是什么海王、渣男，人家可是帮杜峻赚了一份殷实又高尚的钱。在她需索他的时候，他并不回绝，无论是身体，还是物质，就像在他们中间建立起了某种契约，他从不违反。问题是，这约定是从什么时候、由谁来制定，其中的含义究竟是什么？杜峻一无所知。但这也不能成为杜峻憎恨他的理由，她只能从空间上远离他的身体，越远越好。

向善图名，杜峻求利。大量的科研产出，让向善获得了不少人才帽子，在他的研究领域，国内都能排得上号。去年他成功评上了省内最高级别的人才称号，顺利晋级二级教授，下一个目标就是"小四青"人才，一旦能够入围，他后半辈子问鼎文科圈层那些相当于院士的称号就有了八成把握。他俩算是把协同创新做到了极致，就连离婚都没能分裂这种平等、互惠的状态。

"你可真有本事，把老公变成了一个纯粹的工具人，还貌似双双脱离了低级趣味。"每次提到向善，范漫卷都会这样评价。

杜峻和向善的状态，在学校不是什么秘密，双赢不是秘密，离婚不是秘密，离婚后生下三宝也不是秘密。有人给向善介绍女朋友，也有人给杜峻介绍男朋友。两人在一所学校，虽然是不同的两个学院，但中间又不是隔着万水千山，彼此的动静顺着风，就刮进了耳朵里。

相亲对象，杜峻一个都没去见，她暂时没有再婚的打算，她的生活被孩子、职称、赚钱给挤得满满当当的，没有多余的能量思考别的事情。向善不同，向善是每个都见，其中一位就是本校舞蹈学院的芭蕾舞老师，头发挽在脑后，小巧面孔，长长脖颈，都说跟杜峻有三分神似。向善跟她约会了好几次，有一阵子两个人每天在教工食堂一起吃早餐，有一回，杜峻从他们跟前经过，那位体态纤长的女老师正把餐盘里的肉包夹给向善,向善埋头大吃,他还是吃得那样快,看也不看对方,按照自己的速度来,这就是他的节奏。

他们没有看见杜峻。向善死盯着自己的盘子,女老师温柔地凝视着他,他们并没有互相观看。杜峻留意到芭蕾舞老师戴着一顶薄薄的帽子,湛蓝的,类似于某家航空公司空姐的帽子。她为什么戴着这样一顶棱角坚冷的帽子?杜峻很是疑惑,她想了很久都没有想明白。但是,她联想到了他们在床上的情形,向善全身赤裸,只穿着袜子,或许袜子能够让他在心理上产生穿戴整齐的错觉,至于那位女老师,杜峻认为她会脱光衣服,包括袜子,但保留着她的帽子,当他们做爱的时候,袜子与帽子就像两个故意为之的小道具,让他们淫乱而刺激。

这就像是个笑话。然而杜峻意识到这也许能让向善真正地激动起来。后来,当杜峻基于别的原因需要他的时候,就真的戴上了一顶冬天的帽子,款式跟那位芭蕾舞老师的帽子雷同,不同的是,她选择了红色。那是一个滑稽的时刻,向善恰好穿着一双红袜子,而杜峻戴着一顶红帽子,激情像流水一样,从她的帽子涌向他的袜子,充满了言外之味、弦外之响。他们在对彼此的困惑中,以一种空落落的态度,追随着从未出现过的真理。

杜峻怀上了三宝。向善结束了与芭蕾舞老师的早餐约会。

地锦草

院长打电话给杜峻,问她是否愿意去帮许淳洵做一个视频。"是跟摄影系一起吗?"杜峻本能地问。电影学院有两个制作类的专业,通常这类活儿是派给他们的,由他们来牵头。戏剧影视文学系在学院里约等于肩不能挑手不能提的秀才,只能纸上谈兵。

"是一个私人视频,许校长不想声张,你自己做能行吧?"院长的话让杜峻很是诧异。电影学院几乎承接了全校所有公共的、私人的拍摄,校领导也常常找学院,录公开课、做PPT什么的,不会惊动太多人,但院长从来没有找戏文专业独立完成。

杜峻本科阶段学的是艺术学类的广播电视编导专业,能扛摄像机,在女生当成男生用、男生当成畜生用的影视专业里面,勉强算是科班出身。这些年,向善陆陆续续接过政府部门、国企的宣传片什么的,杜峻全程督战。估计是这个缘由,再加上杜峻评职称时,许淳洵托付过院长,按照院长的判断,两人必然有私人情分。院长是冰雪聪明的一个人,这样安排,竟是极其周全。

杜峻答应下来。这里蕴含着一个动机。那就是她意识到许淳洵在评职称这件事上,是有一定影响力的。如果不是柴小蛮不按常理出牌,上一次她就会顺利评上。

杜峻在学院设备库里借了一台手持式的摄像机,这是新进的教学器材,拍电影都是没问题的。她与许淳洵见面的地方仍旧在医院,不同的是,杜峻换了一身比较职业的装束,头发用丝带绑起来,纯白的衬衫与灰色鱼尾裙,搭一条爱马仕的丝巾,鞋子有低低的跟,擦得发亮。她永远不会穿范漫卷那样的牛仔裤、小白鞋。对于皮相之美,她有一种怠惰的执念,这跟柴小蛮的恶趣味又不一样,柴小蛮所有的精雕细琢,归根结底都在"露",露肩、露大腿、露乳沟,轻薄的、荡漾的衣料,将躁动、绷紧、无节制的渴望明目张胆地张扬出来。杜峻却是"藏",藏起那些直接的、炫耀的、张狂的欲望,若隐若现、若即若离,这从理念与形式上构成了她精神世界的开端与终点。

  杜峻到得早了一点,病房里只有一位女性护工,靠着窗台慢吞吞地刷手机。杜峻坐下来等待,午后的光线透过玻璃窗,落在病床四周的地面上,不知为什么,整个病床仿佛完美地避开了光芒,隐身在暗影中。许淳洵的妻子一动不动地躺在那里,不断地发出一些声响,有监护仪的轻微的响动,有氧气面罩的轻响,还有一种奇怪的响声,杜峻仔细辨认,发现那是从病人喉咙里传出来的,类似于打嗝,或是鱼类泛起的水泡的声音,是浑浊的、毫无规律的,偶尔会有剧烈的一声,伴随着病人身体的抖动,仿佛被什么东西给噎住了。杜峻吓一跳,倾身查看。

  "她是这样的,神经控制不了——夜里还要更响。"护工轻描淡写地说。夜里是许淳洵陪护。

  院长把许淳洵的微信推给了杜峻,杜峻与许淳洵通过微信电话,得知拍摄任务是用视频记录病人生命的倒计时,并没有公众的用途,留作纪念罢了。这不需要太过专业的能力,杜峻放松下来。她到婆婆那里打听了一下,许淳洵妻子的主治医生是婆婆的大学同学,杜峻评职称时求助婆婆,婆婆就是这样迂回地找到了这个人脉。婆婆告诉她,主治医生说过,许淳洵的妻子活了这么久,已经是奇迹,许淳洵一直不肯放手,

第二章

对他、对病人，其实都是很残忍的。这种残忍，近乎背叛，背叛了原有的秩序，进入一种难以把控的未知。病人则因为丧失了表达意志的权利，谁都不在意她的想法。每个人都忠诚于她的生命，微弱的呼吸、时不时凝滞下来的内循环、大量强行进入的营养液。这使杜峻想起她的母亲对学历近乎迷信一般的崇尚。母亲有一条鸡毛掸子，用来除尘，也用来抽打杜峻，当她的分数不尽如人意的时候。母亲认为学历是一种通往自由与幸福的力量。许淳洵的妻子一无所知地躺在病床上，她是否正是在一种类似的力量中，在强烈的光线与无尽的黑暗里，任凭许淳洵为她建构起强制性的、全新的规则与潜规则？

护工靠在空无一物的窗前，朝杜峻看过来。杜峻引起了她的兴趣。虽然杜峻什么都没问，但这个身着蓝色工作服的女人已经絮絮地说了起来。原来病人在一周前发生了肺部感染，挺重的，这是入院后的第N次肺炎，但比哪次都要棘手，医生的意思是顺其自然。许淳洵却不肯松懈，请了呼吸科的专家会诊，又在呼吸ICU排了队，准备一有床位就送进去，气管插管，随时抢救，他跟医生表达了，即使是气管切开、胸外按压、电击这些，都是要做的，哪怕多活一秒钟都值得。护工的语义是明确的，她指出许淳洵从来没有想过，他所规避的不真实的结果（死亡）正是眼下必然的真实结果。杜峻没有去纠正护工的妄议，许淳洵肯定是知道的，安排拍摄这一行为本身，佐证了他对所有坚持的预见。他一边坚守，一边撤退。

"用尽了全力，以后才不会后悔。"杜峻说，她没有说的一句话是，这是一种值得尊敬的生活态度。

"可怜的人。"护工没有接她的话，望着病人的脸，突然来了一句，"还不如在车祸里痛痛快快地了断。"

杜峻有点怔忪。

"杜峻,你都到了?我来迟了。"许淳洵这时赶了过来,对护工嚷嚷着,"你歇着去吧,我在这儿守着。"

护工搭讪着出去了。许淳洵一进病房就松掉领带,一把脱掉外套,从柜里拿了T恤、短裤,到卫生间换了出来,皮鞋换成了拖鞋。

"你饿不饿?我路上叫了外卖,还得等会儿。"许淳洵一边说着,一边动手给病人更换尿不湿,"教育厅有个会,足足开到了十二点,我就知道这一上午,肯定得浸着了,她们就是这样,能不换就不换,还说什么节约资源!纯属应付!"

杜峻插不进嘴,索性打开摄像头,开始拍摄。许淳洵收拾妥当,一回头,正对着杜峻的镜头,尴尬地笑了笑:"我说的这些话,你给剪了啊。"

"许校长,您放心,后期制作,我会处理的。"杜峻说。

"辛苦你了。"许淳洵说。

"您真挺不容易的,工作那么忙,还要亲自照顾病人。"杜峻说。

"没办法,不放心交给别人。"许淳洵说着,到卫生间里接了水,给病人细细擦洗。杜峻拍了一段,又加了一些病房内外的空镜头,倾斜的光线、灰沉沉的天空,病房对面是一栋老房子的屋顶平台,空空荡荡的,一个老头佝偻着背,极其缓慢地从一端走向另外一端。

外卖到了,许淳洵邀请她坐下来一块儿吃饭。许淳洵点的是牛肉盖饭和鸡肉盖饭,他让杜峻先挑,杜峻选了鸡肉的。许淳洵吃饭的时候很安静,他吃一会儿,就会停下来,跟杜峻聊几句。他说起职称评审,院长给他回了话,大致说了说当时的突发情况。

"要相信自己,杜峻,你不是不出色,这也就是政策所限,学校的高

第二章

级职称岗位数量捉襟见肘,闹得大家这么内卷——我最近安排了一些调研,看看怎么来有效地疏导和解决这种局面。"尽管许淳洵衣衫乱糟糟的,但此刻的他,看起来不再是一个街边随随便便一抓一把的抠脚大叔,他的气场与神韵就是一个校领导了。这个男人活得游刃有余,既可以栖息在生活深处,又可以脱离那些鸡零狗碎的人生。

杜峻忍不住说起那封匿名信,颇有委屈,这是她第一次跟人聊起。在家里,她与向善从不谈论闲事,跟婆婆却是不知道从什么地方讲起。学院里没人再提起那封信,它的碎片与灰烬早已在尘埃中消散,但它造成的创伤还在那里。作为一个嫌疑人,面对一个被悬置的案件,杜峻再也没有机会洗脱罪责。

"您无法想象那种空旷,所有的人都消失不见,只有我,被留了下来。"杜峻描述着她的感受,从天而降的匿名信,带来了无穷的虚幻感。

"不必对此类事件过于较真,"许淳洵说道。他突然问:"杜峻,你喜欢读历史吗?"

杜峻茫然。许淳洵笑着说:"如果你读过史书记载的事件,你会发现,匿名信这种伎俩,一点都不高明,古人早就玩烂了,他们甚至有更多烧脑的玩法,远比这个要高明。杜峻,不要放在心上,只要你不怀疑自己,就没人怀疑你。"

杜峻笑了笑,许淳洵说得好像蛮有道理。没有阴谋的历史是难以想象的,而他们所经历的所有时间,正在成为一段历史。

"这种事情,正好体现了物质与意识的关系,通常我们说,物质决定意识,但是,同样的事情,在不同的人,或者不同的人生阶段,会有完全不同的感受,这也就是意识对物质具有能动作用,"许淳洵接着说,"我写博士论文那会儿,去内蒙古无人区采集一组数据,差点儿被狼给吃掉,结果呢,被人告数据作假,那时候,我觉得天都要塌下来了,觉都睡不着,现在再来看,有什么可怕的呢?告就告呗,最好让调查同志去走一趟狼出没的地方,还能顺便帮我核实一遍数据。"

许淳洵的专业是生物,在那个研究领域,无论是学科评议,还是专业评估,他都是专家组的成员,就学术地位而言,已经抵达了巅峰,并且享有一定的国际声誉。那是一个令人眩晕的位置,至少在杜峻看来,是难以企及的高度。

"我没到您的修为,做不到无视,我好几天睡不着觉,只好起来追网文。"杜峻如实说。

"要不怎么说意识反作用于客观事物呢?你想一想,告状的人无论针对的是谁,都只能证明一件事,你和那位被举报者都没有硬伤,没有硬伤,任何时候你再上,都不会出现乐极生悲的情况。"许淳洵直击核心。

他的话里面,有一种深深的认同与激励,他谈到了下一次,以极为乐观的、毫不怀疑的姿态。杜峻笑了。

"您做田野调查真挺危险的,竟然会遇见狼?"杜峻好奇。

"不止一次!有些狼不会偏离自己的轨道,它们只会远远看着人类经过的痕迹,你不知道,内蒙古的狼是最凶悍的,不讲武德,"许淳洵说,"它们不怕车灯、手电筒和发动机的声音,只要车停下来,就会挨个儿来撞击挡风玻璃,一头狼不行了,会有另一头顶上,不达目的誓不罢休。我那次连司机是五个人,其中一个是当地向导,带着猎枪。车子坏在路上,被一群狼给盯上了。那些狼都快把车给撞翻了,向导硬是不开枪,他说狼盯着的时候,射击也没用,狼会躲开子弹,然后更加凶猛地袭击。我们经过的那一路,见到过一些人类的残骸,有被吸光骨髓的股骨头,

第二章

有残缺的头骨,布满了狼的牙印,其余部分都被狼给分食了。"许淳洄停了下来。

"后来呢?是怎样摆脱了狼群?"杜峻听得脊背发凉。

"在车上困了两天两夜,被经过的汽车兵给救了,在无人区,被救的概率太小了,"许淳洄指了指病床,"她给吓死了,我没在约好的时间联系她,她就知道出了事,等终于接到我的电话,她哭得连话都不能说了。"

"这一段特别生动,您再讲一遍吧?我拍下来。"杜峻提议。

"什么?"许淳洄没明白。

"讲一讲您和夫人过去的故事,穿插在视频里面。"

许淳洄想一想,说好。杜峻调整机位,许淳洄坐在病床边,摩挲着妻子的手,开始讲述内蒙古的狼群,这一次,他讲了更多的细节,那些遥远的过去像一些斑驳的光影,飘浮在病房里。

那时许淳洄已经结婚,被狼群围攻的那两天,他在笔记本上整理着行程的收获,还给妻子写了一封遗书。遗书里面没有丝毫的儿女情长,全是在讲他的论文。论文改到了第三稿,这些数据很要紧,他逐一交代妻子填充到不同的段落里。妻子压根儿不懂他的专业,他写得极为详细,交代她如何去完成。汽车被狼撞得摇摇晃晃,他也没觉得恐惧,尽顾着告诉妻子怎样帮他改论文。写完以后,为了防止被狼撕掉,他想方设法把纸张折叠起来,塞进了几只喝光的易拉罐瓶子里。

"挺傻的,是吧?我没给她留一句私密的话,当时女儿在她肚子里有六个多月了,我就没想到,我要是死了,还是被狼给分尸了,她该有多难过,而我,连女儿都见不到了。"许淳洄凝视着病人,有些怆然。

杜峻领悟到了许淳洄深情人设背后的成因,起先护工那句语焉不详的感叹,那句可怜,杜峻差不多已经可以自行脑补相关的情节线索。许淳洵是一个工作狂,多年来忽略妻子的存在,直到她病入膏肓,他才意识到自己离不开她,她活一天,他守护她一天。

　　许淳洵的坚持,不能简单地用爱情来释义,它是一个模糊不清的概念,是对道德至上的伦理型文化的皈依。杜峻早就过了盲目相信爱情的年龄,爱情与睾酮、血清胺的关系,是科学,不是文学。这世间,没有油盐柴米的爱情,只有激素维持下的荷尔蒙反应。

车前草

星期六中午,许淳洵约饭。邀约是通过院长转达的,杜峻本能地说:"视频还在拍着呢,吃饭就不用了吧。"院长并不解释,温言道:"杜老师,如果没有别的安排,请准点到达。"

杜峻到了才知道自己傻得可以,她以为许淳洵是答谢她任劳任怨拍视频,结果人家的主题跟此毫不相关,组局的也不是许淳洵,而是他的发小,被称为四哥。

饭局在一间临河的酒店餐厅,整栋楼簇拥在散淡的竹林中。杜峻去得迟了一些,三宝感染了轮状病毒,又拉又吐,婆婆不是儿科大夫,不敢怠慢,领着杜峻到附属医院的儿科给三宝化验了血象。忙碌了一通后,杜峻急匆匆赶过来,到了包间门口才发觉自己的衣裳横一道竖一道的都是污渍,全是三宝的呕吐物。她到洗手间里擦洗,弄得衣裳湿漉漉的。她穿的是一件纯白的亚麻衬衫,领口松了两粒纽扣,戴着向善送的那条黑色的梵克雅宝,像是一颗黑色的心。杜峻逐渐爱上了这色泽,谁送的、谁选的,全都无所谓。

许淳洵坐在主宾位,四哥在右侧,左边是院长。院长穿灰蓝的丝袍,丝缎的平底鞋,露出笑容的时候,眼睛会微微眯起来,晶光四射,没有做过医美的脸,眼角和唇角都是细微的皱纹,但有一种无法言说的好看。在座的还有几位学校职能部门的领导,人文社科处副处长、人事处副处长,以及一位陌生的年轻男性,面孔俊朗,一双炯炯有神的大眼睛,微笑地注视着杜峻。

"这是岳白，"许淳洵为杜峻介绍，"岳白，这是你们学院戏文系的杜峻老师。"

"姐姐好。"岳白态度恭谨，嘴里称呼的却是姐姐。

杜峻想起来，这是学院刚入职的新同事。戏文专业今年有两个招聘计划，招了一个北京电影学院的女博士，另一个就是岳白，澳大利亚的海归，世界排名前一百的高校博士。范漫卷是戏文系的系主任，面试的时候她参加了，下来跟杜峻和柴小蛮说起这个叫作岳白的新人，颜值很高。

"让人想起白马王子。"范漫卷是这样形容的。

"究竟长得像马，还是像王子？"当时杜峻是这样调侃的。

杜峻被安排在院长身边，云里雾里地坐了一阵子，总算闹明白了，岳白是四哥朋友的孩子，四哥是要郑重其事地把他嘱托给许淳洵。杜峻揣测不清缘由，毕竟她不过是一介书生，连系主任都不是，偏偏叫了她来。从这排阵来看，都是许淳洵亲厚的下属，学校的中层，杜峻的层级差异太远，不免拘谨不安。在这种场面上，杜峻跟柴小蛮不同，不会逮着机会就往上蹭，她不是那种主动出击、八面玲珑的进攻型美女，也没有院长这种不怒自威的御姐范儿，她是美则美矣，温暾斯文的一个人。

四哥光头、布鞋，白T恤是纯棉的，杜峻认得那牌子，不是那种烂大街的奢侈品，一望而知是低调的商人，有实力，但不炫富。果然，席间他淡淡地跟许淳洵说起新拍下的一块地，那是高新区的一宗热地，极为抢手。通常的饭局不过是聊聊人文地理、俄乌战争、大气变化，那多半是参与的人不全是可靠的，但这次显然不同，许淳洵默认在座的都是可以

第二章

信任的人——杜峻从一对一的敬酒词就听出来了,那两位职能部门的副处长,都是许淳洄相中并一手提拔起来的。院长从引进,再到担任行政职务,也是许淳洄一手促成的。许淳洄讲了几个小故事,当初院长是奔着杭州一所高校去的,听到消息,许淳洄带着人事处处长中途拦截,在动车上,当场就跟院长把人才引进协议给签了。院长来了以后,不太想涉足行政,许淳洄约她到办公室足足谈了三次,说服了她。作为副校长,许淳洄刚好联系电影学院。校领导们的职责有分工,他们分管各职能部门,又各自联系几个学院。在这里,联系与分管是截然不同的两个词,其中的语义有着模糊而又暧昧的指向。这是高校的话语范式,杜峻的理解是,学院班子类似于封疆大吏,存在着想象性认同与象征性认同的不同阐释。但看得出来,院长与许校长是亲近的,他们的关系属于人间性,而非政治性。

院长接过话,笑吟吟地说道:"最后那一次,一见面,许校长开口就说,你还是给我一点儿面子吧,我这都三顾毛驴了——我一听,这不给面子不行了,再不答应,我都成毛驴了。"

众人骇笑。

"杜峻,你别笑我,我是理工男,容易念错别字,茅庐、毛驴的读音老是要搞混淆,这是我跟你们院长之间的经典笑话,她经常取笑我没文化。"许淳洄笑着看向杜峻。

"我哪敢取笑许校长。"院长忍着笑,向许淳洄举杯。

在酒局中,院长能文能武,既是出尘的,又是入世的。她的酒量不错,妩媚但又坦诚地微笑着,讲着一些别致的敬酒词,恭敬而又庄重,让对方难以拒绝。就算吃完饭以后,几个人陪着许淳洄打几把掼蛋,院长也丝毫不怯场。她跟四哥混成了黄金搭档,一口气升级到顶,不留情面,把许淳洵和人文社科处副处长的组合杀得片甲不留,许淳洵直嚷嚷下回要跟院长组队。院长没有故意让着许淳洵,世间辽阔,各有缘法,她的无为与含蓄,很多时候,反而是有张有弛、有进有退,毕竟在高校的江湖里,人人都够精明,谁的心里都是门儿清的,服浅的、阿谀奉承的那一套是行不通的。

喝了酒,四哥问起许淳洵的夫人:"一天天的,还是你在病房盯着?两家的亲戚,都没人来替换替换?护工也没一个合适的?"

"亲戚都有自家的事儿,不可能长期过来看护,那些护工,终究是外人。"许淳洵接着很不男人也很不领导地举了几个例子,关于护工的,通过一些细节,从生物学、社会学乃至病理学的角度出发,把那些遮蔽在高度严肃的道德与劳动背后的生命本相揭露出来,那些全无悲悯之心的懒惰、疏忽,与得过且过。

"别太挑剔,"四哥拍拍许淳洵的手背,"你想一想,至少每次我们在一起喝酒的时候,有护工能够帮忙,这就够了。"

许淳洵当下只是一脸黯然,也没有别的话,唯有跟四哥狠狠地碰了碰酒杯——他们喝的是红酒,小酌,软化血管。四哥和许淳洵是在一个院儿里长大的,彼此穿开裆裤、最屎最狼狈的模样都见过。两人都是部队子弟,营地在山区,早上同一辆班车去县城读小学、中学,傍晚同一辆车返回。

有一回,四哥被老师留堂,错过了班车,许淳洵愣是没上车,等着他一道回去。两个半大小子沿着漆黑崎岖的山路走了大半夜,四哥中途钻山洞去大便,错过了迎面来接他们的父母。远处传来瘆人的野兽嚎叫,两家人都以为他俩牺牲在虎口了,两个老母亲哭得一塌糊涂。

"走了大半夜才走回家,回去一看,哟,家里灵堂都给搭好了。"四哥

第二章

一边讲,一边咧嘴大笑。

岳白的母亲也是那院儿里的孩子,比他俩年纪要大不少,当年是女神级的人物,以县城高考状元的身份,上了清华大学,学的是工程地质,老公是大学同学,两口子常年在野外工作,唯一的儿子岳白中学就送出国了。四哥的妹妹移民澳大利亚,岳白中学时期就寄宿在四哥妹妹家里。

至此,杜峻厘清了关系,这顿饭的主角是岳白。许淳洵叫来的这几位,都是高校"青椒"经常打交道的部门,认个脸熟,办事提个速是没问题的。

"这孩子随他爹妈,成绩好,"四哥说,"就一桩事,让人操心,三十出头了,还单着,他父母这时候在国外参加项目评审,要不今天也过来了,他们这个行业,专家就是越老越吃香——他妈妈跟我念叨好多次了,让我给留意着,物色一个儿媳妇。你们几位都是高校的领导,人脉广,有合适的,请你们给牵个线、搭个桥。"

"校长、院长都是大专家,不管这些小事儿。"不等大家有反应,岳白主动站起来敬酒。

"这可是重大民生工程,交给电影学院吧。"许淳洵笑着看向院长。

"岳老师条件这么好,哪里需要担心?"院长微笑。

"他妈急,他爸比他妈还要急,这次回国就业,就是老两口下了死命令,必须回来解决终身大事,"四哥笑道,"在国外那么多年,女朋友一个没有,老两口先还嘴硬,规定了品种,不许找个洋妞当媳妇,后来这话也不提了,只要不是男的就行,什么国籍、学历、人种啊,一概不设门槛。"

大家笑得稀里哗啦的,岳白一直冲四哥抱拳,求他老人家口下留情。

"岳白,杜峻跟你是一个系的,你要多向她请教。"许淳洄是个周到的人,眼神和话语随时都会照顾到杜峻,杜峻太不熟悉他们的圈子,又都是领导,接不上话,只好微笑傻坐。

岳白如蒙大赦,赶紧举起酒杯来敬杜峻,又来加杜峻的微信。岳白的微信头像是用糖果遮住眼睛的凡·高,糖纸是五彩缤纷的,凡·高也是五彩缤纷的。不知为什么,岳白给人的感觉就是五彩缤纷的。有些人是黑白的、神秘的、悠远的,比如许淳洄,比如院长,他们更像是意蕴深邃的中国山水画。

"进了高校,第一件事,科研要卷起来,先把博士论文改一改,立马找一个A类,最不济也是B类出版社出版,好的出版社要排队等很久的,你得抓紧了。"杜峻真诚地说。

没想到岳白瞪大双眼,吃惊地说:"姐姐,我这学位证还没焐热,就要琢磨出书的事儿了?"他嘀咕了一句,"算了,在上班和上进之间,我还是选择上香吧——听说这附近有个百年老寺,很灵的。"

"好多人去那里求姻缘,岳白,你也可以试试。"院长插嘴道。

大家都笑了。

"最近杜峻在帮我拍医院里的视频,我不懂你们的专业,但她选的角度看起来都很棒。"许淳洄又一次顾及杜峻。

"拍什么视频?"四哥问。

"临终前的一段,留个纪念,将来给女儿看看,她妈妈活着时候的影像,告诉女儿一声,老爸尽力了,尽了全力。"许淳洄解释着,表情变得肃穆而伤感。

四哥突然沉默下来。

"杜峻很有灵气。"院长接过话头。

"我老婆的主治医生,跟杜峻的母亲是大学同学,介绍她给我认识。"许淳洵很随意地说出他们相识的始末。

"是我的婆婆,"杜峻更正,补充了一句,"孩子们的奶奶。"

"杜老师不止一个孩子?"人文社科处副处长问道,"我家两个娃,闹翻天。"

"我三个。"杜峻莞尔。

"了不起,了不起!"几个男人纷纷道,"杜老师是传说中的英雄妈妈,为国家做了大贡献。"

"孩子多,是一种幸福,"许淳洵深深地注视着杜峻,"我女儿小时候是夜哭郎,我整夜整夜抱着她溜达,那会儿看着躺在胳膊里的小人儿,心里经常会想,幸亏就生了一个——现在想来,这念头多片面。"

"许校长的女儿在上大学吧?"杜峻问道。

许淳洵怔了怔。

"快毕业了。"他说。他一下子就静下来,过了好一会儿,他说:"你喜欢看什么类型的电影?我女儿也很喜欢电影,不过她看的都是你们叫作艺术电影的那些作品。"

"许校长的女儿也是学艺术的?"杜峻傻傻地问,她没有回答许淳洵的第一个问题,那没法回应,身为电影研究者,兴趣排在研究需求之后。

"那倒不是,"许淳洵很快说,"小女学的是天文。"

夏枯草

专任教师不坐班,也没有专门的办公室,学校办学场地紧张,每个系并没有单独的空间。杜峻带了三个研究生,每周一下午是固定的组会时间,地点就在学院的资料室。人文艺术类学科不同于理工科,大家就是坐下来一通聊理论、聊论文,有时也聊聊人生。

研三的一个女生,是个人才。每次组会都端端正正地坐在靠近书架的位置,两只手臂放在身侧,一动不动,膝盖上是翻开的笔记本电脑。那些书架是铁质的,深色,距离窗户很远,光线有些暗淡,女孩的长头发披散下来,一半脸都在阴影里。她总是一个人坐在那儿,离杜峻和另外两位同学远一些,跟谁都不说话。她即将进行的程序是毕业论文外审。

杜峻给学生们买了几杯拿铁,一杯不加糖不加奶的美式是给她自己的。每次杜峻都会给学生们带点吃的喝的,这有助于融洽师生关系。这批孩子是2000年前后出生的,从小就适应了彩虹屁式的教育,老师随时发放小零食小奖品,天天都是万圣节,不给糖不开心的那种。

然而学院的研究生生源质量是一年不如一年,学校的本科生是一本入口,高出一本线起码七八十分,研究生则来自五湖四海不知名的高校,除了稀少的本校直升和调剂生以外,大部分都是从层次更低的高校考过来的,培养过程异常艰难,做毕业论文更是一场相互伤害——学生憎恨导师太严,导师埋怨学生太闲。等到跌跌撞撞通过答辩,师生都松一大口气,从此老死不相往来。

第二章

　　这是最近两年。早几年的情形不这样。那会儿的研究生恭谨顺从，弟子有弟子的规矩，老师也有老师的尊严，有恩，有情，彼此的关系具有盛大的人文情怀与思想路径。现在，没有办法从美学、哲学、人类学的角度去观察师生本应具备的神圣而尊贵的关系。一切都是沉寂的，沉寂而冷漠。只有甜品是真的。

　　杜峻分完咖啡，照例先谈一谈自己近期读到的论文或论著，分享其中的主要观点。接下来，研三的女孩开始讲自己的论文初稿，她坐在暗影里，低头对着电脑屏幕讲述，嗓音细细的，看起来非常消沉、非常颓丧。

　　这女孩入校成绩是该专业方向第一名，杜峻也是基于此收下了她。没想到进来以后垮得厉害，任何事情的表达风格都是《罗生门》式的。譬如她要申请校外租房居住，对研究生辅导员讲的版本是自己睡眠不好，给杜峻的理由是父亲很渣，母亲患类风湿，从老家来成都治疗，需要她的陪伴。听学术报告要请假，她告诉研究生辅导员，导师杜峻安排她查资料，跟杜峻说研究生辅导员叫她帮忙整理奖学金表格。杜峻与研究生辅导员无意间一核对，发觉这女孩幸亏没去做编剧，编的故事漏洞百出。

　　读研三年，这女孩撒谎的功力毫无精进，化妆技术倒是突飞猛进，从一个怯生生的苍白小女生，到卧蚕眼、苹果肌、花瓣唇，整成了一张认不出记不住的网红脸，锥子似的下巴让杜峻想起动画片里的格格巫。除此之外，学业全无长进。她的论文选题是AI与科幻电影创作，很热门的一个学术话题，思路却是凌乱的，凌乱却又固执，重点不在技术、不在思想，而在一些情感表达，她居然对那种"男人以为女人不爱他了，女人也以为男人不爱她了，最终得知都是误会，前嫌尽释、皆大欢喜"的拙劣套路兴致盎然,认为这是对王国维"无我之境,以物观物"在爱情层面的最佳阐释。她花了全文的二分之一篇幅来探讨这个莫名其妙的伪命题。

从选题开始,杜峻每一次提出的修改建议,都像在撞南墙,脑袋撞得咣咣咣震天响,那墙纹丝不动。在这个学生身上,杜峻感到前所未有的挫败,这女孩就像是一个外星人,有着自成一体的表意系统,跟人类无法沟通。

"你的研究视域是文化学,这就决定了对所有问题的梳理必将渗透到对文化史逻辑与文化理想的认识和把握之中,"杜峻尽量放慢语速,"这个问题,寒假里我就提醒过你吧?"

女孩怔怔望着她,说:"没有呀,老师。"一脸的无辜。

杜峻心头火起,决定跟她较真一回,翻出微信聊天记录给她看。有图有真相。

"了解,老师。"女孩立即说,她从不说知道,而是说了解。她永远是这样,看起来像是很听话很乖巧的好学生——只是看起来。

"从开题到预答辩,我反复告诉你,这是你展开研究的文化背景与学术语境,你关注的落脚点应该是人性与精神的内核,而不仅仅是眼下对事件、史实的细枝末节的考证,"杜峻转而叮嘱研一研二的两个孩子,"我们的基础研究方法应当是从论证、描述到阐述如何认识,明白吗?"

"了解,老师。"这女孩抢着答应。

"时间不会欺骗我们,用在什么地方,是能看得出来的。"杜峻看她一眼。

"老师,这学期我哪里都没去,每天都在图书馆自习,寒假也都是在家里写论文。"女孩申辩。

第二章

"好几次组会,你不是都请假?"杜峻盯着她。

"我照着您说的,把C刊以上近五年的相关研究都看了一遍。"她避开请假的事实,顾左右而言他。

"我听其他老师讲,你在平台上有几百万粉丝。"杜峻平静地揭穿她。前一天研究生辅导员发了一小段直播录屏给杜峻,视频中的女孩左手举着面霜,右手举着面膜,声嘶力竭地卖货,气场很足,眉目生辉,完全不是在学校里笨笨的、钝钝的模样。杜峻门下有个网红,这件事,学院好些师生都知道,杜峻竟然是最后一个知晓的。杜峻一直认为研究生可以分为两种,一种是职业的研究生,一种是专业的研究生,前者以毕业为学习的终极目的,后者因为学习而顺利毕业。很不幸,专业的研究生凤毛麟角。

"平台我已经没有在做了,我每天都在写论文。"女孩眼睛一眨不眨地注视着她。这女孩有一种超常的本领,无论是否撒谎,她都能面色镇定,杜峻甚至怀疑她并非意识到自己所言虚假,她也许相信的就是自己所陈述的部分,那是在她的头脑里隐含的事实。于是,女孩的谎言在杜峻这里,事先就得到了原谅与宽恕,这让她不会那么难以忍受。

"时代是多元的,读研不代表成功,你不一定非得拿到这个文凭,粉丝冲上千万,甚至过亿,创造出成功的粉丝经济,那也是很了不起的。"杜峻认真地说。

"我现在什么都没做,就是在图书馆看书查资料。"女孩坚持。

杜峻懒得跟她争辩自己看到的视频里,直播时间就在三天以前。这女孩子定期进行线上直播带货。从销量来看,收入是可观的,远远超过杜峻或是别的大学教师。

"拿出直播的劲头来,修改完善你的论文。"杜峻索性逆向训导。

"我查了知网,类似的题目很多人在研究,它是有价值的。"女孩说。杜峻想的是,如果误解是最沉重的羁绊,她宁愿放弃抗衡。

"我没有说题目有问题,有问题的是你的研究方法。"杜峻说。

"我的研究方法有什么问题?"

杜峻控制自己不能出声咆哮,她必须把控话语权,避免会被女孩乱七八糟的节奏带偏,曾经她理想中的自己是一个有松弛感、大音希声的导师,但当她真正获得了硕导资格,才发觉带研究生就是一场冒险,能够遇见哪种品相的学生,全凭运气。

"我接着重复第二个问题,我请你在前言里面界定清楚,什么是AI,什么是人。尼采说,人类,太人类了,这句话的内蕴是什么?你一直没有按照我的意见阐述清楚。这个前提的逻辑性理顺了,你的研究思路自然就清晰了。"

"了解,老师,"女孩一口就答应下来,"但是,我明天要陪妈妈去住院,最迟下周送论文外审,您能不能先帮我签字同意送审?我会改好了再送出去的。"

杜峻说:"那不行,你改完以后,我看过才能签字,这是规矩。"

"那我马上就改,老师,您等我一会儿。"女孩就在电脑上准备开工。

杜峻拦住她,啼笑皆非:"我前面提到的都不是小问题,一两个钟头怎么能行?"

"老师,我妈妈躺在医院里,明天做手术,我真的要去陪着她。"女孩可怜兮兮地望着她,好像杜峻是一个不近情理的老巫婆。

"你当然应该好好照顾你的母亲,但是这跟毕业论文是两回事,尽孝,不能成为降低论文质量的理由,"杜峻看着她,"我有表达清楚吗?"

"了解,老师,"女孩用那双描过眼线、涂过眼影、粘着假睫毛的眼睛死死盯着她,"我已经很努力了,我应该怎么改呢?"

"三周以前,我已经在微信里发给你,罗列需要修改的二十四点问题,你的初稿,我也做了详细的备注,送审时间所剩无几,顺利改完,达到送审标准固然皆大欢喜,相反,也要有延迟毕业的心理准备,"杜峻在心里呻吟,"你是成年人,要对自己的选择负责任,在你疏于学业时,就该有此预见。"

"老师,您能不能让我送审?就让我试一试好吗?"女孩的语气很卑微,但她一直用一双冰冷的、雕塑似的眼睛一动不动地瞪着杜峻。

"我有我的准则,"杜峻拼命忍住怒气,"一旦有外审不合格的情况出现,不仅是导师本人,连学院都会受到惩罚,第一条就是减少招生名额——这会祸害整个学院,你明白吗?"

"了解,老师,您就让我试试吧,万一通过了呢?求您了,老师,写这篇文章费了我很多功夫,我不能够重来一遍了,就算绞尽脑汁也没办法。"女孩的表情楚楚可怜,杜峻抚住额头,真想捏一捏那些粉底、隔离霜、遮瑕膏、乳液底下的脸皮有多厚实。

"让论文质量说话,我们都遵守这条铁律,好吧?"杜峻严厉地看着她。

"了解,老师。"女孩低下头,没有逗留,带上电脑出去了。乍暖还寒的天气,杜峻发觉她竟然穿着露背毛衣,一小截干净细薄的脊背在长发底下若隐若现。

"不是老师苛刻,老师必须要对自己更要对你们负责任,"杜峻对研一研二的学生们絮絮说道,"即使毕业几年以后,论文依然有可能被抽检,那时候出现不合格,后果不仅是收回当事人的毕业证、学位证,学位点都要被牵连,严重的有可能停止招生,有的学校制定的政策是,但凡有此类问题,导师罚款一百万元。"

另外的两个学生一言不发地听着杜峻的耳提面命。杜峻有点杀鸡儆猴的意思。她们都有清澈好看的眼睛,很聪明的样子,但写论文的时候,能把人活活气死。

组会接近尾声,气氛变得松散。两个孩子跟杜峻讨论最近看过的影视剧与书籍,她们谈论着网剧《漫长的季节》,又给杜峻发了一本电子书的PDF格式,是日本作家的一本悬疑类作品,叫作《夏天、烟火和我的尸体》。组会散了以后,杜峻往电梯走,低头随手翻开看了两页,这小说的写作手法挺有创意的,以亡者的全知全能的视角,平静地注视着孩童的恶。没有常态的规则、形态与特征,也没有道德评价。

杜峻看了下去。

电梯门开了,她本能地朝里走,没留意到一个穿黑丝袜、皮衣、化浓妆的中年妇女从电梯里冲出来。这女人四处瞭望,仿佛是站在一座碉堡上,朝下俯瞰。她嗓门响亮地大声嚷嚷:"杜峻在哪里?"

杜峻诧异地抬头问:"我就是,你谁啊?"

"你是杜峻?"那女的冲着杜峻大叫,"我女儿跟着你读书,你凭什么不让她毕业?她哪里得罪你了!老娘就看不惯你这种欺负女生的死变态!"

正是课间时段,楼道里的学生渐渐围拢过来。杜峻彻底蒙了,下意识地回应了一句:"你在说什么呀?你有病吧?"

那女的一听,出其不意地扑上来,抓住杜峻的衣领:

"你脑子才有病!你全家神经病!你凭什么挤对我女儿?!我女儿跟着你,你屁本事没教给她,毕业还刁难她!我告诉你,小姑娘脸皮薄,老娘可不是好惹的!"

第二章

　　杜峻哪里见过这种阵仗,慌乱地想要扒拉开那泼妇:"你想干什么?!"话音未落,她脸上已经结结实实挨了一记耳光,恍惚中只听那悍妇号叫:"我女儿啥地方得罪了你?你耗着不让她毕业,老娘可没钱再给她缴学费!"

Chapter 3

第三章

黄栀香

排在前面的是一对规规矩矩的小生意人,说是在一家烤串店里投了资。先砸了五万元,分红一万多元,再砸了十万元,分红三万多元,接着砸进去三十万元,然后,一天早晨,好端端的店挂出了招租公告,店老板人间蒸发了。

"生意一直很好?"做笔录的民警一边在电脑上记录,一边问话。

"说不上来很好。"那男的有点迟疑。

"除了周末偶尔满座,平时几乎没什么生意。"女的肯定地回答。

"没什么生意你们还不断往里投资?"民警啼笑皆非。

那对男女对视一眼,男的说:"开始两次,都很快就给了分红。"

"老兄,那你也得看清楚这分红的可持续性,对吧?"民警忍不住敲敲桌面。

"我们想着,只要能按时兑付,别的都不是事儿。"女的嗫嚅,她的眼光躲避着民警,她的脸呈现出一种衰老的姜黄色。

听见这话,民警自顾自耻笑了一声,杜峻都能听见他心里在说,想钱想疯了,骗的就是你们这种贪婪的傻子!

惊掉下巴的是,问来问去,那两人的关系还不是夫妻,是同事——前同事。他们是在同一间超市打工时认识的,后来男的转行送外卖,女的去当保洁员,中间既没有深思熟虑的隐情,也没有出其不意的利益,什么都没有。跑路的店老板跟他们都没交集,事情的发生,没有预谋,也没有准备,所有的细节听起来,相当于大马路上遇见一个人,就把钱投进去了,简直滑稽。

杜峻坐在一旁,等待排队做笔录,足足等了半个钟头。给前面这案子一打岔,杜峻自己受到的侵害暂时就搁一边儿了,她几乎忘记了不久之前那晦暗、恐惧的经历,完全陷入对眼前这对报案人的猜测里。

打了杜峻耳光的是研三那女生的妈,这是杜峻成年以来第一次挨了一记耳光,它的侮辱远大于伤害——就像她面对自己腹部因为生育而残留的褶皱,皮肤表面新生的赘疣、雀斑,发白的体毛,口腔深处的异味一样,不得不哀伤地意识到,时间正在以一种难以想象的速度,收回它曾赋予她的尊严与自信。

就是这个被女儿谎称长期生病、眼下躺在医院里等待手术的可怜女人,一个强壮的悍妇,打扮得像个老鸨(起初杜峻只觉得她的妆容艳丽得刺眼,在派出所里,她看清楚对方高耸得不像样的胸部,脑子里突然冒出这么一个词语),跳起来,给了杜峻一耳光。她让杜峻惊觉自己的职业并不是一道平静和缓的河流,其实河床里布满了尖利的、半明半暗的石块,说不定什么时候就被冲到岸边,脱离了主体性与知识论的视域,狠狠地戳破她的体面。

肇事者和杜峻被分开做笔录。事发以后,现场目击者打电话给学校保卫处,他们立即赶到现场,杜峻和那妇人一起被带到了保卫处。保卫处处长、学院书记几方分别展开调查,院长出差在外,但也紧急安排学术委员会主任召集线上会议,研判那孩子的论文,结论出来,杜峻无疑是审慎的,论文质量与通过匿名外审的水准有相当大的差距。

书记和研究生辅导员一起约了研三那姑娘谈话,谈完以后,女孩过来给杜峻道歉,一贯的眉眼低垂,化过妆以后的网红脸白得像鬼。那瘆

第三章

人的白色里,似乎有着请求原谅的神情。

"对不起,老师,我不应该跟妈妈说,您不喜欢我。"

她的眼睛变得很大,单眼皮让她凸起的眼珠有一种莫名的生硬。她应该去做成双眼皮,哪怕是瞌睡兮兮的效果,都会让她的目光柔和起来。杜峻恍惚地想着,在这桩意外事件里,她不断地走神,从一段幻想里漂浮向另外一段幻想,就好像是本能地抵御着一切处置程序。

打人者被保卫处留下来,治安科的几个同志软话硬话都说了,目的就两个,一是她必须向杜峻当面道歉,二是她姑娘面临延迟毕业,她得认,还要配合学校做好她女儿的思想工作。

然而一下午的谈话都打了水漂,女孩子貌似接受了现状,但她妈报了警,缘由是女儿在学校受到了不公正的对待。警察到学校来,当事人一起被带去了派出所。杜峻生平第一次坐警车,司机开了警笛,一路鸣响。杜峻有一种不真实的感觉,笛声是那样遥远,像来自森林深处狂暴的风声,带着树木浓淡不一的绿色,有一种幽深的恐惧。

保卫处跟过来一位副处长,待了一小会儿,然后回学校去处理别的公务。最后就剩下杜峻独自跟那妇人待在派出所等候调解。那妇人并没有安安分分坐在室内,一直在走廊上高声打电话。杜峻坐在原处,像是陷入厚厚的雪堆里,被冻僵了,失去知觉,动弹不得。

范漫卷在上课,课间打电话来,鼓励杜峻要挺住,仿佛杜峻是一个女战士,正处于她们都未曾见识过的战场,在枪林弹雨中勇猛抗敌,范漫卷从大后方致以亲切的慰问。

"太混乱了,"范漫卷说,"但你得知道,总会有不讲理的人,家长或是学生,我们不用怀疑自己,坚持正确的价值观,才是王道。"

柴小蛮也打电话来,问杜峻要不要过来陪她,杜峻一想到柴小蛮那一身夜店风的装束,跟那个打人的悍妇有得一拼,她就感到一阵眩晕,赶紧说不用了。

第三个打电话来的是岳白,他跟柴小蛮一样,申请来派出所陪伴,被杜峻婉拒了。岳白那种富贵闲人,苏打水、口香糖随时不离手,一看就没有经历过社会的吊打,不适合面对这种脏污的世界。岳白回国时,联系过北京一所高校,顺利通过面试,结果他还是选择回成都。杜峻跟他探讨过他的抉择,答案是,北京那所学校,第一个聘期是协议制,约定科研任务,考核合格后,第二个聘期才能入编。其规则是眼下高校通行的非升即走。杜峻所在的学校,针对专职科研人员,同样实施合同考核,但这几年戏文系走了两个老师,教学任务重,这一次进的是专任教师,一来就有编制,有编制就算稳了,不犯大错没人砸饭碗。

"宇宙的尽头是考公,不过,你在国外读了那么多年的书,我以为你会喜欢有挑战的工作。"当时杜峻说。

"我当然喜欢,"岳白不否认,"不过,姐姐,我考考你,赛车最关键的技术是什么?"

"速度。"杜峻想了想,说。

"不对,是刹车。"岳白露出一个坏笑的表情来。

岳白人没有到派出所,却是叫了外卖,给杜峻送来手帕纸、湿纸巾、瓶装水之类的。杜峻失笑,这孩子心思细腻,这些还真是能够派上用场。

排在前面那两个被骗的男女做了很久的笔录,杜峻终于听得不耐烦了,她打开学生推荐的那部电子书,从被耳光打断的部分继续往下读,不一会儿就读得浑然忘却周遭的烦恼。

"看什么看得这样入迷?"一个醇厚熟悉的声音在她身后响起。杜峻回头一看,竟然是许淳洵。陪同前来的还有保卫处处长和治安科科长,派出所所长也跟着一块儿过来了。

"许校长听到杜老师的遭遇,一定要亲自来看望您。"保卫处处长态度十分谦恭。杜峻反应过来,许淳洵也分管着保卫处的工作。

"许校长。"杜峻有点局促。这丢人现眼的事儿,怎么还惊动了校领导?这一刻,她恨不得遁地消失。虽然不是她的错,但几小时以前的耳光,给此时的见面吹来一大股寒冷的气息。那个耳光,似乎让她的生活发生了一些变化,究竟是什么,她暂时还想不明白。当她接受了一个耳光从刺痛,到微痛,再到毫无行迹,她也就接受了来自命运的所有紊乱,它们超越了她曾经有过的所有不愉快的时刻,就像一颗脱离了群星的孤单的星子,在轨道之外茫然游走。

"吃饭了吗?"许淳洵温言问道。

"没来得及吃吧?"保卫处处长已经接过话,"楼上去坐坐,吃点东西。"

杜峻只得跟着他们上楼,去了派出所所长的办公室。不一会儿,她跟前的茶几上就有了沏好的茶、饼干、方便面、火腿肠、卤蛋之类的,堆得满满的。

杜峻喝了一点茶,没有吃东西。许淳洵坐在她对面,跟派出所所长和学校保卫处处长、治安科科长交谈,他们谈的是最近发生的几起治安事件,跟她无关。他们没有评论这记耳光的前因后果,这让杜峻好受一些。如果因此而受到他们的关注,她会感到一种可笑的不安。她对自己说,这不会是什么惊天动地的改变,即使她不能原谅那记耳光,但她已经想好了必须尽快遗忘它。它属于私生活的范畴,不应该长时间地逗留在公众视野里。她甚至决定今晚要早点睡觉,不管能不能睡着,但一定要早点上床去,躺下来,就像是过去任何一个平常的夜晚。

不一会儿有民警上楼来,说是跟那妇人交流了,果然不是女儿口中的什么贫困病人,电影学专业就不太可能出现家徒四壁的学生,毕竟电影玩儿的就是情怀,糊口都吃力的家庭,怎么可能奢谈情怀二字?这母女俩的来历跟学籍档案填写的户籍地址没有出入,的确来自一处脱贫不久的乡村,但一家人到成都已经十多年,生父去向不明,如今与她们同住的是女孩的继父。继父比那妇人年长二十岁,非等闲之辈,退休前是国家电网的高工,退休以后也还在私企做技术顾问。继父这会儿也到了,在楼下陪着那花枝招展的娇妻,也是不停地打电话,打给认识的各路公安朋友。估计这老男人是要在老婆跟前凸显一把英雄主义。

这当然没什么用,唯一的麻烦是,继父拜托的朋友络绎不绝地打电话来问情况,经办民警重复了N遍案情。眼下对方的诉求是,让杜峻签字,同意女儿的论文送外审。如果杜峻不答应,就要求学校开除她。

杜峻险些笑出来,这荒诞的逻辑没有吓到她,反而使她感到游戏似的随性与无聊。然而民警一脸严肃,说女孩本身在平台有一定数量的粉丝群体,又联络了一些网络大V,一旦有不明真相的吃瓜群众起哄,形成网暴,即使学校和派出所一起出面澄清,甚至追究发帖者的法律责任,但对杜峻的舆论伤害将是不可逆的——一个寻常的女教师,以这种方式成为网红,绝对不是什么愉悦的体验。

"跟学校宣传部联系,请他们立即做好应急预案,"许校长对保卫处处长交代,他的语气很坚定。他朝杜峻看过来,冷静地说:"不要担心,没人会允许他们胡闹。"

保卫处处长当下就跟学校宣传部部长通了电话,简单介绍了可能出现的舆情。许淳洵也打了几个电话,都是相熟的朋友,听得出来有宣

第三章

传口的,也有公安口的,还有石油系统的,他嘱托对方打听那位继父的同事或上级。

这混乱的一天下来,杜峻此刻是真正紧张了。先前她想的不过是对方母女道歉,这事儿就罢了。还能怎样呢?从挨耳光时的震怒中冷静下来,她明白对方的行为够不上关监狱。较真的话,那悍妇被治安拘留是有可能的。不过关几天出来,那仇恨是消解还是膨胀?如若是后者,这纠缠就没完没了了。杜峻可不愿意被烂人烂事缠身,她立即放弃了追究法律责任,要个态度而已,但眼下看来,对方却是强硬地继续出击。

所长处长科长和经办民警一起去见那对继父悍母,谈判条件,留下许淳洵陪着杜峻。保卫处处长问过许淳洵要不要先离开,这边交给他善后。许淳洵拒绝了,直言不讳地说:"于公于私我都该留下来,杜峻是学校的老师,她的长辈还是我的朋友。"

他很坦然,没有在下属跟前遮遮掩掩的,但同时也明确了他与杜峻之间的辈分,没什么好猜疑的。毕竟对许淳洵这样功成名就的老男人而言,一位美丽的中年女老师,可以是一个庞大的文化隐喻或象征,一个无限延展的、壮观的意象系统,也可以什么都不是。许淳洵的表达,让杜峻作为女性个体的存在,变得空无一物。

他只字未提杜峻帮他拍摄视频的事。杜峻立即就意识到,保卫处处长跟前几天聚会的那几位领导,与许淳洵的亲疏程度是不一样的。许淳洵是一名学者型的领导,所谓气味相投,亲密的上下级关系,也不全是凭着谄媚、忠诚这些元素建立起来的,毕竟科研、人事和学院的领导们也都是学者出身,与许淳洵有着一致的话语体系。

这挺好。确认了辈分,杜峻就不用再紧紧绷着。她倦怠地靠近沙发,从下午以来,第一次感到了轻微的恐慌和无助。这种时刻,波德莱尔、本雅明这些大神解决不了任何问题,甚至悬疑小说也不能。她只能熬着。而有人陪伴,至少能让这煎熬不那么扎心。

"这件事,没有想象的那样糟,但也不至于完全没有风险。"许淳洵开口道。

杜峻沉默不语。

"控制住舆情,就把控住了后续。"许淳洵接着说。杜峻承认他的话是正确的,悠悠众口是比污泥更可怕的东西。

"十年前,我还在做社科处处长的时候,遇见了一件事,差点儿一蹶不振,放弃管理岗位,去做一个闲云野鹤的专任教师。"许淳洵站起来,为她的茶杯续了一点热水,慢条斯理地对她说道。

杜峻猜他接下来就会讲一个励志的故事,比如在工作中被误解、被打压、被孤立、被冤屈,然后默默忍耐、韬光养晦,伺机绝地反击,最终修成正果,迎来人生的高光时刻。

"那一年,有个同事申报哲学社会科学奖,我是评委,事前他嘱托了我,我也答应支持他,"许淳洵慢慢说下去,"但是,在评审现场,有评委发现了硬伤,他的成果标注了国家课题的阶段性成果,在评审条例中,这种情况被排斥在评奖之外,这个细节,事后我告诉了他,但是,他认定是我从中作梗,至少没有替他做好沟通工作。他写了一篇含沙射影的杂文,发表在一份当时订阅量不低的报纸上,影射我是一名伪君子、两面派、为官不仁。没有指名道姓,但认识的人都知道,他在骂我。说实话,他的文笔很好,那篇文章还被放到网络上,点击率过十万,虽然没有今天的网络盛况,但也算是颇有知名度了。"

他讲得很平静,几乎不带感情,像在说着不相干的别人的事。派出

第三章

所的二楼是寂静的,门外了无声息,风从敞开的窗户徐徐吹进来。

"这还不够,那年的硕士毕业答辩,他是答辩组成员,在最后关头,我的两个毕业学生,被他坚决反对,结果都没通过,只能推迟半年,重新答辩,"许淳洵继续说着,"如果他写的那篇文章让我颜面扫地,那么,殃及无辜的学生,就触到了我的底线。我写了一份辞呈给学校,请求不再担任行政职务,去做一名普通教师。"

许淳洵讲故事的风格不是那种高蹈圆润的领导话语范式,也没有那些触手可及的鸡汤鸡血。他讲得很平实,情节的跌宕起伏,那些疏离感、人性之恶,以及绝望与无奈,都被他一语带过。也非得在他这样的年纪和阅历,方能有此安然的回顾。显然,他已经不再计较。再也没有什么可以伤害到他,一切,全部,都将被排斥在他的世界之外。

"老校长是中科院院士,学工程的,他收到我的辞呈,没有跟我谈话,而是送了我一套《毛泽东选集》,说先给我两个月时间,好好读一读书。"许淳洵淡然讲下去,杜峻已经被他的经历吸引,她很惊异,甚至有些同情许淳洵曾经有过的处境,那比一记耳光要严重得多。

"那是我第一次研读《毛泽东选集》,很震撼,里面好多内容,我到现在都记得,"许淳洵接着说,"他反思为什么要被整,本质是因为思想不同,对问题的看法不一样。他说,一种态度是从此消极,很气愤,不满意;另一种态度是把它当成一种有益的教育,当作一种锻炼——我一边读着这些振聋发聩的文字,一边感受到了自己认知的狭隘。"

他停下来,看着杜峻。杜峻突然醒觉,她是被上了一堂正能量的党课。她并不反感许淳洵的劝导,一点都不。她感激他的到来,感激他毫不隐晦地讲起自己的糗事,她可以试图顺着他的方式,找到一条和解的路径,而不仅仅是消极的遗忘。

杜峻自嘲地想着,这种要命的体验,竟然只有尚不太熟悉的大领导给自己做心理抚慰,再也没有别的人惦记着她。她在家的时候,大宝、二宝的功课是她辅导,她不在家时,公公辅导。没有人会打电话催促她回去。公公婆婆帮着带三个孩子,离婚以后,他们给了她足够多的自由——也是足够多的孤独。至于向善,即使是在离婚以前,也只有找不到换洗的内衣、牙膏之类的,才会打电话给她。

返回时,已经是深夜十二点多。治安科科长驾车逐一送大家回去。这里离许淳洵妻子住院的地方最近,离杜峻最远,但许淳洵指示先送她。保卫处处长坐在副驾驶座,杜峻和许淳洵坐在后座。许淳洵给护工打了微信语音电话,告知预计到达的时间,提醒护工更换一次尿不湿。

谈判无疑是艰难的。对方不肯松口,胶着状态中,继父接到的一通电话起到了关键性的作用,那是许淳洵托付的朋友,找到了继父的老上司,也曾是他事业中的伯乐,一番协调后,条件变成了:母女俩给杜峻道歉,但杜峻须尽力指导孩子的论文,直到顺利送审。后者意味着,杜峻要抵达枪手一般的介入程度。这很恶心。这太恶心了。

然而,只能答应下来。双方磨了这么久,那对夫妻精神抖擞,不达目的誓不罢休。继父的假发耷拉下来一块,遮住了眼睛,他的年轻妻子不断地帮他撩起来,好几次露出了底下稀疏的白发。派出所所长把杜峻叫出来,单独跟她聊了一会儿,建议她接受,碍于对方有网络发布的企图,这边退一步比较理智。

许淳洵什么意见都没有发表,出来以后,当着杜峻的面,他给院长的微信语音留言,建议学院成立一个专门的班底,集体辅导那个学生,确保按期毕业。基于前期已有的激烈冲突,导师本人最好回避,不再参

第三章

与后续的全部事项。院长还没有休息,一个电话回过来,表示按照许校长的指示办。许淳洵观物取象,立象以尽意,照顾到了杜峻最细微的情绪,让她不必再去面对那对恶俗的母女。

车子一直开到小区门口,杜峻向几位男士道了感谢和晚安,朝里走去。没走几步,许淳洵从后面叫住她。他打开车门,笑着朝她快步走来。也许是路灯的微光,也许是杜峻累了这么一天,精疲力尽,头昏眼花,他的笑容在她眼中竟然有些动人。他的双腿很长,步履有风,像个干干净净的少年——许淳洵身上颇有一些少年感。他有白发,有皱纹,这些并不妨碍他眼里的光。是的,他那样的年纪,被生活按在地上充分摩擦,与生活过招的结果已经初步显现,眼睛通常不是混浊,就是狡狯,而他的眼中尚有微微的光。到了五十多岁,颜值扛打的男人,杜峻见过一些,也听过一些,看着很绅士,是一种有包浆的、深不见底的气韵。接触深了,才知不过如此,都是装的。尤其是出生在二十世纪六七十年代的男人,有着天然的饥饿感,物质欲望刻在了骨子里。表演成了习惯,演技与本性合二为一,但眼神会出卖他们,滞重的、像是漂满深绿藻类植物的死水,无论在怎样的光芒照耀下,都不会闪烁。

杜峻告诫自己,许淳洵的眼里无论怎样闪着光,都与她无关。她想的是,跟许淳洵走得近一些,终归是有益的,下一次评职称,在急赤白脸的鏖战中,许淳洵伸出援手,或许她就能平安上岸。

许淳洵走到她跟前,朝她伸出手来,宽大的掌心里躺着她的手机。该死,她把手机落在车上了。她接过来的瞬间,感受到他手掌的温度,他把手机牢牢放进她手里,她这才发现手机底下是一片包装完好的卫生巾。那也是从她皮包里滑出来的,她忘记把包包的拉链给拉上了。为了避免尴尬,他把卫生巾隐藏在手机下面,一起递给她。

"早点休息。"他若无其事地说着,转身上车,车子发动,扬尘而去。

杜峻握着手机与卫生巾,心里突如其来地闪过一部电影里的台词:爱与混乱的最初,都是悄无声息的。那是什么影片呢?杜峻却是想破了头都想不出来了。她想,一定是这一天过得太过糟糕,以至于脑子都抽风了。

芝兰香

许淳洄的妻子五十岁生日当天,四哥买了一只小小的芝士蛋糕到病房来,还有几位学生也过来了,都是许淳洄带过的博士,已经毕业,都在成都工作。大家有模有样地吹了蜡烛,分了蛋糕。许淳洄附在妻子耳边,告诉她,这是为她举行的庆祝仪式。病人微微睁开双眼,看了看四周的人,左手稍稍抬起来,许淳洄立即握住她的手。她比任何时候的状况都要好,之前的拍摄里杜峻几乎没有遇到过她苏醒的时候——尽管这也不算是真正意义上的苏醒,她的嘴唇翕动着,口齿不清,谁都分辨不出她的发音,包括许淳洄,他只是温言安抚着她,承诺她会一天天好起来,直到可以下床走路,他们就一起去看女儿。病人似乎听懂了,吃力地点点头。

"许校长,要不要跟女儿视频连个线?"杜峻提议。她扛着摄像机,尽忠职守地记录着。

"她在美国,有时差。"四哥简洁地回复了她。

杜峻想了想,这是夜晚,美国应该是白天才对。学天文的女生,功课一定是很辛苦的。许淳洄是学术界的大佬,女儿资质不会平庸,朝向女天文学家的路径去跋涉,吃尽苦头是必然的。

许淳洄带来一朵珙桐花,白色硕大的花瓣。那种花盛开在高高的树梢,天知道他是怎么摘到的,这也不是适宜插花的品种。护工找了一只搪瓷漱口杯来,勉强放了进去。

"她和女儿都很喜欢珙桐,"许淳洵说,"我们住的小区,种了不少珙桐树,今年开得比哪一年都要多,都要久。"

病房里人太多了,当班护士过来撵了好几次,四哥和学生们不得不告辞。杜峻留下来,她要再多拍一些病人似醒非醒的镜头。拍完以后,她跟许淳洵聊了一会儿她的想法,她打算按照屏幕电影的制作思路来剪辑成品,为了让许淳洵了解什么是屏幕电影,她又多说了一些概念性的东西,试图让他明白,即使在整个拍摄过程中,没有他与妻子正常的交流与互动,甚至没有他们一家三口在一起的场景,都是不要紧的。

"这正是屏幕电影独具魅力之处,"杜峻说,"通过虚拟现实,我们看到了一种新的符号与代码语言,数字逻辑的互动界面能够进入并外化人物的内心。"

"即使人物没有在镜头中,也能出现在视频里?"许淳洵明白了她所讲述的对象与方法。

"是的,比如,在您和女儿的微信聊天界面里,一个字一个字地输入你们所想要交流的内容。输入节奏的快与慢,不断删除、迟疑,不断寻找新的更恰当的词语,甚至鼠标光标的停滞、移动,视窗的切换、拖拽、放大与缩小,都能够表达出彼此之间情感、情绪的呼应,包括对她妈妈的担心、思念,在学业与陪伴家人之间的纠结,等等。"杜峻流畅地说下去。

"你说得没错,她担心她的妈妈,她肯定很想回来,回到我们的身边来,"许淳洵忽然变得疲倦而又懊丧,"这是显而易见的,她肯定已经后悔了,不应该离开我们,一个人去那么远的地方读书,那时,她坚持要出国留学,我们都劝不住她。"

"您别太难过,嫂子会努力好起来的,"杜峻忍不住出言安慰他,"她

第三章

是金牛座,金牛座的女生都有一个强大的自我,她们是坚韧不拔的。"杜峻也是金牛座,她太知道金牛座女人的小固执小倔强,在爱情中的理性、杀伐果断,都是她难以对抗的天性。她坚决要离婚时,向善曾经无可奈何地感叹过,为什么不能装一装呢?别的女人可以撒娇,假装被哄得很开心,你为什么就不能够呢?

躺在病床上的女人,素颜、水肿,根本看不出曾经是否美得荡气回肠,但是,许淳洵这样如珠如宝地呵护着她,即使是眼里揉不得沙子的金牛座,也应该能够感受到完美无瑕的幸福吧?

"杜峻,视频完整记录下来就好,技术上,不用太费力,原生态就行。"许淳洵的视线从病人身边移开,杜峻看到的是一双悲伤的眼睛,这与第一次在病房里见到的那个焦躁不安的他、饭局上大气幽默的他、派出所里细致入微的他,完全不一样。此刻,他就是一个无措的男人。

一直到驾车回家,杜峻仍然在想着许淳洵那悲哀的神情,他是那么爱他的妻子,这在一起度过了二十多年婚姻生活的夫妻身上,几乎是不可思议的一件事。

杜峻从来就不是恋爱脑,爱情的发生与消亡,都是有科学依据的。没有人能够始终保持沉浸在爱情的亢奋惊喜里,长期心跳加快——除非是诱发了心脏病,也就是说,没有人能够始终具有爱的能力并且一直爱着同样的对象。杜峻从不相信表面看上去的一切,一对相爱的璧人,或是那些腻歪到老的恩爱伴侣,背后一定有比爱情更为重要的事实。毕竟再美的躯体,一样会打呼噜、放屁,说不定还有令人厌恶的体臭。失去了科学解释的根基,那就不是爱情,是知己,是同情,是忏悔,是尊崇,或是别的什么,比如战略合作关系(这也是杜峻最为熟悉的部分)。许淳洵的行为,或许只是现实焦虑的一种投射,说不定是因为妻子的重病,触及了理想自我的建构及其失败,他留住妻子的意愿,本质是留住自己的信念。爱情教母杜拉斯说过,爱是平淡生活中的英雄梦想。杜峻深以为然。爱情不是事实,而是梦想。偶尔她和范漫卷会跟柴小蛮聊到爱情,范漫卷用复旦大学一位男性教授的B站名言来激励高龄渣女柴小蛮——一个人最佳的谈恋爱年龄应该在四十岁,有阅历,有时间,有钱,主打一个理性找对象。对此,柴小蛮嗤之以鼻,柴小蛮说:

"四十岁根本就没有爱情了,好吧?四十岁主打的,就是一个色情——要说能撼动四十岁以上中老年男人的欲望,其实也挺不容易的。"

"当然,我也赞同,让男人来讨论爱情这种话题,就是一种意淫,相当于猎人研究猎物被捕捉前后的心理状态,那就是一个笑话。"这一点,杜峻站柴小蛮。她一直坚信,在成年人的世界里,爱情这两个字,等同于幼稚、空想、矫情,因为那根本就是一个幻境。

杜峻回到家里,半路上买了大宝需要的涂改液、二宝的队徽,顺便给三宝买了酸奶溶豆,那是婴儿的小零食。她到公公婆婆这边陪三宝玩了一会儿,给三宝分别念了一本中文绘本和一本英文绘本,然后查看大宝二宝的功课。检查完功课,修订了错误,一起来餐厅吃点夜宵。夜宵是保姆做的银耳百合羹,炖得烂烂的。大宝十三岁,二宝九岁,三宝一岁。三个生龙活虎的小子,一人分一碗。三宝的装进吸管杯里。

"老妈,我可以把星期天下午的篮球课换成骑马吗?"大宝问。

"让我想一想。"杜峻温和地说。大宝已经进入青春期,拒绝这家伙不能蛮干,需要技巧。

"可是因为骑马的费用过高?"大宝盯着她。

"不,一点也不是这样,"杜峻试着解释,"骑马需要监护人在场,而

第三章

我和你爸爸、爷爷奶奶,星期天下午,我们的时间都有别的安排。"她的理由是时间问题,没有提到中考会考篮球,不会考骑马。

大宝说了一个名字,是一个女生,他可以跟她和她的妈妈一道去,那个女生已经学了好几年马术。杜峻知道她,个子很矮,面部的线条像马脸一样长而坚硬,讲话坦率得让人尴尬,有一个阔绰的单亲妈妈,拎的包包是爱马仕的限量款,脸上全是科技狠活,已经看不出原装五官,并且举止轻浮,说话嗓门很大,一笑起来就没完没了。杜峻不喜欢这对母女,她知道大宝跟那女生过从甚密。家长会后,班主任曾经跟她交流过,说是班级的同学们流传着大宝跟那女生是一对儿的说法。

"尽管没有证据,但我想还是告诉你一声。"班主任是这样说的。

杜峻在大宝面前装作一无所知,她几乎已经预感到她和大宝将在女性审美这件事上发生严重的分歧。杜峻看不出那个马脸女孩有何迷人之处,她的英语不错,别的功课排名都在大宝后面。

杜峻告诉大宝,除非监护人,否则谁也不会愿意为别人的孩子承担安全责任。大宝坚持说是那个女生已经问过她的妈妈,人家愿意。

"那么,我跟她的妈妈联系一下。"杜峻很快地说,她以为找到了解决问题的办法。

大宝满足地回到房间里去,等待她的回复。杜峻在大宝班级通讯录里找到电话,给女生的妈妈打过去。对方都没有听完杜峻的话,就声称确实答应了女儿,如果大宝也去骑马,星期天下午可以带上他一起。杜峻急忙表示,自己并不打算让大宝放弃打篮球,请对方配合拒绝。

女生的母亲陷入了沉默。好一会儿,她告诉杜峻,女儿威胁过她,假如不能接纳大宝一块儿去骑马,她就死给她看。杜峻打了个寒噤。

"真是这样?太可怕了。"杜峻听见自己的声音飘浮在半空中。

"这有什么可怕的?"对方大笑起来,"难道你就没有过切割手腕的念头?"

这是一次不寻常的谈话,杜峻险些扔了电话,但她还是坚持听完对方的谬论。那个母亲告诉她,自己曾经无数次自尽(也许只是表演),女儿不太喜欢运动,就算骑马这项运动,也是通过自己扬言上吊来逼迫孩子就范的。

"我们准备过几年移民去爱尔兰,等孩子高中一毕业就过去,我堂哥在那边有一个马场,熟悉骑马,才能过去帮忙做点管理的工作。"对方语气兴奋,好像那里正有一份大大的美差,一个奇异、魔幻的新世界在等候着她们。

杜峻没办法跟她交谈下去,她挂断电话,想到了新的思路。她到大宝的房里去,如实告诉大宝,那对母女将要去往爱尔兰,目标是帮助亲戚管理马场、驯服烈马、收拾马粪等等。这是一项职业。女生学习的目标,并不是浪漫地骑马飞奔。假如大宝决定终止篮球课,转向骑马,那么,对于他未来的规划,家里势必要有不同的考虑,支持他学习与马匹的相处之道,不再储备大学及随后的学费,在他十八岁以后就可以养活自己了,譬如,在国内一家随便什么样的马场,找一份工作。

"这是一种不负责任的设想。"大宝闷闷地说。

"不要对其他人有过高的要求,毕竟不是每个人都能意识到责任感的价值,妈妈早就发现,你在这方面,比其他孩子的领悟力要强。"杜峻迂回地说。大宝似乎很满意她的态度。养了儿子之后她才知道,男人无论年纪大小,撒手锏就是夸,正面夸,侧面夸,当面夸,背后夸,下狠劲、往死里夸,他们就会在你夸的那条路上一路狂奔,越来越夸张。

杜峻很满意这次谈话的效果。大宝怀着对女同学职业前景的轻视,表示继续篮球课程,至于马术,他可以在上大学以后,或者随便什么时候,临时去感受——杜峻会抽空陪他去。

显然,女生没有告诉过大宝,她在爱尔兰有一个开马场的堂舅。杜峻揭开了这个秘密,欺骗本身带来的强烈的背叛感,让大宝终止了自己的冲动,甚至很可能终止他对马脸女生的所有好感。这是潜在的胜利。但杜峻深知,这种胜利并不会常常发生。

婆婆到家的时候,已经是晚上九点多。婆婆已经六十八岁,这老太太可不是一般人,体型修长,能穿着高跟鞋健步如飞,泡温泉时杜峻见过她紧致结实的腹肌和马甲线,秒杀一众弱不禁风的瘦女人。

别人的六十八岁顶多是跳跳广场舞,带带孙子孙女,婆婆可是每天工作超过十小时的甲乳外科权威专家,虽然六十岁以后她就极少全程手术,但疑难病例、关键环节她还是亲自上,一助换了一个又一个,老太太却能元气满满地坚持到最后。有亲戚家的女孩子学医,过来求教,想去大外轮转,跟着长长见识。老太太上来就是一连串的反问:

"大外的工作强度大,不是大一点半点的。你晕血吗?钻子在头颅开个口子,你得在旁边负责冲水,你受得了血水飞溅?介入手术,穿三十几斤的铅衣,你那小身板还能迈得动步?半夜一个电话随叫随到去取栓。这些都挺过来了,你就可以。"

身为女性,婆婆是外科大夫里的翘楚,科研和临床都是数一数二的大咖,职业生涯的前几年在脑外科干过,后来才转到甲乳外科。这一个行当里,女性是稀缺品。她经常跟人讲,她自己带的博士生里,历届女生加起来一共是五个,五个里头三个去了行政、后勤科室,另外两个坚守在临床,都已年过四十,仍然单身,其中一位,恋爱都没谈过。老太太这番例证,足以吓退大部分想进外科的女孩子。

婆婆一到家，公公就有条不紊地告诉她，半年一次的洁牙，牙医的日期已经替她约好，婆婆的车子保养完成，车也取了回来，婆婆服用的氨糖和软骨素快递送到了。公公相当于婆婆的生活助理，而婆婆的工作行程自有几名博士后帮忙打理。

向善最后一个到家，他去重庆做了一场讲座，坐高铁一个多钟头的路程，进门正赶上孩子们在客厅里满天飞。三宝挪动着胖胖的小短腿儿，摇摇晃晃地跟在两个哥哥后头，向善一把抱起来，结结实实地亲了一大口。杜峻一边替二宝收拾第二天上课的书本文具，一边告知向善，周末去天津的会议回执她已经发邮箱，发言稿她也起草了，打印好放在向善的行李箱里。向善听了，说是有一位重磅专家与会，不仅是国家社科基金的会评专家，还是马克思主义理论研究和建设工程的评审专家，向善有意编写一本教材，这位专家的评审意见很重要，需要备点小礼物带去。杜峻想了想，决定放两盒四川出品的天麻，是最好的品种，乌天麻。杜峻的角色是多元的，她是拳打脚踢，样样都来。婚姻存续与否并不影响他们之间牢不可破的伙伴关系，杜峻很能摆正位置，她就是一个全方位的助手，辅佐向善拿课题、编教材，什么都行，反正大部分的钱归她所有。再没有比这更稳妥、更长远的赚钱途径，她可没打算靠皮相谋生，除了写论文、安排行程这些，她也没有别的天赋可言。

向善跟大宝二宝聊得很high（兴奋）。向善问大宝二宝要不要去天津的方特看一看。国内的方特，大宝二宝去过四五个，天津的还没有打卡。这一听，两宝雀跃不已。杜峻打断他们父子的意淫，冷冷地提醒他们，星期六和星期天大宝二宝都有培训课程。向善立即说："可以请个假。"

幸好大宝三观够正，没有被他带偏，大宝说："星期六数学有堂实战

第三章

演习。"他没有提到星期天的篮球课,跟杜峻的过招,他只字不提。但二宝很愿意缺席他的美术课和英语戏剧课,跟随老爸出门浪。

"就知道玩!"大宝鄙夷地教训二宝,"像你这样不思进取,以后只能过一过游手好闲、无所事事、吃饱就睡、睡醒就吃的生活。"

二宝笑出声:"真的可以吗?我喜欢!"

"真不知道老妈是从哪里把你捡回来的!"大宝气结。

"别生气,有话好好说呀。"二宝不紧不慢地说。向善揉着二宝的头发,乐不可支。杜峻瞪他一眼,这人作为父亲,简直缺心眼儿,毫无原则可言。

三个儿子的性子隔了一个星球那么远,大宝很实诚,有一说一,往好了说,是个上进心很强的娃,客观一点评价,个性比较倔。二宝刚好相反,是个小滑头,得过且过,浑水摸鱼,但脑瓜子灵光的后果是,二宝比另外两个娃都要敏感多疑。三宝虽然尚在婴幼儿期,已经显出了柔和的一面,哭起来抽抽搭搭的,跟大宝二宝那会儿声振屋瓦、足可退贼的气势不可同日而语。

杜峻给每个娃都哺乳到接近一岁,堵奶、溢奶这些麻烦,被柔软的嘴唇拼命吮吸胸部所产生的比情欲更炽烈、更深邃、更绵长的甜蜜彻底掩盖。躺在怀中的男婴看起来是那样的赏心悦目,奶汁携带着她的观念、思想与丰沛的情感,淌入小小的身体里。在这世间,他们是完全属于她的,比任何男人都要忠于她。她从未后悔过生下三个结实淘气的男孩子。

二宝一直缠住向善,要跟他去天津的方特。杜峻不予理睬。"要不,一起去天津吧?"向善看向杜峻。杜峻一口回绝:"要去,就你俩去。"

"那还是算了。"这下子,向善和二宝居然神同步。

孩子们都跟向善打成一片，然而单独跟向善出门，他们还是没那个胆子。向善会放慢脚步，停下来等他们，但向善随便牵个娃的手，就能当自己的孩子一路领着走。最惊悚的一回，是向善和杜峻带大宝二宝去马来西亚，杜峻购物，叮嘱向善跟两宝先回酒店休息，结果向善和大宝跟着人群上了地铁，把二宝孤零零地留在地铁站。那一回，几个人都吓得够呛。

"怕你爸又把你弄丢了？"杜峻忍俊不禁，伸手摸摸二宝的脑袋，这孩子的大脑门跟向善一模一样。

杏仁香

向善照例到这边的书房来工作。杜峻在客厅里泡脚,平板电脑躺在她的膝盖上,她约了一个英语辅导老师线上交流。向善看了看她,迟疑地问了一句:"听说,有学生家长找碴?"杜峻手指竖在唇边,制止他说下去。向善顿了顿,也就进书房里去了。

望着他的背影,杜峻心想,他到底还是听说了。然而,他并没有第一时间赶着来问候她,有没有受伤,是否有需要他帮助的地方,而他的问询,也像是AI的方式,基于理性,并没有源于本体的、纵然是碎裂的却具有建设性也拥有破坏力的奇观铺陈。他没有任何的情绪。这么多年来,杜峻一直觉得向善就像是一具男性机器人,充满未来感与金属感,还有一种智商上的碾压感与优越感,他的超级性能、超级效率源源不断地为杜峻带来身份寻获与价值实现的快感,与此同时,也带来了无止境的、人机对话一般的冰冷绝望——他似乎一直待在别处,看不见生活本身。对于杜峻而言,这就是一种彻头彻尾的降维打击。

辅导老师是大宝同学妈妈引荐的。大宝二宝都在成都排名前三的私立学校读书,大宝七年级,二宝三年级。大宝的英语启蒙很早,什么英语绘本、英文戏剧,都是幼儿园阶段就接触上了,如今口语很溜,阅读也不错,但进入初中以后,考试却出现了硬伤,英语成绩好几次倒数。杜峻请教了若干学霸的妈妈,详尽地厘清了大宝的弱项,最终打算让大宝恶补应试体系。

跟补习老师通了语音电话，聊了半个多小时，杜峻在心里已经认同了老师的理念。这位老师并不隶属于任何培训机构，人家原先是一所名校的英语教师，出来单干，租了教室，开设了几个不同时段的班，每个班都爆满。大宝同学妈妈跟老师私交甚好，给大宝加了个座，算是硬生生给挤进去的。杜峻问清楚有一个低年级班，想送二宝一起去，大宝踩过的雷，二宝理应要避免。可惜班额已经满了，只得预约了寒假班。

跟英语老师约定周末带大宝去上第一次课，老师又发来需要预先准备的教材，杜峻在网上下好单，顺便挑了一套真丝睡衣，送给大宝同学妈妈。这是一份精致的谢礼。

杜峻在教育上丝毫不马虎，三个孩子各有各的培训计划。其实一家子在教育理念上是有分歧的，儒释道都搬出来了。向善主张顺其自然地散养，他对孩子们的基因怀有强大的自信，经常说的是，咱家的娃再差，也比别人强几分。杜峻选择性耳聋，她不相信有什么天生的牛娃，个体差异都是后天的功力，所谓性相近、习相远，孔子讲的有教无类，就是这个意思。婆婆强调亲知、闻知、说之，孩子们从婴儿时期就跟着婆婆出差，飞来飞去。只有公公没有主张。婆婆说得对，杜峻也对。如果婆婆和杜峻的观点有冲突，公公执行杜峻的要求。公公拎得清。

杜峻其实也没有什么特别的理念，她就贯穿一个字，严。从严治娃。秉纲而目自张，执本而末自从。方向得抓紧抓实，源头上不能出问题。什么轻松教育，她是不信的。没有人能随随便便成功。她跟范漫卷不同，范漫卷卷的是自己，从不卷娃，范漫卷的女儿上的是蒙特梭利幼儿园，范漫卷读了一大堆蒙氏教育书籍，还给杜峻送了一些书，杜峻书是读了，读完也就完了。一些古老的传统，起源的时间往往是相当晚近的，有时甚至是被发明出来的。这话是霍布斯鲍姆说过的。霍布斯

第三章

鲍姆是杜峻很欣赏的一位历史学家,她认同他的某些察知,尤其是他所提到的后退——从当代后退,从当前后退,从当下后退,以更宽广的脉络和更长远的视野去观看与理解。前进固然不易,但适当地后退,需要的是更大的智慧与勇气。杜峻是在帮着向善做课题的时候接触到了一些别的学科知识,她是一路学霸上来的,本质是反复、大量刷题,硕士博士阶段,啃的是本学科领域的那些经典文献,阅读面并不宽泛。向善却是触类旁通的样板,他什么课题都敢接,什么课题都能做,新文科、跨学科,在他那里早就玩得烂熟。他甚至做过乡村振兴方面的旅游规划,当时杜峻听到题目,吓一大跳,向善不过是拍拍他的大脑门,沉淀两三天,就拿出了一个很过得去的框架。接下来,杜峻执笔,怎么借鉴和引用,向善逐一告诉她。课题委托方是地方政府,结项时相当满意。杜峻的收获是十八万元的课题费,以及一众历史学家的真知灼见。

杜峻自认就是一个普通的观点复制者,能够接触到这么多深邃闪光的思想,得益于向善在科研路径上的猛打猛冲、骁勇善战。他是一个好老板,不是一个好老公,杜峻一直是这样评判的。被学生家长甩了耳光,这是对师道尊严的挑衅,向善没有关注到这对于杜峻会是怎样的心理伤害,他问过了,就不会再有下文。杜峻太了解他,粗心大意已经不能概述他的行为,他处理情感关系的模式就是这样,往好了说,是云淡风轻,本质其实就是冷暴力。

除此以外,他是一个毫不吝惜财物的男人,所谓求仁得仁,他在优渥的环境中成长起来,并不知道底层百姓一粥一饭的艰难,他不贪财,他只求名,有精神的成就感足矣。在文学院的领导班子里,向善能够左右逢源,这也是重要的因素,任何涉及绩效的分配,他都主动把自己降到最低档次,他的理由是,党政一把手承担重任,理应有价值倾斜,专家学者奉献智慧，必须有经济奖励，充分体现学院的"人民性"——在金钱上，谁都该比他拿得多。杜峻的评价是，扮猪吃老虎。文学院的同事则是这样形容他的：一股清流。这股清流为杜峻带来了赚取利益的机会，这能消解他们之间的全部冲突，在利益面前，没有什么矛盾是恒久的。

但是，杜峻并不是人工智能，她只是一个在私我、无我之间不断切换的生物。评职称会让她失眠，匿名信会让她失眠，跟学生及其家长的冲突也会让她失眠。她已经接连好些天没有睡过一个好觉，黑眼圈全靠浓妆遮掩。她到厨房里把第二天早晨空腹吃的燕窝炖上，预约了时间，再喝了满满一勺黄精膏，那是第一次见到许淳洎，送给他的那种补品。不过，他那精气神，怕是不需要这些。杜峻有不少白头发，两周就得自个儿染一次，也不管染发剂致癌的说法，白发令她难以忍受。校医院那位理疗师介绍了黄精给她，她立即买回来，兢兢业业地喝着，妄图扯住时光的后腿。

杜峻在自己的书房里修改调研报告，向善的两个博士生写了初稿，她详细地梳理一遍。将近凌晨，她还是没有睡意，干脆坐下来艾灸。她买了一把带扶手的熏蒸仪，是针对妇科保健的，头顶百会穴再来一根灸条。熏蒸仪有无烟款，但杜峻选了有烟的，她喜欢闻那种炽热的味道。灸条缓缓散出白色的烟子，满室烟雾缭绕，有一种神神道道的世俗气息，很家常，也很踏实。年轻的时候，杜峻根本不相信中医，兼带对所有挂着深色门帘、暗香弥漫的理疗馆不屑一顾，中草药的疗效在她眼里更是等同于凉拌蔬菜。这些跟广场舞是同一个路数，都属于大妈消费。

杜峻怀二宝的时候，胎位不正，宝宝大刺刺坐在肚子里，西医的纠正方法用了个遍，二宝纹丝不动。妇产科专家没辙，建议要么剖宫产，要么试试艾灸。杜峻怀着可有可无的心态艾灸了大半个月，胎位居然

第三章

神奇地转过来了。向善的解释是,二宝是给烟子熏得受不了,不得不掉转了个方向。向善也是不信中医的,而婆婆是西医,被誉为成都消费最高的头部三甲医院的外科一级专家,婆婆的医药版图里压根就没有中药的存在,在婆婆那里,没有什么是手术不能解决的,真有,那就是命。家里头,以前唯有公公是中医的铁杆粉丝,现在杜峻也是,她沉陷于宏阔广博的中医养生。

杜峻读了一会儿网络悬疑小说,不知不觉间,在轻微的烟雾里睡着了。恍惚中,她来到国外,走在一条陌生的街道上,两边的店铺都是英文招贴。在地图上,这个地方叫纽约。但是,这里什么都没有。一个行人都没有。马路上没有一棵树,太阳发出刺眼的白色光芒。她一直往前走,到处是裂隙、岩石和凹凸起伏的地面,在道路的尽头,是一座类似公墓的建筑,她想要走近,看得清楚一些。她朝前走,再朝前走,路面中央出现了一道溪流,那栋奇异的建筑仍然在不远处矗立着。她试图越过溪流,到了跟前才发现,那只是堆满石头的河道,干涸、坚硬,一滴水都没有。她望向那座公墓似的建筑物,它跟前有几级台阶,不知道从哪里投射过来的树木的影子落在台阶的边缘,使得那里变得昏暗起来。她抬起头,仍旧没有找到任何植物。这时,微信的提示音惊醒了她。

她睁开双眼,看到许淳洵的语音信息。

茉莉香

四哥站在病房门口,看见杜峻,朝她微微颔首,算是打过了招呼。杜峻调试了一下摄像头,径直走向病房,一位护士拦住了她,不允许她进入,里面正在进行气管切开手术。她看到好几位医生在病床四周操作着。她退出来一些,尽量让病房更多的景象进入她的镜头里。

没有人阻止她的拍摄,许淳洵事先做了充分的沟通,整个科室都知道有一个拍摄者正在记录病人临终前的影像。医院的要求是,医护人员不能正面入镜。杜峻知道,这样级别的医院,这样敏感的记录方式,许淳洵的沟通必然是极为不容易的。杜峻每次也会小心谨慎地避开医护们在场的时候。

杜峻没有看到许淳洵,他没有在抢救现场。突然,她发现他就待在病房的洗手间里,门敞开着,他穿着宽松的长裤与深色的T恤,靠着墙壁,一言不发。他的身后是晾晒的内衣、毛巾,他好像一无所知,他的背就靠在那些乱糟糟、湿漉漉的衣物上面。他看上去是那样的颓然。杜峻简直不忍心将他的神情拍下来。

有人叫着病人家属,许淳洵慢吞吞地走了出来,他被叫去护士站签字。四哥跟了过去。杜峻关掉摄像机,这个角度,没法直接对准病床,她有点拿不定主意要不要再拍下去。

许淳洵从护士站走了回来,四哥跟在他身旁。他们都没说话。许淳洵的步履有些拖沓,眼神空茫,他仿佛没有看见杜峻。杜峻决定继续

第三章

记录。这很残忍。可是,许淳洵一再强调完整性。深夜里,他发微信给她,很客气地问她是否休息了,有没有可能过来帮忙拍下妻子的弥留时刻。他不想遗漏任何一个瞬间。

夜班医生和护士不断地进进出出,取回来一些药物、仪器,一辆推车被中央转运送过来,有人提醒医生带两支肾上腺素。接着,许淳洵被叫进去帮忙,四哥也进去了,杜峻混在他们身边,没有人再赶走她,因为病人马上要转送ICU,呼吸ICU没有空床,要去的是综合ICU。

跟去了一个医生和一个护士,加上中央转运的护工,两个人推车,一个人去按电梯。输液袋被递过来,许淳洵愣愣的,没有接,四哥立即接了过去。然后,就是如同电影画面一般的飞奔,镜头是震荡的、倾斜的,穿过深夜的走廊、连接不同楼栋的空中廊桥、上行的电梯、下行的电梯,每个人都在奔跑,全是晃动的影了。而许淳洵像是累极了,异乎寻常地慢,好几次都落在推车后面。

ICU门口有一些席地而坐的家属,有人铺一件外衣,平躺在地面上。那是凌晨一点,外面下着大雨。推车进入ICU,门从里面被关上了。许淳洵忽然冲过去,扒着门,拼命朝里张望。四哥默默拉住他,把他带到走廊的栏杆边,等着。许淳洵满眼都是泪。一个那样身份的男人,隐忍地流着泪。杜峻默默关闭镜头,她没有办法拍下去了。她难过得厉害。

不一会儿,ICU里出来一位有些年纪的护工,交代他们去买干、湿两种纸巾。四哥打电话给司机,安排妥当。医生接着拿出来一沓打印的资料,让许淳洵一张一张地签字。杜峻听见医生讲的那些话语,病人的氧气输入量已经达到了最大值,增压药也用到了最大量,氧饱和血压还在持续走低,估计维持不了多久了。

"创伤性的抢救,确定要做?"医生轻声问。

"要做,都要做,"许淳洵喃喃地说,"哪怕一秒,哪怕让她多活一秒……"

"病人家属,你们不要走远了。"医生看了许淳洵一眼,再看看四哥和杜峻,神色复杂地转身回到ICU。

四哥的司机与秘书都上楼来了,送来一些水和食物,还有折叠的椅子。许淳洵什么都不要,他站在栏杆边,脊背战栗着,然而,终于渐渐镇定下来。他回过身来,请四哥派人送杜峻回去。杜峻摇摇头,说:"万一最后,没有拍到,那就遗憾了。"许淳洵明白她的意思,没有再坚持。

他们沉默地站在走廊里。没有人再说话。四哥并没有想方设法找些话题来聊,他只是默然陪着许淳洵,间或递水给他,水里泡着西洋参与红枣,是四哥的秘书送来的。许淳洵接过来,机械地喝一小口。四哥叫他坐下来,他也就在折叠椅上坐下来。四哥叫他做什么,他就做什么。

那个夜晚,许淳洵好像一口气老了很多很多,又疲倦又衰老又绝望。他的模样,杜峻简直不忍心看下去———一个强悍睿智的男人,露出无助无力的样子,是任何女人都无法抗拒的。

杜峻坐在许淳洵旁边的折叠椅上,试着开口跟他讲话。他侧耳认真听她说,没有制止,也没有反感的意思。于是,杜峻就轻轻地说了下去。她告诉他后面可能会有的程序。如若奇迹发生,病人缓解过来,很快会被转出ICU,回到普通病房里去。但是,如果医生的预判没错,当抢救药用到了极限,血压心跳依然没法逆转,那么,在心跳停止时,医生会打一个电话告诉家属,接下来,是半小时的例行抢救,注射药物,或是电击、胸外按压,当所有的抢救都结束了,医生会让家属在死亡通知单上签字。然后,拆掉病人身上的仪器、管子,用一只不透明的袋子装起来，被推出来，推到位于地下室的太平间里。袋子里已经是尸体，光光的。在ICU里的危重病人，为了便于随时抢救，通常都是赤身裸体的，就像他们刚刚经由母腹，来到这个陌生的世间，那个时候，也是一所无有。

杜峻说着说着，有些哽咽。许淳洵温和而又哀伤地看着她，低声问道："为什么知道得这样详细？"杜峻告诉他，在接近两年前，她失去了自己的母亲，就是这样的一套流程。许淳洵点点头，没有追问，这一刻，他们心心相印，在死亡面前，每个活生生的人，都是同盟。许淳洵用那样柔和而伤感的眼神注视着她，好像是愿意听她再讲下去。杜峻也就断断续续再说了一些。

母亲是在德阳的一座县城去世的，那是杜峻的出生地，母亲在生前两个月，坚决要从成都回到那里去。县城人民医院的副院长是杜峻家的远房亲戚。杜峻才得以换上无菌衣，进入ICU跟母亲告别。她不记得ICU里的设置，但她一直记得那件蓝色的无菌衣，上面有一些残留的血迹，经过消毒，颜色已经很淡。那会儿母亲已经深度休克好几天，血压就快要测量不出来了。那是夏天，在她们狭小的老宅门前盛开着一簇簇栀子花，是那样芬芳馥郁，那是母亲种下的花朵，然而母亲却正在死去。

在ICU里，濒死的病人床边会有一道屏风隔开来，杜峻到屏风后面去，俯下身，握住母亲冰凉的手。母亲手背的皮肤已经变成一团一团的乌紫色，这是一个值得纪念的时刻，一个伟大的时刻，一个女性即将走完一生。杜峻竭力忍住泪，她的一位初中同学，从事巫蛊相面之术，提醒过她，不要在母亲跟前哭泣，否则母亲死后会不得安宁。杜峻一向是不信这些的，但是母亲信奉佛教，一度还做了在家居士，吃素、抄经书，每月的初一、十五都到寺庙去做义工。在母亲生命的末期，杜峻被巨大的恐惧笼罩，神秘意象和幻想传统成了她的救命稻草，她听从了同学的建议，抚摸着母亲凉浸浸的额头，告诉她，不要害怕，往前走，朝向有光的地方，在那里，会有外公外婆来迎接她，天上所有的亲人都会来迎接她，她将会重新跟他们在一起，那会是一次盛大的团聚。

当她说完那些话，母亲身上的监测仪发生了显著的变化，血压一下子从5、6上升到了25、26。医生说，老人家听到了杜峻的话。

"我从ICU出来后不到十分钟，妈妈的心跳就停止了，"杜峻说，"我一直没有在医院里痛哭，为的是让她可以安心地离去。"

"明白了，不哭，"许淳洵认真地重复着，"不能哭……"那一瞬间，他的表情像个彷徨的孩子。

杜峻没有再说下去，那曾经历过的一切，在当时痛彻心扉，此刻依然隐隐作痛。那会儿，婆婆每天都会仔细询问杜峻母亲的病情，会找医院相同科室的同事咨询治疗方案，会为杜峻联系专家远程会诊，也会问杜峻是否需要转院回到成都来，她来安排入院等事宜。公公一个人把三个娃料理得妥妥当当，完全不让杜峻分心。向善并不在她身旁，向善跟她说，前岳母一旦落气，立即通知他。果然，后面的丧事，都是向善来操持的。杜峻整个人都是晕乎乎的，她的主要任务就是不让自己哭出来，眼泪流进心里去，眼前都是雾蒙蒙的一片。那一阵子，杜峻把自己交给同学所讲的那些超越时空的维度，刻意不去区别宗教与世俗的分野，那些盲从盲信构建起了具有象征性的语境，她甚至能够常常梦见母亲，有时是在门后，推开一扇门，再推开一扇门，一直推下去，知道母亲必然是在某一扇门背后；有时又是在老旧的厨房里，母亲为她熬一锅滋补汤，光线从漏雨的屋顶照下来，像雨点一样散落在母亲脸上。那些梦，给了她太多的温暖与安慰。至少在梦里，母亲依旧具有最玄微的感性。

第三章

小城有小城的排场,不是丧葬服务一条龙那么简单,向善甚至从峨眉山请来一位住持,为亡者超度。丧事无比体面——杜峻相信母亲需要这样的体面。向善的安排也是妥帖的,他承担了全部的费用,每个环节他都亲自审定,确保万无一失。那时,向善正在跟省政府的一位女公务员交往,杜峻影影绰绰地知道那是一个年轻的副处级领导,又白又美,还未婚。听说她一个劲儿地找向善催婚,这样的优质女,图向善啥呢?图他年纪大?图他不洗澡?杜峻不是未谙世事的小姑娘,不会在这个问题上百思不得其解。她能感同身受。婚姻是一个利益的平衡体,出色的女性更懂得这个道理,向善的客观条件绝对是满分。可惜两性相处这件事,往往不太遵循一般性的规律,得象而忘言,生活美学当中,除了势均力敌,还需要一点儿别的什么。这一点儿别的什么,正是杜峻决定离婚的缘故。

跟女公务员谈恋爱,并不妨碍向善全力以赴操办前岳母的丧礼,这也是向善的处世原则。他是有担当的,从不推诿。但他其实也是逃避的。当他全身心承担葬礼的全部事宜,杜峻就预感到,他需要一些时间来思考他与女公务员的走向,果然,不久以后,他们就分开了,理由不详。向善开始了与芭蕾舞教师的约会。

"医学并不能解决所有的问题,我们都是明白的,"静了静,许淳洵苦涩地开口道,"但是,我们总是奢望能有奇迹发生。"

杜峻还没来得及说什么,许淳洵的手机响了,杜峻瞥到那上面的来电显示,清晰地备注了这家医院的重症医学科。那是一个可怕的号码。许淳洵的手明显地颤抖了一下,站在栏杆边抽烟的四哥警觉地望过来。杜峻意识到,最后的瞬间来临了。

那是凌晨四点过后,最深的夜正在逐渐散去。

Chapter 4

第四章

紫 苏

新一轮博士点申报在即,学院组建了一个申请团队,准备申报电影学博士点。学院的科研实力是不错的,上一轮本来就有意申报,奈何当时的书记跟院长貌合神离,没办法形成合力。院长刚流露出申报意向,书记就一番滔天宏论,什么夯实内功、内涵发展、循序渐进,结论是,不打无准备的仗。这些其实已经超出了言说的逻辑,属于道说、论理的范畴。显然,院长无意于跟他争执基底、本质以及真理,是悖谬,还是掌控,她都无所谓。当书记还在进行缓慢而又悠长的叙事,院长已经转而去完成另外一件事,为学院的另一个相对薄弱的学科方向——戏曲,申请到了川剧专业硕士学位点。这也是一个重要的成绩。在西部地区,这是独一份儿的存在。不过,随之而来的是师资队伍的匮乏,院长开始运作并实现与川剧研究院的合作共建模式。这时候,书记的态度是,看看,看看,我说对了吧,电影学的博士点,需要厚积薄发,我们的优势在戏曲!

这一回,学院班子的情形已经完全两样,没有试探与拷问,院长判定了方向,就是要全心全意地做起来。书记在教职工大会上给大家打鸡血,用了四个字,志在必得。

这是岳白第一次参加学院的大会,他被书记隆重地介绍了一番,称他为报效祖国的有志青年,来自QS排名世界前一百的高校,是学院的荣耀。相信他的到来,必然会让戏文专业的发展更高更强更快更团结。

书记的评价,好像岳白是来成都参加大运会,而不是入职高校的。

书记说话的风格很有激情,她用最温柔的语气,讲最宏大的愿景,画最美味的大饼。岳白被书记邀请发表入职感言,这小子统共就说了一句:"我叫岳白,岳飞的岳,李白的白,不过,我没有战功,也不喜欢诗歌。"

书记看着他,他眨眨眼,用英语再说了一遍,赢来了一片哄笑声,然后他就一言不发了。这就没了?确实没了。

"岳白老师真是言简意赅、幽默风趣,英语发音也很纯正。"书记搬梯子给自己下台阶。

接下来院长具体讲了博士点申报的规划,电影学将会凝练成三个方向,分别是电影史论、电影跨媒介传播、民族电影研究。她还顺带说了一下对申博团队的规划,这个团队会有专门的办公室、专项工作经费投入,短时期内,团队成员该调课的调课,所有的精力都放在表格填报与专家联络工作方面。至于团队组成人员,可以自行报名,学院筛选后敲定。后续在评优评奖、职称晋升等方面,会优先考虑参与的同志们。

讲完以后,继续讲课题申报。院长没有套话,很务实,她自己主持过三个国家级课题,也算是传说中的国基小能手。她的课题有两个是电影方向,一个是戏曲方向,总结出来的经验就两个:一是充足的前期成果,二是紧贴国家文化战略的题目设计。两项条件满足,迟早都能中。

杜峻注意到岳白瞪大双眼,听得极其认真,还用平板电脑做了笔记。书记讲话的风格是轻言细语的,院长则不同,她的中气很足,发音像是经过了专业训练,甚至不需要话筒。她很瘦,有极美的锁骨,但声线是女中音型的,辅之以典雅的手势、稳定的表情,眼睛微微眯起,却没

第四章

有笑容——她给出她所有的知识让人倾听,但并不给出自身让人观看。

教职工大会惯例是在下午召开,一小时左右结束,但晚上有一个戏文系的毕业演出,系里的老师们应邀留下来捧个场。系里的惯例是,每年毕业大戏的指导老师,大家轮着来,这一次是柴小蛮。柴小蛮不是创作型的教师,她选了一个成熟的现成剧目——《暗恋桃花源》,挺讨巧的。剧场早早地就来了一些别的学院的学生占着座,到最后有点盛况空前的意思。下一个年度指导老师轮到杜峻,她已经在跟学生们谋划剧目。这种暗暗较劲的感觉,像是回到了学生时代,暗戳戳地咬紧牙根,盯着成绩排位。杜峻挺享受这种劲头,没有那些成人世界里的尔虞我诈,所有的竞争都是干净清爽的。有时候她会跟岳白探讨几句,岳白这个新人,对这些话题很有兴致。

"归根结底,这就是情怀,对吧?"岳白说。

杜峻想一想,承认岳白说到了核心。所谓高大上的教育情怀,其实根本不是什么高调的言论、亢奋的行径,它就潜隐在日常的那些琐事里,那些零散的感知中。

"情怀不是万能的,但没有情怀是万万不能的。"杜峻是这样回应岳白的。

"情怀不能当饭吃,但没有情怀,吃饭约等于吃饲料。"岳白这小子,顺道还给她的话演绎了一下。

她跟岳白,以及范漫卷、柴小蛮一起到教工食堂里吃晚饭。学校有一项福利,教工食堂每餐只需要缴纳两块钱,一日三餐就如此低成本地解决了。

闺密团的就餐队伍扩大了,岳白加入进来。因为许淳洵把杜峻介绍给了岳白,有这层特殊的渊源,岳白一来,就腻在杜峻身边,开会挨着,吃饭也跟着。他不叫杜老师,也不再叫她姐姐,而是直接叫她的名字,杜峻。对范漫卷、柴小蛮,他也是直呼其名,好像大家都是同班同学。

"小家伙,我和你杜峻姐姐就罢了,人家范姐姐这儿,你是不是应该叫一声范老师范主任呢?"柴小蛮,拿他开涮。

"你别逗他,他会当真的,"杜峻接过话头,护着岳白,"岳白你别介意,你柴姐姐一般不开玩笑,她很高冷的,除非是面对颜值巅峰的帅哥。"后面这句,惹得大家都笑出了声。

范漫卷笑着说:"岳白,你这杜姐姐也不是啥好人。"

"承蒙几位姐姐抬爱,江湖路远,还靠三位保驾护航。"岳白作个揖。

"岳白,这个阶段,国家艺术基金在申报,你可以试试,下半年准备明年的国社科青年项目,中间也可以穿插报一下省市社科。"杜峻一本正经地说。

"好,我报。"岳白规规矩矩地答应下来。

"咱们学院的绩效分配方案里面有一条考核指标,跟每个教研室的科研立项情况直接挂钩,意思就是,你报中了课题,不仅你有肉吃,整个教研室都有汤喝。"范漫卷解释。

"一荣俱荣,挺好,"岳白如实说,"不过,我刚回来,国内的项目申报,我不太熟悉呢,恐怕今年是没啥戏的。"

"报不报的,先把论文写起来。"柴小蛮提醒。

"我的理想是做一个好老师,人类灵魂的工程师,"岳白耸耸肩膀,"理论研究不是我的心头好,我也不想在没考虑清楚之前,产出垃圾科研。"

"小伙子,你还嫩了点儿,在高校工作,没有科研,寸步难行。"柴小蛮笑着,顺手就摸了摸岳白的脑袋,像梳理小狗的毛毛。岳白愣了愣,

第四章

纵然是国外回来的,估计也不适应这么大开大合的同事关系。

杜峻和范漫卷对视一眼,拼命忍住笑。柴小蛮够花痴的,人家是兔子不吃窝边草,她是不分亲疏、长幼、远近,通吃。吃不吃得着,那不要紧,大不了迅速回撤,也就是留下一个切口、一道伤痕、一处抓挠印子罢了。

"尝尝这个,这是教工食堂的保留菜式,你运气好,一来就赶上了。"杜峻解围,把餐盘中没有动过的夫妻肺片夹给岳白。柴小蛮和杜峻都是假装在吃饭,她俩是晚饭不沾碳水的,米粒儿一颗没动,菜也就勉强扒拉几下,做做样子罢了。

"没错,岳白,咱们学校这厨子挺有创意的,你试试看,这是花式肺片,里头有十三种蔬菜。"柴小蛮也不把自己当外人,跟着就把盘里的给了岳白,托着腮帮子,盯着岳白吃下去,"怎么样?是不是肺片也能吃出情欲的意思来?我都怀疑里面有催情药。"

岳白惊骇地往后退缩了一下,范漫卷一口绿豆汤喷了一桌,笑得差点儿噎住,抚着胸口,指着柴小蛮说:"你这丫头,不带这么吓唬人家的!"

"嗨,这茴香、肉豆蔻,在古典小说里头,都是春药,胡萝卜、芝麻菜也是。"柴小蛮促狭地笑。

"行,我们都被催化了,完了怎么办?要不,你请我们去K个歌?开瓶香槟,发散发散?"范漫卷说。

"没问题,不过,KTV那氛围,不适合咱们中老年人,演出完了,一块儿去我家,美酒早备下了。"柴小蛮爽快地说。

"那就恭敬不如从命了,待会儿停车场见。"范漫卷一口就答应下来。

演出结束后,几个人都挤在柴小蛮的车子里,朝柴小蛮家里去。范漫卷限行,杜峻的车子检修,岳白还没来得及买车。柴小蛮的体格,开一辆男式的切诺基都是没问题的,但人家偏不,选了一辆小巧玲珑的宝马MINI,还是张扬闪光的红色。岳白钻进去,不得不缩起长手长脚。

这种节目其实是很少的,她们的友情拘囿在校园里,出了校门,她们扮演着各自的角色,极少有交集。柴小蛮兴之所至的邀请,杜峻很吃惊,不知道范漫卷和柴小蛮怎么有这样的兴致,她只能选择配合。杜峻不是一个长袖善舞的人,这几年,她几乎没有别的朋友,学生时期的闺密们渐行渐远,只剩下实用型的朋友圈,她的微信通讯录分了五个标签,一拨是跟养孩子有关的,一拨是跟理财有关的,一拨是跟报销科研课题有关的,一拨是跟服饰美妆有关的。此外,就全部是同事了。除了范漫卷和柴小蛮,杜峻跟同事们都有点距离,但她从不得罪人,任何利益的获取,群众基础都是第一位的,同事就是群众,都是举手画圈圈的人——其实她跟范漫卷和柴小蛮也不过是在学校里吃吃喝喝地做个伴,她谨记同事不能做知己的铁律。职场是由各色利益组成的互动系统,而资源从来都是有限的,就像一窝兔子养在同一块草丛边,谁多吃一嘴,另外的兔子就会少吃一口。这可就不是请客吃饭这么温情脉脉的事了——涉及口粮,那就是你死我活的斗争,怎么可能产生真正的战斗友情呢?

柴小蛮的家,那叫一个乱七八糟,跟她的装扮有如云泥。两居室,地方不大,看得出来装修是用了心的,整体是美式风,局部日韩风,穿插中式风,比如她从老家把老祖母用过的银质器皿给运了过来,用作摆件,走的完全是混搭路线,这倒不违和,让人倒吸一口凉气的是,到处都是书——沙发上一半堆满了没有折叠的衣服,一半堆满了书;餐桌上一

第四章

半是堆积如山的零食,一半是书;吧台上,一半是酒杯,一半是书;茶几上一半是胶原蛋白、氨基酸那些补品,一半是书,还有一只猫趴在上面睡觉,见了人也不飞扑过来,只是懒懒地睁开一双冷冷的、玻璃珠子似的蓝眼睛,看一眼,继续睡。猫身下还压着几本书,其中一本露出一道缝隙,是一本新出版的电影理论书籍。

"你这屋子,一看住的就是读书人,都不需要专门的书房了,到处都是书房。"范漫卷已经脱口而出。

"嗨,你们别笑话我,什么读书人,不就是认得几个字吗?!"柴小蛮赶紧收拾,她这收拾也挺有意思的,沙发上的衣服和书全给堆到餐桌上去,她不知从哪儿拿来一只大盆,杂物一股脑儿搁进去。

"这几天钟点工阿姨请假,说是儿媳妇生孩子,家务就落下了。"柴小蛮一边胡乱扒拉,一边解释。

岳白笑一笑,上手帮忙,三两下就归置得清清爽爽,顺手还去拿了笤帚,把地面的污物也清除了。柴小蛮看得一愣一愣的,嘴里说着:"哎呀,这可不成田螺姑娘了!"

"去你的,好歹也是水牛爷爷。"岳白跟她斗嘴。

"国外历练过的孩子,就是不一样,"范漫卷说,"这也太能干了,比咱们女的还厉害,谁嫁给你,谁享福。"

"别,这糖衣炮弹,我不吃。"岳白笑嘻嘻地说。

"姐们儿,喝什么?"柴小蛮到吧台找出她的珍藏窖酒。

范漫卷和杜峻都摇头,表示随意。这种夜店出品的酒,她俩都不熟悉,到九眼桥那一带泡酒吧,几乎是二十年前的陈年往事了。岳白也说不喝酒。

"那怎么行?来都来了,不尝尝姐姐的手艺说不过去,"柴小蛮说,

"来个复杂点儿的,长岛冰茶。"她在四只高脚杯里加冰,再依次加入金酒、朗姆酒、龙舌兰酒、伏特加、橙味力娇酒,加满可乐,切几片柠檬插进去。

"OK,失身酒来喽!"柴小蛮喝一口,心满意足地眯起眼。

"谁失身?是你,还是岳白?"范漫卷逗她。

"那咱俩是不是先撤了?"杜峻也开玩笑。

"我有那么阴险吗?"柴小蛮噘着嘴,"再说了,我上大学的时候,人家岳白估计还穿开裆裤,这跨度,差不多就是港珠澳大桥了,我还是算了吧。"

"小奶狗更有风味。"范漫卷笑道。

"格局打开一点,法国总统跟他夫人,那个年龄差!"杜峻补充。

"对,我现在开车路过幼儿园,都不鸣笛,免得吓着我未来老公。"柴小蛮说。

"原来你还嫌岳白年纪大了?"范漫卷笑不可抑。

"姐姐们,求你们了,别欺负我了。"岳白拱手。

"说实话,我还是喜欢成熟的。"柴小蛮说。

"看上谁了?"范漫卷说。

"前几天相了个亲,"柴小蛮说,"到地方一看,大吃一惊。"

"咋了?"范漫卷问。

"算是熟人。"柴小蛮说。

"谁?"范漫卷说。

柴小蛮没说话,杜峻正喝了一口鸡尾酒,可乐味的小甜水,挺好喝。她放下杯子,她太知道了,这种感觉最容易让人掉以轻心,一旦贪杯,那会醉得让你怀疑人生。她意识到柴小蛮正一眨不眨地注视着她。

"到底是谁啊?"范漫卷好奇地追问。

柴小蛮说出一个名字:"向善。"

范漫卷和杜峻都作声不得,就剩岳白在一旁傻傻问:"向善是谁?你们都认识?"

紫　菀

范漫卷约了杜峻课后去操场散散步,那天她俩都有课,都在学校待着。距离去柴小蛮家喝酒,已经过去了两天。这两天,范漫卷并没有打电话给杜峻,柴小蛮跟杜峻前夫相亲这样尴尬的事情,估计范漫卷都不知道怎么开口。是安慰杜峻?还是讪笑向善?或是吐槽柴小蛮吃相难看?

那晚,柴小蛮是这样对杜峻说的:"亲爱的,我听你一句实话,这男人,你要,还是不要?"

杜峻瞬间明白了这酒可不是白喝的,柴小蛮当着几个人的面,算是官宣了她和向善的相亲,日后杜峻这边要是有什么说法,说柴小蛮背地里勾搭人家孩子的爹什么的,柴小蛮可是好歹有了范漫卷和岳白两个证人。

当时杜峻的反应是,主动跟柴小蛮轻轻碰了碰杯,说:"来,走一个——不就一个男人吗?顺其自然吧。"

杜峻回答得天衣无缝,柴小蛮竟是无言以对,半晌她笑了一声,道:"还是姐们儿痛快!一个男人而已!"

这个话题就此过了,就连饶舌的范漫卷都作声不得。几个人默默喝了一会儿酒就散去了,岳白一头雾水,什么门道都没看出来。回到家,岳白居然在微信里问杜峻:"那个向善是谁?"杜峻直接说:"我前夫。"岳白回了一个愕然和一个敲打自己脑袋的表情,不敢再说话。

第四章

范漫卷也没有打电话过来,这太私密了,她们的交情不过是相互交换八卦,还不至于赤诚相待。杜峻跟向善在同一个学校,避也避不开。范漫卷的老公,杜峻却是从来没有见过。柴小蛮的绯闻男友们,她们彼此更是从来不提及。这些,都属于私人生活的领域。

听过了柴小蛮的问题,杜峻也问过自己,跟向善的走势,究竟是怎么想的呢?答案是典型的鸡肋,食之无味,弃之可惜。向善就是这样的一个人,离婚的时候,杜峻斩钉截铁,是一分钟都不想跟这种无法共情的男人共度余生。离完婚,发现也没什么深仇大恨,孩子的爹,总要好过路人甲。几次想要复婚,却又都是犹犹豫豫的,向善是"学术性"的、"事业性"的,但绝对不是"生活性"的,重蹈覆辙需要足够的勇气。

向善一直在相亲,杜峻是知道的。他也谈过好几个女友。这一点,他从不隐瞒,有时堂而皇之带女朋友到父母家里来,杜峻在家带娃,时不时就撞个正着。杜峻很大方,礼貌地打招呼,把孩子们带到自己那边去。公公婆婆先还尴尬,见杜峻不介意,渐渐就习以为常了,不过两个老人家对向善那些女友态度淡淡的。这也是对的,向善换女友换得也太快了,这个还没看清楚,下一个又来了,就像入职面试。

"见过柴小蛮了?"向善到这边书房来的时候,杜峻倚在窗前,一边剪指甲,一边问了一声。

"他们给介绍的,提了好几次,就一起约着吃了个饭。"向善很坦然,不仅坦然,还有点小委屈的意思,好像自己完全是被动的。

"觉得怎么样?"杜峻问。

"挺漂亮的。"向善如实说。他不是故意的,他们没离婚的时候,就是问什么答什么,他觉得好,就是好,不会顾及杜峻的感受,这也是最让杜峻受不了的——向善不是不懂女性细微的心思,而是他从来不屑于在这上头用功夫,他的女人,就是他的物件之一,不必再去费脑子周旋。杜峻恨死了他这种轻慢。

在向善眼里,柴小蛮是婀娜多姿的,这一点,杜峻不用怀疑。男人和女人的审美就不是一个成像模型,高级认知区和情感加工区的脑谱图是不同的。柴小蛮的霓裳、浓妆,都属于男人的观测点。

"谁给介绍的?"杜峻追问。这不是她的习惯,她从来不会过问向善的咸湿之事,那很掉价。但他跟别人无所谓,柴小蛮就不一样了。职称评审,杜峻是柴小蛮的手下败将。两人的关系表面上没有裂纹、裂缝、裂隙,完好无损,其实内里已经千疮百孔。若是杜峻随手扔了的男人,柴小蛮捡了去,那不打紧,然而三宝才一岁,杜峻还没彻底想明白要不要复婚,这种时刻,柴小蛮介入进来,要是向善被她给成功地薅了过去,那就不是意象抒情了,而是一种意象写实——毫无美感的写实。

"我们院长,"向善说,"说是跟你们学院书记开会时聊起来,两边学院各有一个单身男女,就给撮合了一下。"

这对媒人的组合挺奇怪的,院长是行政领导,书记是学校党委任命,各有不同的工作体系,还是一男一女,两人凑一块儿说这种事情,太有世情意韵了。文学院的院长还不是一般中层领导,人家是知名学者,岂有工夫给人做媒?简直稀奇。

杜峻想破了头都想不出来,那个温淡和煦的书记是在做什么。整个学院都知道杜峻和向善刚生完三宝,都以为他们是朝着复婚的路子上走,这时候,书记跳出来给向善介绍对象?介绍的还是柴小蛮!这是什么骚操作?

这些情节,杜峻没有告诉范漫卷。因此,当范漫卷试着问她跟向善到底是怎么打算的时候,杜峻敷衍地说:"那天都说过了,顺其自然。"

第四章

"柴小蛮可不是什么好后妈。"范漫卷忍不住说。

"亲妈还在,哪有后妈什么事儿?"杜峻道。

这天就算聊得死死的了。不过,范漫卷约杜峻,并不是说这种家务事,她告知杜峻,自己申请了西部学者出国访学项目,得到通知,已经成功获批,学校也联系好了,是澳大利亚的一所名校,暑假就过去,待一年。这一年,她会带女儿一块儿过去。

范漫卷自己粗枝大叶的,对女儿却是加倍紧张,就像一块易碎品,轻易不给人看。当初她生完孩子,杜峻和柴小蛮约着去月子中心探望,范漫卷有本事在会客室接待了她俩,愣是没让进卧室看一眼娃,理由是月子里的娃睡眠轻、胆子小,吓着了会整晚哭闹。出了门,柴小蛮就说:"敢情这不是生了个娃,是下了颗金蛋。"

范漫卷生娃很迟,女儿刚六岁,她带去澳大利亚,正好读小学一年级。这时她才跟杜峻吐露了实话,她家在澳大利亚办了一个空壳子公司,获得了居留权,孩子跟着她先去适应一年,如果没问题,就接着在那边念书,她回来办理辞职手续,去国外做陪读妈妈。

范漫卷的这个决定,让杜峻的震惊程度,不低于听说书记把向善介绍给柴小蛮。范漫卷科研做到了这个份上,可不是一朝一夕的功夫,这样轻言放弃,简直跟小孩子玩乐似的,无论多么费尽心思地拼凑起来,到头来一拆了事。

杜峻泛泛地提了一些建议,诸如让孩子去读成都的国际学校,或是范漫卷先不辞职,让她家里的老人家过去陪孩子等等,都被范漫卷一口给否定了。范漫卷淡然地说,女儿从两岁开始学英语,中英语一样溜,就是做好了出去读书的准备。

杜峻看出来了,这还真不是一拍脑袋的决定,也不是简单地想让孩子接受轻松一些的基础教育模式。人家这是经过了深思熟虑,是对孩子的一生都有了铺垫,有了谋划。杜峻跟范漫卷做了十多年的闺密,此刻才惊觉,对她学校以外的一切都太不了解了,只知晓她老公是个生意人,身家如何,不得而知。范漫卷开的车子很普通,她不像杜峻,赚了点钱,就会奖励自己一件奢侈品,范漫卷对那些似乎没什么兴趣,这就更看不出道行深浅了。唯一彰显财力的,是从她女儿周岁开始,每个假期带着去一个不同的国家度假,即使疫情全球暴发时期,也有本事到新西兰去走一趟。国际旅行是很烧钱的,从朋友圈的照片看起来,母女俩乘坐的还是头等舱。

平素范漫卷话多,但说的大都是与自己毫不相干的闲事,这种人生的重大决策,她是保密到了最后一刻。事以密成,这古训范漫卷倒是忠实地践行着。

杜峻缄默下来,不知道还能说什么,也不知道该说什么。范漫卷接着告诉她,系主任一职,她去找了院长,提出了辞呈,院长口头同意,只等学院的党政联席会通过一下。

"也是,你不会有精力再管这些事。"杜峻点点头。

"你不想试试?"范漫卷停下脚步,看着她。

"我?"杜峻笑了,"从小学到大学,我连班干部都没当过,我没那个天分。"

"锻炼一下,谁都能胜任的。"范漫卷继续鼓励。

"算了,我还是争取出点新成果,把正高职称给解决了。"杜峻一不当心把心里话都给说了出来。

"当了系主任,不影响你出成果,"范漫卷说,"院长让我推荐人选,我给院长推荐了你们三位,你、柴小蛮、岳白,你排在首位,最合适。柴

第四章

小蛮的优点是评上了教授,缺点是单身,指不定啥时候就得结婚休产假,岳白的优点是刚来学院,年轻,干劲足足的,缺点是还不熟悉学院和系里的情况,综合评估,你是最恰当的——系里其他几位,你知道的,老的快退休了,别的都在外面混着,开工作室都忙不过来,一向对学院漠不关心,保留一个编制、一个身份而已,压根儿不在考虑之列。"

"别怂恿我了,"杜峻不为所动,"我这人,脸皮薄,刚够管好自己,没有多的余力张罗其他事情。"

"你瞧着吧,柴小蛮肯定争着抢着做,"范漫卷意味深长地看她一眼,"要不你托你婆婆找找人脉?"

"我婆婆就是一个普通的大夫,能有什么人脉?"杜峻心里一跳。范漫卷这是什么话!

"这你就瞎说了,现在有个说法,叫作医生政治,你婆婆那个手艺,多少人以结交她为荣!"范漫卷流畅地说着。杜峻突然觉得,她的语气里有点不同的东西,是什么呢?不仅仅是羡慕,还有——妒忌?她头一次发现,大大咧咧的范漫卷,心里好像藏着好多好多她所不知道的道道。

"医生也就在病人眼里有点儿用,属于小众群体,毕竟大部分人都健健康康的。"杜峻平淡地说。

"此言差矣,但凡是人,哪有不生病的?生病也分三六九等,你婆婆那家医院,在整个西部都是No.1,成都人的终极理想,就是生在附二院,死在附一院。"范漫卷说。附二院是婆婆所在医院的妇产科医院,附一院是婆婆工作的综合性医院,也是许淳洵妻子死去的地方。

"承蒙你高看,我是不懂那些人情世故的,我还是不去凑那个趣了,谁愿意做,谁做吧。"杜峻肯定地说。她猛地意识到,范漫卷向院长推荐了三个人,也一定跟这三个人都谈了同样的话,然后看着他们仨去哄抢她空出来的位置,无论谁上了,最后都会感激她的推荐。

　　这简直就是一招稳操胜券的棋局。对于范漫卷而言,这就是坐山观虎斗。难道她喜欢那种乱糟糟的局面?这是范漫卷在彻底改变自身生活模式的同时,来的一次游艺、嬉戏,像界外、偶然的闲笔。但她这样做的意义是什么呢?杜峻茫然。也许这问题并不需要答案,因为生命原本就是由无数虚空的、盲目的时刻所构成的。

紫 鹃

到底还是柴小蛮做了系主任。她是教授,在职称上就压了杜峻一头。得知范漫卷要走,柴小蛮积极主动地去找院长表态,找书记表态,表达自己激流勇进、勇担重责的决心与信心。

在学院里,系主任不是什么真正的官职,作为最基层的教学组织负责人,额外的待遇只是每个月五百块钱的系主任津贴,随即而来的是排课,执行各类来自教务部门、科研部门的指令,并不轻松,理论上也没有任何额外的、具象的权力,除了抽象的学术声望——高校这一行业内,默认系主任就是所在专业最牛的召集人。此外,在学院这一层面领导班子的选用方面,系主任是有优先权的,到了副院长那一级,通常不会提拔一个管理素人,系主任算是有了基本的行政历练。

学院书记在教职工大会上宣布了对柴小蛮的任命,担任系主任的同时她还担任教工一支部的支部书记。这是双份的荣誉。学院的党员数量足够成立三个教工支部,恰好教工一支部的书记也申请了范漫卷的那个进修计划,提出辞呈,书记就让柴小蛮身兼两职。这在学院是没有先例的。这也传达出了一个微妙的信号,柴小蛮既是院长认可的系主任,又是书记青睐的角色。院长与书记是和睦的,然而,她们毕竟是两个人,两个人从不同的视角认可了柴小蛮,这就使得这一事件具有了更为主流的意义。

因此,这个任命引起了足够的关注。系主任不是香饽饽,不会有人哭着喊着要抢到手,学院让干,就练练手,不让干,也不去争夺。支部书记也是这样。但两样无主题、无概念、无意义的职位放在一个人身上,这就是雾里看花了,有了耐人寻味的意韵。

会上同时宣布的,还有一个任命,申博办公室主任。接受任命的,是杜峻。在别的学院,这可以是一个临时机构,也可以是一个稍微长期一点的机构,但不会是一个固定机构,它存在的时长取决于博士点申报的成功与否。不过,院长说了,假如这次一把就拿下了博士点,这个办公室就转成博士点建设办公室,意思就是,这个办公室自此成立起来,存在下去。申博办公室主任必须坐班,享受党政办、教学办、学工办一样的职务津贴,每个月也是五百元。这五百元和系主任津贴那五百元数字是一模一样,但内蕴不同,一个是教学一线,一个是行政层面。不同的赛道有着不同的贡献度、不同的评价指标、不同的晋升途径——院长一开始,就把这个办公室定位到行政职能中来了,它不是一个单一的专业召集人,而是统领着学院的某一类工作。

杜峻不是中共党员,也不是民主党派,若干试图邀请她加入的党派,她都一一拒绝,一直属于无党派。书记一到学院来,就找她谈了几次话,鼓励她加入中国共产党,或是加入九三学社、民进等高级知识分子群体会聚的民主党派。书记每次请她到办公室来,又是玫瑰花茶,又是精致的小点心,弄得她都不好意思了,又不愿意勉强自己进入组织。在她看来,那会增加不少的学习和会议,在她的认知里,那会耽搁她的教学。杜峻会选择进入高校,初衷是喜欢跟学生在一起,即使是发生了那个跟研究生母女的意外事件,她的体验感也并没有改变。站在讲台上,在绵延不绝的讲授里,总会有那么多一闪而过的灵思,让她置身于一种高亢的情绪里,就像爱情或是运动产生的多巴胺,有着无穷无尽的

第四章

中和之美与生生之美。为了把讲台下的目光牢牢吸引住,不让他们低头看手机或是抬头看着天花板发呆,她需要不断地打破思维的边界,不断地掌控前沿的成果,不断地尝试与形塑自己的话术与课堂调性,消解、重构、循环、复调,这一切,妙趣横生,简直比任何事物都要迷人。即使窗外下着雨,或是阴沉的天气,在教室的场域里,所有的时刻都会微微有光。

她觉得自己不需要其他身份,书记的话,她不为所动。因此,出于礼貌,最后她给了书记一个空头承诺,五年以后,等三宝上小学了,她一定考虑党组织的建议——这两者简直风马牛不相及,毫无逻辑关联,就算是个傻子,也能看出她的敷衍。她从来就没有意识到,她的态度,把自己推向了一个危险的场域,一个有可能被书记评定为对立面的地方。

杜峻想到了书记给向善做媒,她拒绝了书记的好意,书记耿耿于怀,难道这就是理由?杜峻不相信书记这么小肚鸡肠。在杜峻的价值观里,领导是一种超越人性的存在,也是一种神秘的存在,胸中有丘壑,叙事述情都不会在市井层面停留。然而,除此以外,还有什么是促使书记费尽心机(必然如此!)去联络文学院院长(那更是一个不会在这种鸡毛蒜皮的小事上费心的男人)做媒的动机呢?书记的行为,无疑是将杜峻置身于无比尴尬和荒诞的境地。

事实上,申博办公室主任这个职位,杜峻也本能地抗拒。院长找她谈过一次话,不是在办公室,而是约在了校外的一间茶楼。是真正的茶楼,而不是咖啡店。因此,院长定的包间里面,正中央是一张麻将桌子。

"忽略这个道具,"院长笑道,"我上年纪了,星巴克冷气太足,受不了。"

"院长年轻有为。"杜峻讪讪道,她不太擅长跟领导打交道。许淳洵完全是一个例外,一接触就直接进入他最生活也最狼狈的一面。

"别说那些场面话,就我们俩,谈谈正事。"院长很坦诚。

院长告诉她,范漫卷推荐了柴小蛮做系主任。是的,就是一个人,范漫卷推荐了柴小蛮。杜峻眼珠子都瞪大了,她想到范漫卷推荐了三个人,然后分别去卖人情,但没想到卖给她的这份人情,居然是空心的!

范漫卷推荐了柴小蛮,不只向院长推荐,也向书记推荐。书记提出来要用专家型的支部书记,专业与党建相融合的思路,要在基层党组织充分践行起来,最好就是由系主任来兼任支部书记。这个理由强大而光明。毕竟每个学院的院长都兼任了党务工作,担任党委副书记,因而院长对书记这一提议举双手赞成,柴小蛮简直毫无争议地当上了系主任兼支部书记。

杜峻默然听着,她还从来没有机会听到院长讲这么多话,但是渐渐地,她听出了其中的玄机,院长跟书记当真是表面看上去那样严丝合缝?一念至此,尽管茶楼空调温度不低,她竟然觉得后背发冷。问题是,这还不是全部的真相,虽然她努力去相信事实就是她听到的这些,但是,她无法不去半信半疑地想到那三个人的联系,书记、范漫卷和柴小蛮。隐私是神圣的,因为只要它被揭开一点点缝隙,就会展露出无穷无尽的脏污。那么,在被柴小蛮邀请到家里喝酒之前,或许范漫卷就已经知晓柴小蛮与向善相亲那回事,说不定她还设法在这场闹剧中扮演了一个什么样的角色,还有那封匿名信的作者,究竟是谁?一切的联盟都是暂时的,范漫卷与柴小蛮,范漫卷与杜峻,这个杰出的学者,究竟还制造了多少不堪示人的秘密?想到这里,杜峻觉得喉咙都被掐紧了,她呼吸困难,不寒而栗。她并不想知道真相,真实的事件使她心情沉重,她愿意接受说谎的艺术,只要谎言足够严谨,不去打破她内心的秩序。

第四章

然后,院长说到了申博办公室,她准备任用杜峻。学院一百多名教师,能够专心搞理论研究的不多,做出了成果的更少,同时兼有实践基础与理论研究两个维度的老师更是稀缺。杜峻出身艺术类专业,在横向课题方面的成就又是能够服众的。电影学博士点不同于其他基础学科,表格的精彩程度取决于填表者的理论提炼高度和"讲故事"的感性思维能力,杜峻与向善组建的科研团队证明了她在这方面的实力。院长的一番话,说得杜峻差点儿坐不住。被杜峻当成了谋生手段的科研工作,被院长形容得如此高大上。领导的视域果然高远开阔,杜峻的底层生存逻辑被院长通过认识结构、人格结构、权力结构等重组了一遍,获得了闪闪发光的新生命。

杜峻在脑子里迅速过了一下,冒着不识抬举的风险,诚恳地表示了谢绝。理由有三点:第一点,家里三个葫芦娃,实在是精力不济;第二点,从无相关工作经验,怕给学院砸场子;第三点,职称评审落败,还得集中精力写论文、发论文。

院长微笑静听,慢慢喝一小口白水——杜峻认识的中年女性中,院长是唯一一个不喝茶的,不喝茶不喝酒不喝咖啡,只喝白水,更显得仙风道骨,她那轻盈的裙摆拂过脚面,整个人像是随时可以腾空飞起来。那种款式的裙子,非得瘦成院长那样才敢挑战。杜峻怀疑院长若是在野外,完全可以靠露珠生存。

杜峻一口气说完,院长没有直接回答,话题突然跑一边儿去了。院长问起杜峻婆婆的专业,杜峻解释了,还忍不住说了一些婆婆的日常,手术、门诊、讲座、会议,这样密集的节奏,在婆婆的岁数,实在是难以想象。杜峻眼里,婆婆是女性励志的典范,职场戏里面的大女主,以事业脑横行于世,不会为男人耽搁自己,说的就是婆婆那样的女性。杜峻一般不会跟人分享自己的婆婆,比如范漫卷的旁敲侧击,她是从不接招,但院长除外。杜峻对院长有一种莫名的敬仰,院长本质上也是婆婆那样强大的女性。

"那个医院,单单挂个专家号,就要等很久很久。"院长说。

"您如果需要挂什么号,我婆婆各科室的同事、同学不少,加个号一般没问题。"杜峻说。

"不用,"院长摆摆手,"我有个固定的专家,看甲亢,隔一段时间去调整一次药量,复诊挂号倒是容易。"杜峻这才明白,院长仙气缥缈的瘦,原来是甲亢。这世间果然没有无缘无故的中年瘦子。

"许校长的夫人,如果不是这样水准的医院,是拖延不了这么久的,"院长转而说,"你拍的视频,他还满意吧?"

"没说满意不满意,"杜峻如实说,"许校长的夫人病了这么久,女儿都没空回来看看,他怕孩子留下遗憾,所以做了一个影像记录,是给女儿看的,不需要太多技术手法处理。"

"他是这么跟你说的?"院长抬抬眉头,继而道,"他很关心你的职称问题。"

院长停下来,注视着杜峻。结合上下文,杜峻难以理解这个陡然一转的句式,无头无尾,光秃秃的。但院长的目光,让杜峻猛地明白过来,院长从杜峻婆婆聊到许淳洵的视频,绕来绕去,无非是想知道她跟许淳洵的关系,究竟是什么渊源、什么来历、什么程度。杜峻光速盘点了一下,此刻她有两个选择:一是含糊其词,保持足够的神秘感,让院长感到无形的压力;二是交底,暴露自己最核心的家底与实力,其实也就是一种态度,是把自己彻底交托给了院长,是毫无保留的信任,对院长而言,就不单单是机械地完成领导的指示,还具有了主观能动性。杜峻在那

第四章

一瞬间倾向了后一个方案。

"院长,在您安排我去帮许校长拍视频之前,我就只单独见过他一面,"杜峻坦白地说,"我婆婆跟他夫人的主治医生是大学同学,我跟婆婆说了评职称已经是第三次申请,没什么把握,婆婆就帮我搭了个桥,让我去给许校长交一份职称申报表,请他把一把关,提提建议。"

杜峻隐去了在视频拍摄中与许淳洵的那些绵长的交流,在他妻子去世的那个夜晚,她看见过他汹涌的泪水。在ICU门口,接完ICU医生的告知电话以后,许淳洵的头抵住墙壁,泪如雨下,四哥走过来,默然拍拍他的肩膀,许淳洵霍然转过身来,面对杜峻,喃喃地说:"杜峻,你说不能哭是吧?哭了,她会走得不安心……"他嘟囔着,却止不住眼泪,浑身颤抖,那种克制又悲伤的神情,像个受尽伤害却不能不忍泪不哭的孩子。

这一切,杜峻都没有说。这就好比诗意呈现与诗境延展,她陈述了她与许淳洵的交集,隐去了她所看见的许淳洵的另外一面,在死亡面前暴露出来的轻飘脆弱的侧面。

"其实,不必许校长亲自过问,我是期望你们都能上的,指标多拨一点,不用这样贴身肉搏,"院长轻叹一口气,"杜老师,你的资历怎么都该到了,但是,你知道的,这些年学院引进的人才,有好几位原本就有副高职称,还正是科研产出的高峰期,到明年,又有好几位符合正高条件了。"院长罗列了几个名字,听得杜峻心惊肉跳。

"许校长倒是也没有再过问了,但是,我细细地为你考虑了一下,对你来讲,需要增加砝码。"院长说。这意思已经很明显了,院长不是承许淳洵的人情,根本就是她自己在出手帮助杜峻,将来职称评上了,恩人就是院长。

杜峻赶紧千恩万谢,请院长指点迷津。这样,院长就提到了申博办公室主任的位置。学院职称评审一向就有一条成文的规定,对学院公共事务的贡献度,会成为同等条件下的优先选项。杜峻与柴小蛮的惨烈较量,就因为两人都没有附加值,两人都是闲云野鹤,因此只有靠科研来血拼。如果杜峻还是一条道走到底,对学院公务袖手旁观,那么下一次的竞争,结局依然是不可预知的。

博士点申报是学院发展的重大使命,成败还在第二位,参与此项工作,在其中担任主要角色,这项事务就是加分项。院长的话说得如此透彻,杜峻领悟了这番安排的意义,她当即就向院长表了态,学科路漫漫,她愿意跟着院长勇猛出征。

紫　草

许淳洵妻子去世的第二天,杜峻就在微信里给他留言,表达了想去送嫂子最后一程的心愿。这倒不全因为许淳洵是学校大领导,还有一重因素,拍了这些天的视频,杜峻再次见证了死亡的全过程,是进行时态的,生命一点一点地消逝,这让她仿佛再次亲历了一遍母亲去世的悲伤——她单纯地就想陪着许淳洵,无论他是否需要。她与他的人生并无交集,相同的是,面对死亡,他们同样束手无策。

许淳洵给予妻子无微不至的呵护,杜峻并不觉得是什么忠贞不渝,这种成语,在杜峻的字典里,约等于鬼故事,属于杜撰和想象的范畴,听听就好,相信你就输了。一个病入膏肓的妻子,已经成为一种观念的象征,那是对生命本体的拷问,对一切意义的解构和质疑,许淳洵所看见的,大约正是这样一种不规则的、散乱着的无序,貌似无形却又拧着一股难以抗拒的力量。他是与死亡抗衡着,那是看得见摸得着的死亡,是哀伤的,也是恐怖的,却还不是斜着眉毛、低下头来、红舌头长长地挂在下巴上的吊死鬼的那种恐怖,而是由一些细密的、冷而幽远的时刻所流淌出来的反理论、反章法乃至反语言的一种又宏大又虚无的欲望,死亡与抗拒死亡兼而有之的欲望。

杜峻自以为从哲学的论域去理解了许淳洵。然而,或许真相并非如此。杜峻发过去的微信,许淳洵简单地回复了一个字:好。接着便音信尽无。杜峻想着人家没把自己当根葱,倒也没有太过介意。大约两个多月以后,杜峻差不多都忘记了这件事,许淳洵打电话给她,请她把视频的原始素材一起拷贝给他,不用剪辑。杜峻依言照做,许淳洵安排了一个党政办的行政人员到学院来,从杜峻这里拿走了U盘。紧接着,四哥提前几天跟她联系,告诉她嫂子下葬的时间,问她是否有空。那一天杜峻刚好没课,她立即答应下来。四哥说墓地偏僻,有一段公路在维修,她不必开车,司机过去接她。

四哥的司机到约定的地点去接上杜峻,上了车,她才发现,四哥也在车上。这小老头很周到,一路都跟杜峻聊一些轻松大众的话题,譬如中外高等教育的差异,这种大而空的题目,随便一个分支,就能滔滔不绝地说下去,不会冷场。间中四哥也顺着说了说许淳洵亡妻的后事,原来是在去世的第三天,尸体就火化了,暂存在殡仪馆。亡者的娘家人找了阴阳先生,看了一个适合下葬的时间,许淳洵也便遵循他们的意思,就在这个时间下葬。火化那天,没有张扬,只有至亲和四哥在场,而许淳洵和妻子双方其实都没有太多的至亲。

"到了这个年纪,你会发现,还能交往的亲戚越来越少,杜老师,我一直觉得,所谓的成熟,就是不断认识到过去的自己是一个傻子的过程。"四哥说。

杜峻笑起来,四哥是个幽默的人。

公墓位于成都南边的郊外,一大片起伏的山峦,整整齐齐地排列着墓碑。到了现场杜峻才知道,除了许淳洵、四哥,以及四哥的司机、秘书,再没有别人。公墓门外有一溜卖花的小贩,杜峻买了一大捧菊花,是淡淡的白色与黄色。许淳洵亲手抱着沉甸甸的骨灰盒,此时,下着微微的雨,四哥的秘书替他撑着一把黑色的大伞。许淳洵是一身黑西装,瘦了很多,但眼神依然是温和而坚定的。他的状态已经缓过来了。

第四章

几个人默默地走上步梯,在第五级台阶前停下来,那里已经有工作人员在等待。杜峻发觉那是一个双人墓,并且两边的碑文都已经刻了上去。她离得稍远一些,看不太清楚那些字迹。工作人员将封闭的石板揭开,骨灰盒被放了进去,石板重新被封上。大家轮流过去三鞠躬。杜峻排在最后,她走到石碑前,将花束放下来,石板上刻着两行字,前面那一行有些年头了,颜色变得浅淡,后面那一行是新镌刻的,痕迹清晰。那两行字是这样写的:

爸爸妈妈永远爱你。
爸爸永远爱你们。

杜峻一时摸不着头脑,她抬头看了看碑文,右边是许淳洵妻子的照片,照片下面刻着生卒年,痕迹是崭新的。左边却是一个极其年轻的女孩子,从生卒年计算,也就二十多岁,一张轮廓很美的脸,一双晶莹干净的黑眼睛,杜峻看得呆住了。

"杜老师,走了。"四哥轻轻叫她一声。

杜峻回过神来,简单的仪式已经结束。她跟着他们往外走。她脑子里想着女孩子的名字,碑文上刻着三个字,许林芝。这是谁呢?

四哥故意放慢脚步,等着她跟上来。

"是他们的独生女,死的时候,不到二十四岁。"四哥缓缓地说。

杜峻震惊了。

四哥没有再说什么。回程杜峻改搭许淳洵的车子,驾车的是四哥的秘书,送他们一道返回学校,杜峻需要去学院交一份资料。许淳洵与杜峻坐在后座,杜峻不知道该说什么,她还没有从惊愕中缓过来。原来许淳洄不仅失去了妻子,在那以前,他已经失去了女儿。这真是令人惊恐的经历。

"四哥找人选了一款性能不错的播放器,放在她们母女身边,"许淳洄毫无由头地说道,"电池可以持续使用五年,五年以后再更换。"

杜峻不明白他在说什么。

"丫头会每天看着你录制的视频,"许淳洄慢慢说,"她会知道,她的妈妈,活到了极限,无论多痛、多难受,我跟她妈妈,都在一起努力坚持。"

杜峻恍然大悟,许淳洄说的是她录下来的临终视频。那些视频,许淳洄不是给活着的女儿观看的,而是放进了女儿的墓穴里。杜峻听到自己急促的呼吸声,她难以想象,许淳洄是如何度过那些刻骨铭心的痛苦,重新进入乏味又孤独的生活中的。

"我看见照片了,很可爱的小姑娘,"杜峻控制自己的语调,尽量平静地说,"名字真好听。"

许淳洄苍凉地微笑了,他说:"孩子是在林芝有的。"停了一会儿,他说:"那时候我在西藏做了很长一段时间的田野调查,她妈妈假期过来,她很喜欢西藏。那时候,她吃什么吐什么,我还在想,林芝海拔不高,不应该有这么重的高原反应,没想到,是孩子来了。"

杜峻完全作声不得。

"这阵子,你开始坐班了?"许淳洄静了静,转移了话题。

"是。"杜峻怔怔地点点头。

"还适应吧?"许淳洄说,"有些专任教师,不太习惯朝八晚六的作息,坐在办公室里,脑子短路,什么文章都写不出来。"

"我跟他们不同,我好养活,不挑环境的,"杜峻调侃道,"在哪儿都能干活,天选打工人。"

"那挺好,"许淳洵说,"起码不会耽误你做横向课题,这可不能荒废了。"

"现阶段,我主要的精力都放在申博上面。"杜峻乖觉地说。她心想,领导的说法是一码事,可不能顺杆就上。

"四川省没有电影学的博士点,这是重要的区域优势。"许淳洵并不介意她的场面话。

"我们的表格里,申报的理由,第一条就是这个,填补地域空白。"说到博士点,杜峻的话语流畅起来。

学院腾出了一间屋子,作为申博办公室,杜峻每天都去坐班。这个阶段的重头戏是填一份出彩的申请表格,杜峻负责表格的第一部分,也是最核心的部分,字数不多,但整个学科所有的精华与优势都在里面了,可谓字字珠玑,一字一千金。这比跟着向善做任何一项课题都要伤筋动骨,杜峻简直绞尽脑汁,逐字逐句地雕琢、打磨。除此以外,她还得随时听候学校学科处的指导,按照学科处的节奏往前推进,同时督促表格其他部分牵头填写老师的进度。

杜峻一边填表,一边把自己伪装成卧底。她不断通过导师、师兄弟师姐妹、师叔师姑的人脉资源,明里暗里地打听其他竞争对手的底细,别家有多少教授、有多少国家级课题、有多少国家级奖项、有多少标志性的人才培养成果——就像是个不折不扣的探子。她这个申博办公室主任身兼多职,就申请博士点这件事,院长毫无疑问是大BOSS,而她就是中枢神经,决定着进度和质量。

此间最大的麻烦是申博办公室的其他成员都不怎么来劲,整个团队有十来个填表成员,包括岳白。但大部分人员都像被遥控的工具,按动指令,呈现动作,那动作僵化、刻板,这还是简单一些的任务分解,稍微需要复杂思考的,交上来的文案就不像样了。那几位成员像是怯弱的兔子,匍匐在密密麻麻的细草间,紧紧贴着地面,任何动静都会望风而逃。

书记在每次教职工大会上都会雄心勃勃地讲到博士点申报的愿景,端出一碗又一碗鸡汤,就只是鸡汤,全无疗效。院长则会针对表格文稿提出具体的修改意见,但是,修改出来的效果,仍然是原地踏步,交到杜峻手里,还得由杜峻重新来过。

一开始,杜峻感到力不从心,她悲凉地修改(近乎重写)着表格,差点儿就被深刻的挫败感摧毁,好几次都打算去找院长,告诉她自己干不下去了。幸而一切渐渐向好,杜峻用上了自己仅有的协调能力,有从横向课题运作中历练出来的经验,加上上课时对课堂秩序的掌控,总结起来,就是"糖果+大棒"的模式。大棒是原封不动转达院长对表格的不满意,院长生气了,后果很严重——也不管真假,先抡起大棒,挥起风来,呼呼作响。而糖果是货真价实的,杜峻在办公室囤了一堆小玩意儿,口红、香水、护手霜,可不是什么大路货,样样都价值不菲。杜峻时不时地塞给团队里的女老师,男性更直接,微信转个小红包,人家先还不好意思,推托几次,也就点开笑纳了。不知不觉间,杜峻一点一点地拥有了这支团队的掌控力,出货的品质逐渐有了保证。

杜峻腾出手来,全神贯注地打听今年要申报电影学博士点的另外几所高校的工作进度,就连人家填表团队的组成、学科的软肋、内部的硬伤等,一并摸清楚,做成一张完整的表格,报告给院长研判,所谓知己知彼,百战不殆。杜峻这张表,被学科处奉为经典。接下来学科处召集几个申博学院开会,邀请杜峻给大家做经验分享,杜峻硬起头皮讲了

第四章

讲自己的侦探思路,让一群听众惊为天人。

这是杜峻能够坦诚讲述的部分,隐藏的内容其实是从前那种闲云野鹤式的人生观所带来的伤害,譬如与范漫卷的那一段。杜峻曾经以为钝感力加上屏蔽力,足以有一个无敌的人生,所谓岁月静好就是由关我屁事加关你屁事的行事风格所构成,后来她才领悟,窥探别人,与倾听自己,同等要紧。

公墓距离学校有一个多小时的车程,这些细节,杜峻零零碎碎地说予许淳洵,像个一无所知的小学生,也不顾忌自己的三脚猫功夫,还肆无忌惮地加上对自己的评价:"我倒不觉得自己有什么不一样的本领,无非就是全力投入而已。"

许淳洵微笑静听,听到生动处,朗声一笑。

"杜峻,我没看错,你果真是一个有定力的人,博上点申报是一场学科硬仗,除了实绩,谋略也不可缺少。"许淳洵笑道。这是一句套话,但又不是套话,其间意蕴深邃,杜峻有点发愣。

"对了,那孩子的论文送审过了,一个良,两个合格,不耽误答辩。"许淳洵突然说。

许淳洵说的是那个找碴的研究生,院长按照许淳洵的交代,重新组织了三位同方向的导师,指导那个孩子,不必让杜峻去面对。论文送审的结果还没有反馈给学院,连杜峻都不知道进度,许淳洵应该是从研究生学院直接得到的汇报。

杜峻默默听着,一些模糊如山岚雾霭的念头清晰起来。院长跟她交流时说的那些隐晦的话,她所以为的来自院长的提携,原来都是与许淳洵有关联的,他从来没有遗忘过她,他一直都在关注着她。

Chapter 5

第五章

白豆蔻

范漫卷出国前,大家一起吃了顿饭。大家,是指整个系里所有的老师,范漫卷买单。吃饭本来是一件寻常事,但杜峻不经意间听出了一些门道——在这次大聚餐以前,范漫卷与柴小蛮、岳白还有个单独的聚会。三个人,单单排除了杜峻,这就很是奇突了。连岳白都在,只是排除了杜峻。联想起推荐系主任那次范漫卷玩的伎俩,整件事都很吊诡,就快要搞出宫斗剧的节奏了。

杜峻不是一个玻璃心的人,她没那么易碎,可是,范漫卷究竟是为什么不待见她?明明她们之间曾经有过那么多惺惺相惜的时刻,难道这些也都只不过是虚拟世界的投射?在量子纠缠的理论框架之下,别的平行空间里,杜峻与范漫卷有生死之仇?杜峻不想在这段同事交好的情谊里死得不明不白,她索性叫了岳白来问。

她问得很含蓄,岳白回答得倒是毫无隐瞒,一股脑儿告诉了她。范漫卷两口子约他和柴小蛮在一间黑珍珠餐厅吃了顿高档伙食——菜式一般,岳白的口味很刁钻,米其林这些都已经不是他的菜,他的心头好是那些隐藏在小街小巷的苍蝇馆子里的独门绝技,还不能有地沟油、罂粟壳可疑的影子,就得是品相俱佳的灵魂川菜。这也是岳白回到成都工作的理由之一,在国外无论多少年,他都水土不服,坑坑洼洼的青春痘长到三十岁了还没消散,回来不久,在温润潮湿的气候里,一张脸就变得干干净净的了。

范漫卷是答谢他俩的帮助。柴小蛮是东北军工厂子弟，爹妈都是下岗工人，家境平庸无奇，然而她有一个优秀的舅舅，二十个世纪九十年代去了澳大利亚，眼下已经是政府高官，华人圈里的翘楚。范漫卷属意的那所小学，在当地是数一数二的名校，是柴小蛮的舅舅写了推荐信，范漫卷的女儿才得以顺利入学。岳白则是啃老，读书期间就在悉尼买了套平房，房前屋后有大树，树上有松鼠的那种。房子空在那里，没有出租。范漫卷带女儿过去，直接就借住在岳白的房子里。

范漫卷住了岳白的房子，但推荐系主任这事儿，她也没有说实话，她只推荐了柴小蛮，杜峻和岳白都被虚晃一枪。随着范漫卷的离开，这个一度极其出众的学术中坚从学院的公共空间和媒体场域中消失了。但杜峻忘不了她。临行前，杜峻若无其事地组了个饭局，为范漫卷送行，她邀约柴小蛮一同出席。席间大家谈笑甚欢，回顾了三个人从初入学校、初上讲台，到今日的各种糗事趣事。杜峻没有流露出丝毫的失望，她心里清楚，她与范漫卷共度的时光，她们那些曾经有过的风轻云淡的了解和默契，都在现世面前烟消云散。这也没什么遗憾的，这一生就是一个不断告别的历程。永恒是不存在的，分别才是常态。杜峻也不怨怪范漫卷，这不仅仅是因为她从未有过做系主任的欲念，而且是因为她明白成年人的世界，就是一盘很大很大的棋局，博弈的规则就是虚虚实实、声东击西，里面包括无穷无尽的人生哲理，像是贪念与无为、欲速与徐缓、舍弃与果决等，充满了智慧与技巧。范漫卷的行止，也启发了杜峻，她在召集申博团队开会的时候，会在表格布局中引入围棋的理念，什么攻彼顾我、弃子争先、彼强自保——大宝二宝都在学围棋，杜峻多少也会了一些，这些门道用起来，恰逢其境。

至于杜峻过去做梦也没想到过的，匿名信的最大嫌疑人其实就是

第五章

范漫卷,从岳白那里的二手信息里,她得到了答案。范漫卷算是一个富二代,父亲是一家知名家具连锁店的创始人,身为独生女儿,范漫卷下嫁给了她的老公。那是一个很帅的男人,在她父亲的公司做管理,很听话,对范漫卷简直言听计从。但这世界上怎么会有真正的驯服呢?杜峻用脚指头都能想到,服从只是表象。这从后来与柴小蛮的聊天中,杜峻得到了印证。柴小蛮闲闲地出卖了范漫卷,原来她老公早就出轨无数次,拿着范漫卷家里的钱,在外面晃悠,是有点名气的海王。范漫卷贪恋渣男的容颜,最彻底的方式就是带着他和女儿,一家人离开他驾轻就熟的舒适圈,到异国他乡去,到一个人烟稀少的地方,失去了庇佑,或许他就没那么轻易地就能把别的女人哄骗到手。从这个角度来讲,范漫卷的幸福都是伪装的,她那个貌似完整的家庭,还不如离异的杜峻与单身的柴小蛮,这就是她嫉恨她们的深层次原因?写一封匿名信,把她俩一网打尽,这就是动机。

范漫卷离开以后,柴小蛮偶尔会提到她,都是在系里开会的时候。柴小蛮废除了范漫卷建立起来的几乎所有制度,她把那些称之为冗余的、拖沓的程序。每当说到范漫卷,柴小蛮就会卖弄一些唯有她知道的隐私。杜峻冷眼看去,柴小蛮竟是从未感激过范漫卷的成全,也许她认为范漫卷早就应该腾出这个位置,让贤于她,为此,她甚至愿意去请求多年没有见面的舅舅伸出援手。杜峻发现这是一种神奇的价值评判,就像一架天平,左边是一块光芒蕴藉的翡翠,右边是一只苍蝇,而天平竟然能够颤颤巍巍地保持住平衡。

有一天深夜,杜峻在书房里写调研报告,突然想通悟透了一个道理,那就是一直暗暗困扰她的疑问,为何范漫卷捎带了岳白一块儿糊弄?理由很简单,基于弱肉强食的道理,或者还是围棋里面的逢危须弃——系主任只有一个，万一岳白真上了，范漫卷无法向柴小蛮交差。而在这两个人的资源中，柴小蛮的舅舅无疑更为重要。即使澳大利亚并非是一个人情社会，但有人的地方，就有江湖，有江湖的地方，就有不同的拳法和门派，范漫卷这一年的访学结束了，若是带着孩子长期住下来，一名官员的人脉总是会有用的。而房子，随时可以买，可以租，既然动了移民的心思，那就是不差钱。在柴小蛮与岳白之间，原来也是有优先排序的。

杜峻真是豁然开朗，她全景式地回顾了过去的工作经历，得出的结论是，自己在职场中能够稀里糊涂地混到现在，全凭运气。

她起身去厨房倒一杯温水。手里的活儿还没有干完，那是私活儿，向善顺手接来的小项目，一个区县4A级景区全媒体宣传建构方案。对方巴巴地慕名找到向善，请求支援，报酬丰厚，但要得很急。这样一来，杜峻的时间就生生地切割成了两部分，白天推进申博工作，晚上就给向善打工。她的睡眠质量明显下降，频繁去校医院理疗。那位交好的理疗师，三胎妈妈，把自己的同学介绍给她，中医药大学的治未病专家，杜峻去开了中药回来喝，夜里失眠的时候爬起来做艾灸，每天当归枸杞蒸蛋是固定的早点，新近又增加了灵芝粉，燕窝也是隔三岔五就煲起来。做着这些，她自嘲地想着，体内全是药草，说不定哪天还会炼起丹来。

喝了半杯水，她打开冰箱，取了一根新鲜虫草，直接放进嘴里。虫草有一点清甜的滋味，就像幼年时嚼的那些野草，是轻淡微涩的植物气息。今晚得熬夜，先来点儿续命的，她可不想猝死。

书房里传来说笑声，她避闪不及，门一开，一股浓郁的香水味道，差点没把她给送走。杜峻对浓烈的香水过敏，当下就接连打了几个喷嚏，赶紧扯了纸巾捂住鼻子。

第五章

"亲爱的,你还没休息?"居然是柴小蛮的声音。

柴小蛮的裙子缀了不知多少亮晶晶的水钻,晃得杜峻眼花。向善跟在后面,他比柴小蛮矮了一大截,但向善的气势是杠杠的,柴小蛮那大体格儿也不算是个事儿——向善稳稳的,坚如磐石,柴小蛮却是晃晃荡荡的,像泥沙俱下的水流。

"哎呀,你过敏了?"柴小蛮扑过来,挽起杜峻的胳膊。杜峻想甩,甩不掉,又是一通喷嚏。柴小蛮意识到自己就是那该死的过敏原,赶紧跳开来,她那一跳,可不是轻盈灵巧的姿态,地板重重地一响,她就势往后一靠,沉甸甸地投进向善怀里。

杜峻不打算在这里看他们上演活春宫,说你们聊着,我先回屋了。谁知柴小蛮不识趣,尾随她进了书房,杜峻又是一阵惊天动地的喷嚏声。

"求你了,我受不了这气味。"杜峻忍不住道。柴小蛮平时也用香水,杜峻跟她吃饭聊天都没问题,但柴小蛮哪回都没今晚这样夸张刺激,杜峻整个鼻腔都在发痒。

"我就问一句,"柴小蛮站得远一些,画蛇添足地说,"我跟向善这样,你真没事吧?"

他俩能怎么样?杜峻知道,向善最反感香水。向善对所有的女性装修材料都不反感,拉皮做脸都没关系,唯有香水他不喜欢,他说那是人工合成的香精气息,让人想起木乃伊身上的防腐剂,扫兴。柴小蛮这一身浓香袭人,向善不阻止、不提醒,只能说明两人的关系还没到那个无话不谈的程度。

"小蛮,你跟他,是你俩的事情,跟我没关系。"杜峻揉着鼻子说。

"好,我知道了,你别嫌我啰唆,重要的事情不是得多问几遍吗?免得中间有误会,"柴小蛮笑吟吟地说,"亲爱的,你是了解我的,我是一个有道德、有底线的中年少女,可以油腻,可以卖萌,但我可不做人家感情的破坏者。"

"你想多了,我们要有感情,你也破坏不了。"杜峻斩钉截铁地说。

柴小蛮做个OK的手势,翩然而去。杜峻哭笑不得,柴小蛮太把自己当回事了。杜峻听见向善送柴小蛮出门,转身就折回来,回自己的书房里去了。

向善没有跟柴小蛮怎么样,但也没有过来跟杜峻解释一句。这男人就是这样,让人无语。杜峻出门,穿过摆放着鞋柜的过道,到公公婆婆那边去。她用指纹开门,所有人都睡去了,黑暗中,依稀能看到偌大的客厅铺陈着一套三宝的游戏城堡。城堡旁边,是孩子们的零食柜。

杜峻顿了顿,走过去,打开柜子,站在那里,摸黑开始找东西吃。她接连吃了巧克力、薯片、蛋糕、坚果、麻花,连三宝的肉松粉都吃掉一罐,抓到什么就吃什么,每种都吃一些,孩子们就不会那么容易发现。

饱食以后的松懈、虚无与自责同时袭来,她慢慢嚼着一颗陈皮梅,这预示着突如其来的饕餮已近尾声。晚餐的减脂餐白费了,甚至好些天都得拼命控制热量,完全不接触哪怕是一丁点碳水,然后在跑步机上提升一倍的运动量,才不会让这次放纵显示出后果。在饮食上,杜峻通常都很节制,没人知道这种深夜的失控暴食,跟月经一样定期发作。别人眼里的超级自律,天知道内里都是些什么鬼。

红豆蔻

新一届研究生报到后,许淳洵跟杜峻联系,说是有个朋友的孩子考进了电影学院,希望杜峻来做他的导师。许淳洵的口气非常客气,杜峻一口就答应下来。导师和研究生见面双选时,那孩子就选了杜峻。这一届杜峻分到了三个名额,这不是什么问题。电影学院有科学型硕士和专业型硕士,招生指标偏多,相比那些传统学科,几乎不会出现硕士生导师挤破了头,争抢学生指标的矛盾。

安排妥当以后,杜峻给许淳洵发了个微信,许淳洵回复了一个抱拳的图片。过些天,许淳洵打电话来,约杜峻吃饭,说是学生父母过来了,想见见导师。

"两口子都是我的大学同学,他们从广西过来,有小二十年没见面了,我们班当年在成都工作的,有七八个,也一并叫上了,"许淳洵详细解释,末了问,"你开车了吗?"

"开了。"杜峻说。

"那你接我,我就不开车了,同学聚会,晚上会喝一点酒。"许淳洵说。

下班后,杜峻接了许淳洵,开车去约定的餐厅。杜峻做了功课,百度上搜了一遍,研究许淳洵应该坐在自己车上的哪个位置,结论是,右后方,次之为左后方。杜峻按照百度的指导,准备下车来,为许淳洵拉开后座车门,但许淳洵根本不按百度的经验行动,他自己麻溜地打开副驾坐了上来,绑好安全带。

"辛苦你了。"许淳洵朝她微笑。

杜峻只好规规矩矩地踩油门起步,许淳洵告诉她,做东的是四哥。学生家长买单,老师会有很大的压力,因此他特地把四哥叫过来,给他们的同学会当赞助商。

"杜峻,以后私人有什么需要请客吃饭的,尽管找四哥。"许淳洵说。

"四哥成冤大头了?"杜峻扑哧一声笑出来。

"什么冤大头?生意人,哪里会吃亏?"许淳洵笑着说,"四哥公司主体是做生物制剂的,房地产是后来才涉入,产品研发方面,我贡献了不少脑力,到现在他那里一旦有新项目要上,我还得利用周末去给他把关,他一直想要给我发薪水,这是违规的,我不能领取报酬,就欠着,越积越多,也都是空头支票,我吃他几顿饭,卖他一个人情,免得他心里老欠着我,夜里睡不着觉。"

杜峻笑起来,说:"许校长,您赏光吃他的饭,倒成了为他着想,您这逻辑太厉害了。"许淳洵也笑,说:"你放心,四哥跟我毫无利益交集,咱们吃他的饭,安全。"

那晚许淳洵果然喝了不少,四哥直接扛了一箱茅台过来,号称贵州土酒,一桌人喝了五瓶。一上桌许淳洵就宣布了,杜峻要送他回去,不能沾酒。四哥说让司机开车送,许淳洵说别勉强女士,四哥就不好再劝了。学生家长过来敬杜峻,杜峻喝的是酸奶。许淳洵酒意醺然地跟过来,向同学夫妇介绍杜峻,一大堆溢美之词,说得杜峻脸都红了。同时杜峻也听明白了,许淳洵的同学两口子最初是慕院长之名而来,请求许淳洵帮忙联系院长做孩子的导师,许淳洵跟对方解释,院长行政事务繁忙,会消耗大量精力,如果不是那种自我管理能力极强的孩子,最好另选高明。杜峻是许淳洵推荐给他们的。

"瞧着吧,杜峻我很看好,前途无量,叫孩子安心跟着她,踏踏实实地学习,学有所成,学有所获,学有所乐。"许淳洵搂着孩子的爹,推心置腹地说。

"老同学的话,我们认!"孩子的爹一饮而尽,"老许,我们的孩子就交给你了——杜老师,还靠您费心受累!"

杜峻只好笑着应允。

"老许,虽然这么些年没见面,但你的事情,我们都知道,怕你伤心,都不敢问你,"孩子的爹大着舌头说,"要知道,这都是命,不要跟命运较劲——你就再勇敢地朝前走一步,给咱们找个新嫂子,最好年轻点儿的,再生个宝宝,要是愿意,生两个、三个,我们这代人,是没赶上好政策,赶是赶上了一半,放开了二胎三胎,另外一半,还得是放开二房三房,要是不更换设备,没法响应国家的号召啊,你说是不是?"

"喝多了吧?当着杜老师,都说些什么乱七八糟的,人家杜老师会以为你不尊重女性!"他老婆狠狠瞪他一眼。许淳洵一下子拊掌大乐。

"杜峻不会那么认为的,你们家里,这家庭地位一目了然,"许淳洵笑着望向杜峻,"读书时,他就那熊样儿,老想着造反,没一次成功过,也就是过过嘴瘾罢了。"

"老许,你喝高了,连兄弟都给出卖了!"孩子的爹笑着大力拍打许淳洵的肩膀。

一顿酒喝到了十一点多,杜峻从来没见许淳洵说过那么多的话,他一直在念叨大学时的往事。会武术的高数老师、食堂里的馒头西施、男生宿舍里用笼子饲养的宠物鼠、几个理工科的抠脚男生发挥集体智慧写给校花的匿名情书——因为都舍不得把追求的权利拱手相让,结果集体放弃署名权。全部琐碎的、温暖的、细小的情节,说得没完没了。许淳洵看起来是那样的快乐,找寻各种由头去敬酒。有一刹那,杜峻意识到,他是在逃避,大学毕业以后,他遇见他的妻子,生下了女儿林芝,然后,失掉了林芝,再失掉了妻子。或许潜意识里,他恨不得回到从前,一无所有,既没有审美欣赏,也没有经验介入和生命体悟,什么都没有,也就无惧失去了。

"喝水不忘挖井人,吃饭不忘召集人,来来来,一起来敬我的兄长,成都市赫赫有名的四哥。"许淳洵端起杯子,为了这个理由,他已经举了第三次杯。

分开时,四哥要送许淳洵,许淳洵让他分头送一送他的同学们,他仍然坐杜峻的车子。许淳洵还是坐到了副驾驶座上,杜峻尽量开得慢一些,怕风一吹,他会想吐。但许淳洵居然将车窗摇下来,让风吹进来,还笑着说:"杜峻,你不知道,每次我喝完酒,坐在汽车里,都会有一种飘浮在半空的感觉,好像整个人都快要凌空飞起来了。"

"许校长挺有想象力的。"杜峻只好说,平时许淳洵的语言缺乏诗性,高大周全、丰富规范,就是没有诗意,没有情感、情绪和情致,这跟他的角色定位有关,但在他的大学同学面前,他还原了他的温度和感性。说起来,杜峻更赏识前者,如果作为一个展现生命蕴涵、澄明心境的男人,许淳洵似乎会变得庸常,跟别的怀旧的老男人没有太大的区分度。杜峻更欣赏他克制理性的一面。

"从事艺术的学者,会觉得是想象力,其实是人体启动了自我保护机制,这种时刻很危险,它让你失重,一失重,就什么事都有可能做了。"许淳洵在呼啸的风里高声说着。

杜峻兀自将车窗摇起来,温言道:"喝了酒,浑身的毛孔都是张开

第五章

的,别吹风,容易受凉。"

"我女儿,林芝,也是这样讲的。"许淳洵说。

杜峻深深地看了他一眼。而许淳洵立刻就静了下来。车内静默得无声无息。杜峻从车门的边框里取出一瓶矿泉水,递给许淳洵。

"杜峻,你有三个儿子?"许淳洵接过来,拧开盖子,喝了几口。

"是。"

"最小的宝宝,才一岁多?"

"是。"

"你俩——你跟向院长,离婚有几年了吧?"

"是。"

许淳洵的头靠近椅背,闭上眼睛,自语道:"原来是真的,离婚,生三宝,没有复婚,向院长还跟你们学院的女老师好上了。"

"没好上,"杜峻纠正他,"是柴小蛮追求向善,向善那个人就是这样的,在感情上温暾暾的,好不好的,从来不会给人家一个准信儿,不主动、不拒绝、不负责——当然,也还没什么要负责的。"

"你倒是挺了解他——那为什么离婚?"许淳洵转过脸来,凝视着她。

杜峻的心一直往下沉,有什么不对劲的地方,太不对劲了。许淳洵看起来,完全不是一个大领导,他甚至不清醒,否则不会一股脑儿说了这么多,他的身份,就不该打听这些属于七大姑八大姨嚼舌根的八卦。即使不用推理和分析,按照印象性、直观性、经验性的简单类比,杜峻也知道,这个男人对她发生了兴趣。很大的兴趣。

"许校长,您怎么什么都知道? 审核过我的档案了?"杜峻试图将气氛变得轻松一些。

"没有。"许淳洵一点儿都不想跟她开玩笑的样子。

"我没想到自己在学校的知名度有这么高,家里这点破事儿,都传到大领导耳朵里了。"杜峻继续贫嘴。

"没有人传,但是,一个人关注什么,终究会知道一些讯息。"许淳洵平静地说。他直起脊背,杜峻发现他并没有想象中醉得那么厉害,他的目光是冷静的。

"那么,您有没有听说过我在驾校里闹的笑话?"杜峻假装正色地问道。

"驾校?"许淳洵不解。

"我是工作以后,才去考驾照的,"杜峻说,"咱们学校后勤集团开办了一所驾校,我就是去那里报的名。"

许淳洵看着她,认真听她讲。

"结果学车的时候,我笨得要死,偏偏教练又是一个段子手,同期学员好几个是学校的同事,后来就传得尽人皆知,您想不想听?"

"听!"许淳洵肯定地说。

"我回忆一下——比如,转过弯以后,我问教练,转向灯用不用关,您猜他怎么回答?他说,不劳驾你,不用关,等着啊,我下车去,一口气把它给吹灭,一口气不行,就多吹两口,不行叫你下来帮忙一起吹。还有,路考演练的时候,前面有个石头,我慌了,问教练怎么办,教练慢吞吞地说,不急,换到跳挡,咱们跳过去……"

许淳洵已经笑得瑟瑟发抖。

"真有这样的事?"他问。

"当然是假的,"杜峻不笑,一本正经地说,"我只是想让您乐一乐。"

许淳洵的笑容慢慢僵住了,停了一会儿,他说:"杜峻,不要多虑了,你放心,我是一个成年人—— 一个心如死灰的老男人。"

杜峻心里动了动,意识到自己的无礼,同时她惊觉自己太过放肆,就连对待一个疏远的同事,她都不会这样刻意制造疏离感,偏偏是许淳洵,她竟然如此肆无忌惮。她简直无惧他的身份。

"最近,我也经常会有这样的感觉,一下子就老了,"杜峻轻声说,"这年龄很尴尬,谈爱太老,谈死太早,工作上的事情,经常犹豫该不该较真,因为不知道自己还能蹦跶多久。"

"谈爱太老,谈死太早,"许淳洵重复她的话,继而说,"你还年轻,你那是强说愁,你不明白的,真正到了我这岁数,别的都不重要了,也就还剩下一些精神上的东西。"

杜峻听不太懂,但许淳洵忧郁的神色令她内疚不已。

"对不起,"她坦诚地说,"我没别的意思,许校长,我只是不太想提起离婚以后生了三宝那件事。"

草豆蔻

申博表格提交以后,进入漫长的等候期。这期间,大部分学校都不会老老实实待在原地等结果,大家总会做一些努力,比如召集高规格的学术会议,邀请有可能参与评审的专家与会,让专家切身了解学院和学科的发展现状。或者逐一拜访那些专家,随身携带学校和学院的简介,想方设法地呈现自身的优势与亮点,类似上门推销。杜峻打听来的消息里面,对手们的一举一动尽在掌握之中。

院长当然也不会闲着,依据对手们的节奏,制定出击的规划,强劲的对手,有意识地避开一下时段,避免形成鲜明的对比,至于那些不屑一顾的对手,直接同期跟上步伐,就是要通过同台竞技,是骡子是马,拉出来遛一圈,让专家们留下深刻的印象。

学院不仅接连举办了三次不同主题的国际学术研讨会,还迅速编辑出版了一套装帧雅致的学科文集,汇聚了学院自建院以来的重要学术成果和人才培养成效。

这个过程,其实已经是投票前的民间PK,各自的实力一览无余,谁都没有秘密,在光天化日之下,概率问题被放置在了最醒目的地方——公示后,符合基本资格的申报高校一共是十六家,坐等学位办下达指标。杜峻所在的学校要从两个维度比拼,从区域上讲,西部地区一共有四所高校申报,其中两家高校所在省份已经有电影学的博士点,四川至今是空白——这是优势。四川申报的学校是两所,一所是杜峻所在学校,另一所不值一提。从学校层次来看,这次申博的高校中有双一流学科的一共是五所,包括杜峻所在学校的四所高校双一流学科都集中在理工类,人文艺术并非学校的强劲学科,另外一所则在人文类已经布局两个双一流学科,对电影学的支撑是毋庸置疑的——这是劣势。

杜峻再次做了一个超大型的Excel表格,罗列了一百多个指标体系,每一个指标体系以红色小旗、绿色小旗、黄色小旗分别指代强、中、弱,有点挂图作战的意思。在校内汇报时,杜峻再一次被学科处当成典范,她的表格再一次发给全校各学院学习观摩。杜峻一不小心就在申博工作中成为佼佼者,被学科处处长赞许为最有头脑的申博办公室主任。她在对手们的学校也出了名,人家都知道这里有一个智勇双全的操盘手,她的姿态与锋芒被传为佳话。甚至有江浙一带的高校辗转慕名而来,想挖走杜峻,开出了直接晋级教授的条件,杜峻自然是婉拒,她没有打算离开成都。

院长不断去学校争取资源,经过许淳洄助攻,学校的党委书记和校长逐渐达成了共识:此轮博士点申请中,学校有四个重点打造的必胜学科,其中之一就是电影学。这是一个很要紧的认识,意味着政策倾斜、经费倾斜。正是政策的加持,对杜峻参与新一年的职称评审,发挥了巨大的作用。学校给四个重点学科分别增加了两个高级职称名额,一个正高,一个副高。

元旦以后,一年一度的职称申报工作开始了。评审依旧是在三月份。果真如院长的分析,后浪们强势出击,有一个竟然在《中国社会科学》发了文章,简直卷出了天际。幸好,让杜峻评上教授的理由是充分的,作为申博办公室主任,她的工作为学院在学校获取了不少的资源,此外,这是她第四次申请了,同情分总该是有的。杜峻没有太大悬念地通过了正高评审，正式晋升为教授。

她以为自己会喜极而泣，结果心情平淡得让她自己都惊讶，反倒是婆婆张罗着，一大家子出去吃了顿五星级酒店的自助餐庆祝——带着三个娃，吃自助餐是最适宜的。买单的是向善。婆婆发了一个六千元的大红包给杜峻，让她去给自己添件衣裳。婆婆的红包一般都是六千元。

周末杜峻独自开车回了一趟老家，去了母亲栖身的公墓，在那儿待了一个多小时，仔仔细细擦拭了墓碑。本以为有好多的心里话要跟母亲絮絮叨叨地说一会儿，真正站在了墓碑跟前，却是什么都不想说了，陪着母亲就很舒服。照片上的母亲温柔而又哀伤地微笑着，在杜峻的记忆里，母亲活着的时候，一直就是那样的，好像没有什么能够让她真正地快乐起来，却也没有什么是真正能够击溃她的，她像是深山里的溪涧，静悄悄地、有力地流淌着，不浩瀚，也不会干涸。从母亲身上，杜峻从未获得过自由、宽容、闲暇的经验，母亲永远都处在体验、掂量和尝试之中，她是从容不迫的，也是谨慎不安的，她的有限性和丰富性是杜峻承续的隐秘基因。

向善的现任女友（至少名义上是这样）柴小蛮见到杜峻，说声恭喜，也没有别的话可说，杜峻道声谢，两人便各自分开。范漫卷离开以后，她们的闺密团自动解散，加上柴小蛮跟向善这茬，柴小蛮一有空就缠着向善，以陪伴为名，随时出现在向善的视野里，杜峻跟她更不可能旁若无人地挽着胳膊逛校园、进食堂，疏离已经在悄然间出现。现在杜峻总是跟岳白一起去食堂，是岳白腻答答跟上杜峻的，像个小跟班，甩都甩不掉。

"男女授受不亲，你这样黏着我，迟早会传绯闻的。"杜峻戏谑地警

第五章

告岳白。

"不怕,我跟他们都说过了,我不喜欢比我大很多的女人,我喜欢白瘦幼,生辰八字要算过才行。"岳白顽皮地眨眨眼。

杜峻被他给气笑了,只好由着他。但很快,他们的两人班底就扩容成三人甚至多人,院长加入进来,成为稳定成员,其他人则不断变换。准确地说,是杜峻绵绵不绝地打听到的其他申报学校的进展,需要随时向院长汇报,自然而然地,跟院长就形影不离起来。在教工食堂里,电影学院的申博团队成员占着一张长条桌,一边吃饭,一边讨论工作,成了常态。

杜峻下了大力气和苦功夫一点一点凝聚起来的团队,如今更加团结奋进——杜峻评上教授这件事,无疑证明了申博工作对个人发展的重大意义,谁都有趋利避害的本能,团队成员里有职称评审需求或者其他各种诉求的,都自觉归位,在杜峻小恩小惠的诱惑下,在前程名利的招引下,撸起袖子听指挥,一心期待着博士点拿下了,论功行赏。

教授聘任文件在学校内网发布的那一天,杜峻犹豫了一会儿,还是给许淳洵发了个微信,写了几句很严谨的感谢词,加上几个抱拳的手势。微信里的那些符号,是属于语言的,还是观念的,杜峻不得而知。抱拳所指涉的,是不可言喻的认知领域。

许淳洵的回复也是无可挑剔的,收到微信,他很快就说:"晚上一起吃个饭?"他似乎对杜峻的那些文绉绉的致谢词置若罔闻。杜峻迟疑着,然后说,好。

他们有好一阵子没有见过面,躺在各自的朋友圈里,没有任何的消息。作为领导干部,许淳洵几乎从来不发朋友圈,杜峻也没有发圈的习惯。偶尔杜峻会点开微信步数看一看,许淳洵每天的步数都在一万步左右,不会低于五千步,但也不会超过两万步。这些数字似乎没什么意义。如果不是刻意而为之,杜峻与他之间可以一辈子没有交集,即使是在同一座校园里,他们甚至可以一生一世都不相识。但是,他们遇见了。一切就不太一样了。

这是他们第一次单独吃饭,杜峻决定慎重对待。下午她提前回了趟家,想换一件衣服。驾着车经过傍晚的城市,她的脑子迅速过了一遍自己的衣橱,迟迟想不好该穿哪件,当她心思恍惚地闯了一个红灯,一脚刹车,被安全带使劲绷住时,她这才惊觉自己完全是恋爱脑附体,不是老房子失火那种来势汹汹、一往无前的蔓延,而是魔鬼上身一般的迷糊——幸好这迷糊是暂时的,很容易在呼唤中清醒过来。不过,这是从来没有发生过的现象,就连跟向善谈恋爱时,杜峻都是极为理智的。当初与高中同学分手,是因为那男孩子没有考上大学,杜峻缺乏用爱情拯救男人的牺牲精神,她情愿把这个机会留给其他的姑娘。至于大学时期她第一次睡过的男朋友,则是在毕业时,面临着就业去向,她跟着他去了一趟他的老家,确定那个家徒四壁的农舍,以及那对误以为自己的独生儿子是普天之下最杰出的王子(任何姑娘在他面前都只是黯然失色的灰姑娘)的年迈父母,根本无法给予他们丝毫实质性的扶助,于是快刀斩乱麻地离开了那个地方。杜峻没有优渥的家境,没资格做傻白甜。她早就活通透了。结婚的本质是强强联手、优势互补。她一直都是人间清醒。

衣服,肯定是不换了,杜峻的脑子重新启动了,她的日常穿搭都是精致简约的通勤风,很拿得出手,原本就不必折腾。她打算回家陪一会儿三宝,再去跟许淳洵吃饭。家里的阿姨请假回了老家,这几天婆婆休假,三个娃是公公婆婆一块儿上阵。难得婆婆有空,利用大宝中午的休息时间，领着大宝赶去她工作的附一院眼科，找相熟的大夫复查视力，查完送回学校，继续下午的课程。

杜峻刚到小区停车场，就接到婆婆的电话，婆婆告诉她，大宝的眼镜需要重新配，医生建议可以试一试新出品的一种功能眼镜，她已经做主配置了，大约十五天以后寄到。另外，婆婆说，刚接到电话，奶奶病危，她和公公、向善紧急购买了最早的一趟航班机票，赶回去见老人家最后一面。奶奶是公公的母亲，公公是山西人。奶奶跟着公公的大哥生活，已经九十岁高龄，前几天摔了一跤，送进医院，检查没什么大问题，谁知这么快就进入弥留状态。

公公婆婆和向善赶去机场，三个娃一起交代给杜峻。婆婆告诉杜峻，他们商量了一下，最终还是决定不带孩子们前去，大宝二宝在上学，三宝还太小，后面的葬礼人多、嘈杂，怕沾染了细菌病毒什么的。杜峻临危受命，兵荒马乱地带着哭哭啼啼的三宝，去接大宝二宝放学。那天晚上，二宝没有培训班的课程，大宝本来是有一堂作文课的，补习老师二阳，临时发通知取消课程。这样，杜峻就狼狈地带着三个小子往回赶，一路上大宝闹着要买新球鞋，二宝的数学老师在微信里控诉二宝最近的数学公式掌握得不牢固，接连发了六七段语音，每一段都让杜峻抓狂，二宝的数学作业她都检查过，数学老师的指责，证明杜峻的数学连小学低年级都过不了关——一个大学教授，这不是尴尬不尴尬，这实在是太惊悚了。

杜峻完全把跟许淳洵的约会抛诸脑后，半路上接到许淳洵的电话，这才想起自己失约。她连声抱歉，大致说了情形，许淳洵让她把孩儿们全带上。

"算了，三个淘气包，有他们在，饭都没法吃，咱们改天再约。"杜峻说。

"别嫌麻烦，反正要吃晚饭的，一块儿带过来吧，我想见见他们。"许淳洵说得很真诚，杜峻简直无法拒绝。

于是，一次定位尚且不明确的约会，临时演变成了一场欢乐的大聚餐。许淳洵紧急叫上四哥（万能的四哥），四哥很有招，约出来一位新生代儿童科幻作家，大宝二宝都看过他的书。两个小朋友很欢喜，有十万个为什么要跟作家探讨。这两宝是有见识的，彬彬有礼，言谈有趣，不会追着作家去问外星人这些，尤其大宝，他关心诸如暗能量、宇宙将会如何终结等话题，跟作家很是有得聊。

三宝快两岁了，独立进食已经很熟练，软烂的红烧肉吃了好几块，蒸蛋和馒头也吃了不少。正吃着，一阵异味弥漫开来，杜峻心想不好，她把三宝抱起来，发现这家伙果然拉了，吃得太high，忘乎所以中根本不记得提示，导致尿不湿吸满了便便，鼓鼓囊囊的一大包。糟糕的是，杜峻出门忘了带尿不湿，这倒不难，四哥一通电话，司机就买了来，许淳洵也不嫌弃，给杜峻打下手，递湿纸巾、尿不湿，三宝不配合，许淳洵就在杜峻身后朝他做鬼脸，成功地吸引了三宝的注意力，小家伙咯咯笑得不停。杜峻和许淳洵配合默契地换过尿不湿，三宝饭也不吃了，从婴儿餐椅上下来，赖在许淳洵怀里。三宝倒不是什么社牛，他对许淳洵的依恋，出人意料。四哥忍不住说，许淳洵是个有福气的人，孩子喜欢的人，都是有福之人。

"对啊，谢谢三宝，让伯伯有福气了。"许淳洵亲吻三宝的胖脸蛋。

那边大宝跟作家聊到了历史，十几岁的孩子青睐高深莫测的学问，大宝读了不少文史哲的书籍，居然跟作家探讨传统文化的精髓，许淳洵转过头去说："什么孔子孟子庄子，什么《三字经》《弟子规》，唐诗宋词、

第五章

易经星象,说到底,传统文化的核心也许就两个:理性和道义。我们会发现历史上对乱世的解读,有很多逻辑无法自洽的地方,其实就是对理性精神、仁爱精神的漠视……"大宝一听,两眼发光,缠着许淳洵说中国哲学。

那餐饭全程没有冷场,大人小孩都很尽兴,单是许淳洵买的。四哥中间出去了一趟,被许淳洵叫了回来,说这是庆祝杜峻升了教授,说好他请客。四哥笑笑,没有跟他抢。

吃过饭,许淳洵把杜峻和孩子们送到地面停车位去,他自己的车是停在地下停车场。许淳洵把三个娃当成大人一样,逐一告别,赞扬大宝博闻强记,称赞二宝安静,夸奖三宝吃饭棒棒,三个孩子都眉开眼笑。杜峻系上安全带,隔着车窗,感谢许淳洵的盛情款待,许淳洵貌似无意地问了一句:"开车的时候多,步行就很少了吧?"

"那倒没有,每晚我都在跑步机上快走。"杜峻说。

"这样啊。"许淳洵点点头。

车子驶离,杜峻从后视镜里看到许淳洵依然站在原地,目送着他们母子离开。他冲她挥了挥手,一瞬间,杜峻明白过来,他跟她一样,会去看微信里面的步数。在跑步机上,杜峻不会带着手机,她的微信步数确实少得可怜。因此,他会以为她很少步行。

原来,他们是一样的。当他想起她的时候,不会主动跟她联系,而是打开微信,默默地看一眼她的步数,想象她在做什么。那是一种通约的心灵感受,是一种独特的敞开,是与彼此身边的各种事物、各种力量的连接,无涉肉身维度,清洁而有趣。

肉豆蔻

杜峻手忙脚乱地带了几天孩子。向善的奶奶在亲友们的大部队抵达的第二天午后就去世了，大家算是见到了最后一面。婆婆和向善提前回来，休假的阿姨跟他们前后脚到达，而公公则在老家待到了头七。

这几天，杜峻接连闹了好几次乌龙。先是给二宝穿错了校服。二宝的校服分春秋款、夏款，冬天是一件大衣，单春秋款就还分周一、三、五穿蓝白相间的款，周二、四穿红黑相间的款，此外尚有礼服款。大宝已经可以独立穿搭，但二宝一直依赖爷爷，此前倒是从未出错，这是头一回穿错了款式。二宝在学校被扣了操行分，回来赌气不吃晚饭。接着是大宝被送错了课外辅导班，本该补数学的星期六下午去了物理班，大宝在车上争分夺秒地背英语单词，到地方才发现错得离谱，闹着以后要自己出门去补习班。大宝这年纪，一个人在公交地铁上来来去去的不少，但杜峻奉行的是精细化育儿，虽然有三个娃，哪个也不能丢啊，因此长期都是爷爷接送。然后就是带着三宝去打疫苗，一路给三宝做心理建设，好容易成功哄到社区医院，站在问诊台前，才发现疫苗接种本都没拿！

杜峻不是一个擅长处理复杂家务的人，尽管生了三个娃，她的思维还是单线条的。育儿路上，向善绝对是猪队友，每个宝贝都是他的活玩具，他有本事跟他们一起掏马桶玩儿！公公却有如神助攻。大宝一出生，公公就接手了除母乳喂养以外的全部养育职责。还不是那种大张

第五章

旗鼓、鸠占鹊巢式的接管,而是了无形迹地、无声无息地,就把杜峻从烦乱的琐事里面全方位解放出来。

那会儿杜峻还在读博,算是忙里偷闲生了个娃。杜峻不是天才,读博的苦头,一样没少吃。娃刚破壳,月子里她习惯性地按照做科研的范式,看书、查资料,有据可查,有章可循,追求规范,追求逻辑,一言以蔽之,就是追求完美。焦虑接踵而至,一焦虑就失眠,这倒简单了,大宝顺理成章跟着公公去睡了。夜哭、抱睡,这一切都是公公在经历。杜峻对早教机构很挑剔,公公悄无声息就给报了国内知名的早教班。幼儿园阶段进了私立幼儿园,小班制,三个老师十个娃。小学阶段换一家私立学校,附带了优质的初中和高中。大宝早产,花粉过敏,三天两头鼻炎咳嗽,稍不注意就肺炎了。两岁以前折腾得要命——折腾的也是公公,婆婆给引荐,公公带着小不点儿遍访全市知名的儿科西医。大宝骨瘦如柴,杜峻一说瘦,公公就温和地安慰她,小胖墩才麻烦,都是添加剂催出来的。但还是解决了她的担忧,大宝两岁以后强健起来,肉眼可见地一天比一天敦实,后来居上,比同龄的孩子都要高和胖,就连杜峻都忍不住摸着圆溜溜的脑袋叫他壮士。

起先杜峻还没心没肺地跟母亲说,孩子大点自然就好了,吃嘛嘛香,噌噌地长。母亲但笑不语。后来杜峻偶然听见公公和小区里面的宝妈交流经验,说是每天要三遍地凑近小面孔,闻口气闻鼻子,一有异味就处理。小嘴巴有腥气是积食,喝大麦水;有酸味是受凉,上紫苏水。小鼻孔有腐味是过敏,鱼腥草熬水对症;有淡淡的臭味就是发炎了,也还不急着上消炎药,试试艾灸,灸一下肺腧穴、印堂穴、太阳穴、迎香穴,配合艾草水泡澡。每一个程序只要处理及时,就不会往下走,闹到发烧、咳嗽、哮喘等不可收拾的地步。公公讲的那些,杜峻惊呆了。那时已经有了二宝,二宝比大宝皮实,一年难得有个头疼脑热。杜峻以为是二宝先天体质好,不承想是公公的战斗经验在实践中修炼得炉火纯青了。

杜峻这里的谜题,到公公手里,都是办法。生大宝时,杜峻的母亲伺候月子,公公其实还没退休。公公是中学教师,教的是物理。母亲白天带孩子,晚上孩子就跟着公公睡。教师这个职业让公公的性情变得包容性超强,他没有向善那种大气派大眼界,平时不会轻易说什么愿景、目标、规划,但他总是能够找到问题的症结,然后条理清晰地解决掉。

开头两三年,是杜峻的母亲与公公一道带娃,住的虽然是公公婆婆给买的婚房,但公公儒雅有礼,婆婆也对亲家母奉为上宾,做饭请阿姨,平素里节日假日生日婆婆都不忘记给亲家母送礼物。杜峻从来没有感受过娘家与婆家共处的紧张、摩擦和冲突。直到二宝三岁,母亲患上了不治之症,才搬去温江区长住,远离主城区,空气质量相对会好一些,有时杜峻也送她到青城山或西昌小住。公公婆婆在这两个地方都买了度假房,三亚也有。公公婆婆和母亲的关系融洽得在日常伦理维度几乎难以想象,婆婆没有时间打理具体的家事,公公在其中,实属功不可没。

在公公和向善身上,验证了一个非常诡异的现象,那就是每一个行业都会让它的从业者逐渐养成一种独有的性格、一种特殊的气质。公公如高中教师这一职业本身一般靠谱、细致、严谨,向善如人文学科研究一般信马由缰、开疆拓土,父子俩迥然相异。向善的性格是外放型的,他的兴奋定期发作,总是过上那么一段时间,他就会全面总结一遍自己的得失,以物喜,以物悲,成功了沾沾自喜,当然,失败了也不会垂头丧气,他能从失败里头总结出下一次必将成功的一二三四。最初杜

第五章

峻因为他的高能量而着迷,她被他蓬勃向上的气势感染,渐渐地,她发现他是一个狂热的理想主义者,他的人生信条里只有工作,没有别的,就像最新版的GPT。

因为神仙公公的存在,杜峻没有被三个娃折磨得心力交瘁、面黄肌瘦、蓬头垢面,公公离开几天,她就体验到了三个孩子的鸡飞狗跳,也明白了她的理疗师闺密并非矫情,人家的的确确是累得形容枯槁,啥欲求都磨没了。

三宝正是可怕的两岁,叛逆、唱反调,嘴里全天候叫着"不不不",关键是体力惊人,充电半小时,待机一整天,杜峻直接向学院请了几天假,二十四小时贴身伺候,还是被这小子搞得精疲力尽。第二天傍晚,她满身疲惫地看着三宝在小区的草坪里追着一条边牧疯跑,一抬眼,看到四哥远远走来,身后跟着他的司机。

四哥带着一些乐高之类的玩具,还有好些书籍,以及一大箱子零食,是送给三个宝贝的礼物。杜峻一边道谢,一边惊讶地问:"四哥怎么知道我住在这儿?"

"我会卜卦。"四哥笑道。

"四哥开玩笑了。"杜峻说。

四哥简单寒暄了几句,告辞离去。两个人都没有说破,但杜峻就算是个白痴也明白,这是许淳洵的意思。女研究生母亲找碴那次,许淳洵陪她在派出所待到深夜,送她回来过,知道她的住址。

没想到过一会儿,四哥转头又回来了,问她:"一个人带三个孩子,吃不吃得消?需要的话,我安排公司的女员工过来搭把手。"

"没事的,我还撑得住。"杜峻说。

"老许出差了,"四哥叹口气,摇摇头,"从来没见他这么啰唆过,一天发两遍微信,叫我务必来瞧瞧有没有需要帮忙的。"

杜峻十分尴尬,不知道该说什么。

夜里三宝有点积食,翻滚得厉害。杜峻起身熬了一小碗苹果山楂水,叫醒三宝起床撒尿,想喂他喝两口。三宝不仅不肯喝,还哭闹不休,杜峻抱着他哄,胳膊都快废了。直到凌晨,三宝睡沉了,杜峻方才迷糊睡去。

半梦半醒间,她跟一个男人手牵着手,在漫长的江岸边行走着。江面雾蒙蒙的,迷雾深处不断传来沉闷的汽笛声。他们就那样在雾中慢慢走着,身边的男人沉默不语。她感到他掌心的温暖。杜峻突然觉得累,索性松开了手,刹那间,身边的人不见了。她惊慌地四处寻找,整条路上空无一人,雾气从江中弥漫过来,世界是一片灰暗。她不禁心急如焚。然后,有人骤然从后面牵起她的手,笑着说:"杜峻,这一次,千万别再放开我。"不知为什么,这句话令她如此伤感,她忍不住哭了起来,越哭越难过,一直到哭醒过来,还在情不自禁地小声抽泣。

杜峻睁开眼,三宝在枕边呼呼大睡,两条肥嘟嘟的小肉腿一起搭在她的胸前,她想着,这大概就是做噩梦的原因了吧——她愿意理解为噩梦。在梦里,那个牵着她的男人,是许淳洵。他的眼神是那样温柔,又是那样坚定。

杜峻对自己说,就当是做了一回花痴好了。那梦境,即使不是噩梦,也就是一个中年失婚女人的春梦,做过了,也就过了,不必留在心里。

Chapter 6

第六章

覆盆子

博士点评审投票在即,院长罗列了一个名单,全是这个研究领域的学术大拿,从概率上看,是极有可能被抽中为评审专家的。院长带领申博办公室的成员,扛着学院的各种成果,一大堆学科丛书、学生作品的光盘、获奖证书等,出门拜访。随身还携带着文创产品,学院的几个研究生毕业后自主创业,开了一家文化公司,设计了一款以三星堆为主题的保温杯,捐赠了一些给学院,院长用作赠送给专家的礼物,不值什么钱,但匠心独具。

他们的行程分了四个区域,华南、华北、华中、华东。一边拜访专家,介绍学院的基本情况,一边顺路到对方学校的相关学科进行交流学习,一举两得。有几个重点地域,院长和书记同时出动,学校学科处处长也一路陪伴,阵容壮观。杜峻和岳白全程参与,没俩月航程就差点够升级到白金卡。

到了地方,通常是从早到晚地奔波,稍微有点空闲,岳白就拉着杜峻去看看当地的夜景,品尝特色小吃。杜峻特别喜欢逛书店,岳白就提前做好攻略,见缝插针地陪着她,打车去当地的网红书店。在南戴河,他们甚至光着脚,踩着沙子,去往面朝空旷大海的书店,坐在那里,看两小时的书。杜峻还买了一大摞书,舍不得快递,要带在身边,随手翻一翻。岳白责无旁贷地扛在肩上。坐在出租车里,杜峻快速化了个妆,待会儿院长约好了带他们一起去拜访一位专家。化好妆,杜峻就在车上看一会儿书。

"女知识分子,是双重的女人。"岳白叹口气。

"嫌女人麻烦?"杜峻笑道。

"我是女性崇拜者,"岳白调侃道,"面对女知识分子,这崇拜就翻了倍——杜峻,你是怎么做到同时追寻精神世界与物质生活的?"

"说人话!"杜峻呵斥。

"我是说,你是怎么做到在颠簸的车子里,化妆不会手抖,看书不会晕车的?"岳白说。

"入职以前,参加面试的时候,我试过一边喂奶,一边看书,一边撸妆。"杜峻同时扬了扬手里的粉盒与一本新出版的维特根斯坦的《音乐符号论》,"这都是人生顶级的享受。"

"我跪了!"岳白叹息。

这期间学院发生了一件大事。一位副院长,也是学院班子成员里面年龄最大的,是电影理论研究领域的大佬,在华语电影研究方面颇有建树。巡视组在学校巡视期间,被人举报二十多年前读博士时论文抄袭。巡视组接到举报,转给学校纪委核实。估计举报者嫌弃进度不够快,效果不够劲爆,直接发布到了网上,立即就发酵到不可收拾的地步。学校先做出了停职处理,经过一番追溯查证,举报有小部分是属实的,副院长就地免职,给予党内严重警告,从二级教授降成四级教授。这位副院长分管本科教学,仗着资历深,平时牛哄哄的,谁的面子都不给,仇家太多了,这一次,从神龛上被拉下马,都不知道是谁下的手。

免职文件下来,副院长灰溜溜地倒腾了办公室,这还是次要的,接下来的关注重点在于谁来接替他。电影学院的行政班子配备的是一正三副,一位院长,三位副院长。通常三位副院长的学科分布,一位是戏剧方向,一位是电视方向,这位下野的是电影学方向。按照配置,就该补充一位电影方向的。杜峻和柴小蛮再次成为潜在的竞争对手。两个人都是电影学方向的教授,两个人都是学院的中层干部,柴小蛮是系主任,杜峻是申博办公室主任。

在院长找杜峻聊以前,杜峻并没有觊觎过副院长的位置,她对于做官没什么兴趣,她的目标不过是评上教授,再赚点钱——她有野心,但不太大,小富即安,跟着向善做点横向课题,有几套房,偶尔买几件轻奢饰品,有钱傍身,万事足矣。

去北京出差时,院长晚上叫杜峻去了她的房间,先是分析了一番申博工作的现状,厘清了几个难点,然后,院长提起了副院长的空缺。院长说,根据组织程序,副院长一般有三个产生的路径:一是面向海内外公招。二是从相邻学院调动或提拔,例如文学院。电影学是新兴学科,上点年纪的老师大部分是文学出身,文学院院长曾经有过一个搞笑的比喻:电影学和新闻学是文学下的两颗蛋。三是内部提拔,从学院里物色。

说完这些,院长看着杜峻。杜峻一时之间也不知道该说什么。

"我和书记一起向许校长汇报过,我们的意思是相同的,这一次,就从学院内部产生,要给年轻同志提供成长锻炼的机会,给他们搭建干事创业的舞台。"院长说。

杜峻想的是,院长这口气四平八稳的,好像被书记附体了。院长平时讲话的风格不是这样的。

"后面这句话,是书记找许校长汇报时说的原话,当时我也在场。"院长说。

杜峻一下子就笑了。她发觉气质清冷的院长其实挺可爱的。

院长坦白地告诉她,向许淳洵汇报副院长事宜时,书记突然提名柴小蛮,让院长措手不及。之前她们并没有交流过具体人选,只是达成了从学院内部物色的意见。书记提出柴小蛮的若干优点,说完,还满怀期待地看着院长,等待院长的首肯。院长的回复是两个表面看起来是递进关系实则是转折关系的句子:第一句是,书记说得没错,柴小蛮各方面都很优秀;第二句是,学院里优秀的老师不少,像杜峻,在这次申博工作中有勇有谋,有情怀有担当,有办法有措施,也值得组织予以关注。

当时,许淳洵没有表态;事后,也没有态度。书记又主动找院长谈过一次,书记借鉴了院长的手法,也是两句话:第一句是,院长慧眼识珠,杜峻确实相当不错;第二句是,杜峻有三个孩子,申博工作毕竟是短期的,短期的全身心投入是没问题的,但副院长是一个长期的管理岗位,身为三孩妈妈,给杜峻压上这样沉重的担子,会不会考虑不周?后面这个意思,书记说得情景交融,院长简直没法反驳。

这些场景都是杜峻通过院长的讲述还原的。杜峻意识到,书记下的是一招狠棋,在许淳洵面前的逼宫,以及其后跟院长交流时的以退为进,都说明她是力挺柴小蛮的。这也很容易理解,柴小蛮兼任教工党支部书记,一上任就在教职工组织生活中推出了两个创新举措,一是倡议每一位支部的党员老师至少为一名学生党员做一件暖心事;二是建立起了党员就业帮帮团,发动党员老师们的人脉,为戏文专业的毕业生推荐就业岗位。这两个动作被学校宣传部相中,推荐到省级媒体,做了一篇有声有色的新闻报道,又被一个中央级的网站发掘,做了一篇深度采访。这在相当程度上缓解了前任副院长学术不端带来的负面影响——书记管党建,教职工思想政治工作是她的工作命脉,学院出现思政舆情,书记难辞其咎。柴小蛮等于是在关键节点力挽狂澜,必然会被书记

第六章

当成得力下属。

书记要把柴小蛮推上去，靠她单枪匹马的可不行，必须有院长的鼎力相助。在高校默认的运转体系中，学校层面，党委书记管干部、管人才，也就管住了事业发展的核心，党委领导下的校长负责制，校长掌控的是具体的行政事务。到了学院这一级，班子成员都由学校任命，学院的书记管党建，依据学校组织部、宣传部等党口部门的课表安排，实施学院的党务并负责学生的日常安全，而院长主抓学院发展的大事，学科、专业、科研、教学、人才引进，都是院长的主责。所谓党建促进事业发展，发展才是硬道理。配备副院长，学校会征求学院书记和院长的意见，很多时候，副院长作为院长的助手，院长的意思很关键，书记的任务，是把握住人选的意识形态不出现瑕疵。

"杜老师，这是一个难得的契机，也算是人生大事，你考虑一下。"院长说。她那种郑重其事的模样，让杜峻无法漠然以对。

杜峻决定找许淳洵谈一谈。斟酌了一下，她发微信问他何时有空，能否去办公室里打扰他。许淳洵一直没有回复。第三天早上，四哥打电话来，问她有没有时间，邀请她去家里吃晚餐，说是从青岛人肉空运了一些海鲜回来，请她尝一尝。杜峻正在纳闷，她跟四哥的交情没到这个地步吧？四哥接着就说了："老许也来。"

临近下班了，许淳洵的微信过来了，说是去接她，让她不用开车，因为四哥家在郊外，导航定位不太精准。他们约在北校门口等，电影学院离那道校门最近。

许淳洵开的是一辆有些年代感的车子，大众系列。杜峻又去百度上搜了一遍，确认自己应该坐在副驾驶座，坐后座反而不礼貌，好像是把许淳洵当成了司机。于是她坐在了副驾驶座。一开始，他们都没有说话。

那正是堵车的高峰期,车子在长长的车阵里走走停停。杜峻觉得应该说点什么,她开口说到了院长找她谈的那些内容。许淳洵一点都没有打断她,杜峻不知道该怎么表述,索性原原本本地复述了一遍,很凌乱。许淳洵听完,还是什么都没说。车子行驶极其缓慢,杜峻受不了车内的寂闷,她又强调了一遍:"院长希望我来做副院长。"

"你是怎么想的?"许淳洵终于问道。

杜峻想说,不知道。然而许淳洵那种漠不关心的神情,无端端地让她有些不悦。他把她当成什么了?以为她是来求助他的?除了职称,她还真是别无所求。

"我想试试,"杜峻说,补充了一句,"靠自己努力一下,行不行的,无所谓。"

许淳洵没有吭声,他打开音响,放了一点音乐,是一首英文歌,但声音低至不可闻。看样子,他不想再跟她讨论副院长这个话题。

杜峻识趣地闭嘴,直到晚餐时,都是一言不发地坐在许淳洵的身旁。四哥的家已经快到简阳,很偏僻,周围都是农田,占地面积辽阔得一眼望不到边。那根本就是一个有机农庄,几百亩土地,一部分种植了有机作物,一部分饲养着散养家禽,甚至有几块圈起来的铁栅栏,里面有马,有孔雀,有绵羊。

"下次把三个小家伙带过来,他们肯定会喜欢的。"四哥对杜峻说。

四哥住着农庄里的一栋别墅,家里人多,热闹得不得了。许淳洵跟四哥的家人都很熟,四哥一一介绍给杜峻,四哥的妻子四嫂,四哥的母亲,四哥的大哥大嫂,四哥的儿子媳妇,四哥大哥大嫂的儿子儿媳孙子。几个晚辈都不是等闲之辈,四哥的儿子在北大做博士后,儿媳是国有银

第六章

行的中层干部,四哥大哥的儿子是国内一家著名律师事务所的合伙人,儿媳是精算师。

"遗憾的是,没一个打算到我的企业里来。"四哥摇着头说。

面对着一大群陌生人,杜峻头都晕了,只好不断地微笑,脸都快要笑得僵住了。幸好晚饭时,四哥把许淳洵和杜峻领进单独的小餐厅,世界顿时安静下来。四哥出去了一趟,回来时手里拿着一只莲花瓣造型的银碗,说是老母亲送给杜峻的礼物。杜峻想起那个精神矍铄的老太太,一进门就拉着她的手,上上下下地端详,一脸慈爱。

"这怎么好意思呢?"杜峻说,"我空着手过来,已经很失礼了。"

"我跟老许这关系,跟亲兄弟不差什么,我妈看着他长大的,我们不讲究那些繁文缛节,"四哥说,"杜老师你别嫌粗糙,这是老太太自己做的。"原来这里有一间银器作坊,老太太的业余爱好就是制作银器,这相当地耗时耗力耗钱,做好了也没有别的用途,全是送给近亲。

两个阿姨穿梭着,捧上来扇贝、梭子蟹、鲅鱼、生蚝这些海鲜,又是一罐啤酒,那啤酒也是四哥自家酿制的。给杜峻单独准备了葡萄酒,是四嫂亲手酿的,四哥十几年前在法国买了一个城堡,没啥用途,净用来种葡萄了。

杜峻每样海鲜都浅尝辄止,大部分时候,美食很难诱惑她,她是一个理智的人。幸好四哥和许淳洵也不劝她,两个老男人用大杯子喝啤酒,酒喝了不少,东西也没怎么吃。四哥的司机已经原地待命,等会儿替许淳洵驾车。四哥跟许淳洵喝酒的时候,看了杜峻一眼,突然冒出来一句:"老太太觉得很好,你小子,好好把握。"

许淳洵使劲跟他碰杯,制止他说下去。杜峻好整以暇地微笑,假装听不懂。她不是木头人,她早已察觉许淳洵的好感——也就只是好感,这种年纪,这种阅历,再没有飞蛾扑火一般浓烈的情感。杜峻不愿意去思量,这太复杂了,她的生活已经拥挤不堪,她没兴趣也没动力去想那些有的没的。纵然是梦见与他在雾中牵手而行,那样荡气回肠的一个梦,又能怎样呢?

"你们学校的老大快退了吧?还差一年?半年?你得稳住了!"四哥又跟许淳洵碰了碰杯,说起敏感而私密的话题。

杜峻想起听到过类似的民间传言,学校校长接近退休年龄,许淳洵在副校长中排位第一,能力、资历都是够的,继任校长的可能性很大。

"组织安排,不好说。"许淳洵喝了一小口。

"别说这种丧气话,既然走上了这条路,就得力争上游,"四哥说,"你们那个班子,我也知道一二,论资历,论才华,你都是打头的——对吧,杜老师?"四哥笑着望向杜峻。

"是,许校长口碑很好。"杜峻说。

"看吧,我说了你不信,杜老师的评价,终归是客观公正的。"四哥拍拍许淳洵。

"凡事水到渠成最好,否则,也不必强求,"许淳洵说,"组织压担子,就多承担,相反,稍微轻松一些,未尝不是好事。"

"你都快参禅入定了,"四哥说,"老弟,肉是要吃的,理想是要追求的,家庭也要重新建设起来,一样都不能少。"

他们的谈论完全没有避忌杜峻,不拿她当外人。杜峻有点尴尬,她完全不熟悉官场的规则,就连学院那荡漾的小池塘,她都弄不清楚风向、水深、态势,学校班子这样巨浪滔天的情势,她就纯属水中望月了,听也不是,不听也不是。

回程是四哥的司机当代驾,许淳洵与杜峻并肩坐在后排。许淳洵

第六章

喝了点酒,呼吸微微浊重。有司机在,两个人一句话都不说,反而透着奇怪。杜峻不得不肩负起没话找话说的职责。杜峻知道跟领导汇报工作总是不错的,于是就给许淳洵报告博士点申报进展、屡次出差的战果、重磅专家们的评价等。许淳洵一言不发地听着。

车子先送杜峻回家,快到小区时,许淳洵开腔了,他说的是:"柴小蛮的情况,我也大致了解过,综合来看,她更有竞争力。"

杜峻愣了一下,然后明白过来,许淳洵是在说副院长那个职位。许淳洵的判断很公允,毕竟博士点还没有拿下来,杜峻不能三番五次用这个申博办公室主任来做加分项。

"这件事,我也不便明确表态,柴小蛮本人要是没有这个意愿,倒是好办。"末了,许淳洵说了这么一句。

菟丝子

三宝的三岁生日正赶上中秋节的小长假,三天。大宝二宝的培训机构也放假,一大家子浩浩荡荡地到附近的黄龙溪古镇住了两个晚上。杜峻选了一家临近溪边的酒店,天气好的时候,夜里可以看见水面倒映的月光。可惜第一个晚上下着雨,雨滴绵延不绝,满地都是坠落的树叶和花瓣。他们撑着伞,在古街上走了一会儿,给三个娃各自买了一些零食,意兴阑珊地回屋睡觉。

定了两套亲子房,杜峻带着大宝二宝住一套,公公婆婆向善带着三宝住一套。第二天清晨,杜峻刚出房门,迎面就遇见柴小蛮。柴小蛮独自一人,浑身散发着馥郁的香水味。杜峻一见她,鼻子就会发痒。

"早餐?"杜峻挑挑眉头。追到这里来了,也算是舔狗到了极致。她心想向善真是不地道,既然把行迹告诉了别人,人家巴巴地赶了来,好歹不应当让人家落单。

"酒店的花样千篇一律,镇上找地方吃豆花去,"柴小蛮说,"一起吧?"

杜峻问大宝二宝:"要不要出去吃早饭?"大宝二宝当然说好。

"我知道一家,有新鲜的石磨豆浆。"柴小蛮朝着杜峻身后看了一眼。

杜峻知道她在找向善,杜峻告诉她:"三宝刚过六点就起来了,估计他们几个人在酒店吃过早饭,带娃出去溜达了。"

第六章

"哦。"柴小蛮略略失望。杜峻猜她还没见到向善。

柴小蛮把他们母子领到一家小小的豆花店,豆浆果然香浓。杜峻忍着打喷嚏的不适,跟柴小蛮坐一起,她需要跟柴小蛮有一次正面而又不着痕迹的磋商。

大宝二宝跑过去目不转睛地看着老板现场推磨,老板让他们试一试,于是大宝推,二宝添豆子,忙得不亦乐乎。杜峻没有催他们过来吃饭,随他们去。

"向善不喜欢女人用香水。"杜峻说。

柴小蛮停下勺子,定定地凝视着她。

"婴儿沐浴露的气息会让他变得兴奋。"杜峻一边说着,一边享受豆花的细嫩顺滑。做出决定以前,她失眠了好几个晚上,反复追问自己想要的究竟是什么。最后,她得到了答案,与向善或是任何一个男人(包括许淳洵)相比,她都更在意自己的感受。想清楚了这一点,她变得平静下来。

"用婴儿沐浴露洗澡,洗完以后,全身涂满婴儿润滑油,不太香的那种,最好是油性成分多一些。"杜峻接着说。

"为什么告诉我这些?"柴小蛮眼睛一眨不眨地瞪着她。

"当然,我不提供免费信息。"杜峻吃完豆花,喝下去大半碗热热的豆浆,浑身的毛孔都张开了,秋天的风轻轻柔柔地吹过来,非常惬意。

"我可以理解为——交易?"柴小蛮试探地问。杜峻心头讪笑,柴小蛮还是太急切,这种时刻,谁先忍不住,谁先表达出这层意思,谁就注定处于被动之地。

"我不明白你的意思。"杜峻柔和地说。

"你还会告诉我更多?"柴小蛮注视着她。

杜峻开始啃玉米,脆甜的玉米粒在口腔里蹦跳着。三餐中,她会选择在早餐摄入足够的碳水。柴小蛮几乎没怎么吃东西,她减肥减到了丧心病狂的程度,魅惑的紫色眼影下,是瘦得高高突起的颧骨,像童话里恶毒的老巫婆,张开血盆大口就会吞下去一个孩子。

"你还想知道什么?"杜峻莞尔,"你们在一起也挺长时间了,也许你比我更懂他。"

"他到底喜欢什么样的女人?"柴小蛮单刀直入。杜峻遗憾地想,她真是迫不及待,她一直是一个有城府的女人,一个男人,不值得她这样卸下铠甲。人生的战场上,丢盔弃甲可不是什么好兆头。

杜峻慢慢啃着玉米粒。

"喜欢你那样的?"柴小蛮追问。

"他肯定不喜欢我了,如果不是彼此厌倦,我们也不会分开。"杜峻慢吞吞地说,这句话让柴小蛮明显松了一口气。杜峻好笑得很,柴小蛮太紧张了,她从来就不是威胁,一个前妻能有什么战斗力呢?柴小蛮的敌人不是杜峻,而是向善,如何让向善说服自己,接纳一个皮相不够美也不够年轻的女人,这才是重大攻关项目。

"我看不出向善喜欢怎样的类型——算了,这些都是废话,我们的问题是,他不肯跟我做爱,我们在一块儿,面对着满屋子的书架,他跟我讨论文学、哲学、政治,甚至诗歌,空气里充满了崇高的思想。"柴小蛮说了一句振聋发聩的大实话,把杜峻都震住了。向善没跟柴小蛮上床,这一点,杜峻有所猜测,但是,由柴小蛮不加掩饰地说出来,她是万万没想到的。

向善这个人,对待女性看似随和可亲,但在关键时刻,就会露出一副凛然不可接近的神情。这种带有敌意的疏远,即使是跟杜峻新婚蜜

第六章

月时也曾不小心地展现出来,当杜峻打断他的阅读,强迫他在亲密时脱掉袜子时,向善就会突然变成一个冷淡的陌生人。

柴小蛮姿势松散地靠着椅背,从包里掏出一盒烟,轻轻抖出一支,点燃。柴小蛮烟瘾不太大,只在一些不同寻常的时刻,例如参加青年教师赛课活动、在学院的官方抖音号上向高三的孩子们介绍戏文专业的特色之类的活动现场,杜峻会见到她抽一支烟。不是那种纤细的女士烟,她抽的是男人们的香烟,看起来笨笨的,毫无灵巧之气。

"他不喜欢香烟的气息,"杜峻说,"他对气味很敏感。"

柴小蛮把刚抽了两口的烟掐灭,看着她。

"孩子渐渐长大了,总有一天,他们会有自己的生活,"杜峻的目光落在大宝二宝身上,两个半大小子呼哧呼哧地抢着推磨,"把时间投资给孩子,不如投资给工作,起码工作不会嫌你烦,嫌你啰唆。"

"怪不得你愿意接下申博办公室的工作,那些事很烦琐,很伤脑筋。"柴小蛮一点都没有笑。

"我觉得挺好的,有事情做,挺充实的,好过在家躺尸,"杜峻收回视线,眼光落在她的脸上,"有机会多做事情,终归是不错的。"

柴小蛮的脸上涂了厚厚的一层粉,浓得化不开,不过,她知道自己的嘴唇形状不够动人,只用唇膏,不用口红,这样唇形就不会被强调得太醒目。她是一个懂得舍弃的女人。杜峻赌的就是她的圆融。

柴小蛮没有再说什么,她回过头去,叫了一声大宝二宝,让他们过来喝豆浆。大宝二宝全然不理会,玩得忘乎所以。柴小蛮招呼老板去换两碗热豆浆,再来两个茶叶蛋,小孩子一般都很喜欢。杜峻看着她忙活,没有阻拦。二宝对蛋白过敏,他自己也知道远离鸡蛋,别说茶叶蛋,就是金蛋银蛋,他也是看都不看一眼的。大宝已经十四岁了,是个身高一米八的大孩子，柴小蛮一口一个小朋友，杜峻可以预见到大宝二宝会有多么反感她——这倒无所谓，柴小蛮不会有机会去当一个心狠手辣的后妈，三个娃都不必她插手。

几天之后，岳白告诉杜峻，柴小蛮跟好几个同事讲，书记让她做副院长，被她拒绝了。柴小蛮宣称自己的近期规划是结婚生孩子，没工夫干别的。杜峻明白，柴小蛮已经做出了抉择。她故意讲出来，就是要传到杜峻耳朵里来。

岳白每天跟杜峻混在一块儿，吃饭开会形影不离，出差也是一块儿的。岳白这人很有点冷幽默，又很讲究生活细节，头发总是干净得发亮，衣领纤尘不染，从不吃垃圾食品，每天坚持不太激烈的运动，像是慢跑、打乒乓球这些，跟杜峻的习惯不谋而合。两人搭个伴，挺舒服的。有了岳白，跟范漫卷、柴小蛮的闺密团散伙以后，杜峻在学校里一点儿都不觉得寂寞。

范漫卷已经结束了为期一年的进修，直接办理了辞职手续。她回国了一趟，匆匆到学院里递交辞职申请，院长和书记再三挽留，无果。手续到了学校人事处，又拖延了很久很久，人事处处长反复打电话劝说，范漫卷不为所动。一直到第二年的春天才履行完所有的程序，范漫卷等不及，早就返回澳大利亚，后面很多签字环节都是柴小蛮代办的。整个过程，范漫卷没有来找过杜峻，杜峻也装作一无所知，两人没有照过面，散了就是散了，淡了就是淡了，不装、不演，也挺好的。

很快院长就找杜峻去谈话，说是学校组织部会在学院的副院长选拔中采取竞聘的方式，也就是让所有的报名者同台竞技，优胜劣汰。杜峻表态会报名竞聘。院长没有多说什么。

没两天，书记又找杜峻过去，泡了一壶上好的铁观音，介绍了一番茶叶的来历，什么同学的茶山小规模有机种植，什么千年古树两年一季，总之就是珍贵得不得了。杜峻品了一小口，直说口感非同一般。其实跟别的铁观音没啥区别。茶叶这东西，对人体有益，但杜峻从来不会将它当成神话，逮着什么喝什么。上一次喝到书记的茶叶，还是在她鼓励杜峻追求政治进步时，结果杜峻不买账，辜负了人家的苦心栽培。这回当然不会，杜峻不仅感谢书记的亲切关怀，还当场表示拜托书记指导与帮助，成不成的倒在其次，权当体验一下。

"承蒙您看得起，我会好好准备演讲稿，等稿子写好，还请您斧正。"杜峻表情诚恳地说。她在心里暗暗纳罕，从前她不屑于这些套话、废话、假话，没想到自己居然张口就来，脸不红心不跳，还一套一套的，老到、酣畅，都没写论文费神费力。

报名竞聘副院长岗位的一共是三个人，除了杜峻，另外两位也是女性：一位是戏剧方向的；一位也是电影学方向的，副教授，跟杜峻比起来，没什么实力，但据说背景了得，人家的公公有专车，车牌号只有两位数。这位副教授平时并不张扬，很低调，但关键时刻出手，透着一种阴鸷的底气。杜峻不免有点患得患失，她思虑再三，还是跟许淳洵联系了。依然是微信。她留了言，也不管合适不合适的，就说了对手的家底——传说中的。

"我不认识。"许淳洵的回复就这一句。

杜峻觉得应该再说些什么，她敲下一些字，读了读，不太妥帖，删除掉，重新再敲一段，还是觉得造次，又删掉。假如许淳洵依旧停留在跟她的对话页面，此时显示的会是"对方正在输入中"，她不想让许淳洵看到她的纠结，索性退出了界面，不再说什么。

不知为何，杜峻有一种强烈的预感，许淳洵并不希望她有此图谋。

一旦谈到副院长这个话题,就会卡住,出现生分的感觉。杜峻的直觉告诉她,这并不仅仅是因为许淳洵身为领导的审慎。

或许他不太喜欢那种有规划的、冷峻理智的女人?然而杜峻不是一个二十岁的少女,她经常自嘲自己的年龄是二十公岁。一个成熟的女性,不会再介意男人的评判,更不会为此而做出改变。

不知过了多久,杜峻听见微信提示音,许淳洵留了一句语音,他说的是:"演讲稿准备好以后,发给我,我帮你把一把。"

决明子

竞聘是在星期六的上午,地点就在学院的演播厅。评委一共五名,主考官是联系学院的校领导许淳洵,他的左右分别是学校组织部部长、党政办主任、学院的书记和院长。开场照例有讲话,组织部部长讲了竞聘规则,强调了纪律要求,书记讲了一番高屋建瓴的大道理,类似友谊第一、比赛第二之类的,讲完代表学院向许淳洵表示感谢。书记强调许校长很重视学院的领导班子建设,他本来是在中央党校学习,专程请了假,星期五晚上红眼航班飞回来,竞聘一结束,就得飞回北京。

杜峻排在第三位。前两天演讲稿发给许淳洵,他帮她做了颠覆性的修改,重构了框架和对未来的工作展望,格局和眼界确实远远超越了杜峻的思考。

他们一直是在微信上交流,许淳洵并没有告诉她自己是在北京学习,他只是事无巨细地指导她,以全新的眼光去看待行政管理的角度与边界。

竞聘结果经过学校纪委、党委教师工作部等部门的廉政及师德师风审核,在三天以后公示。杜峻成功当选为学院副院长,上了校长办公会、党委常委会以后,任命文件正式发布。

杜峻全程都懵懵懂懂的,有些不敢相信,竟然这就成了学院党政班子的成员。她告诫自己无论心里多么没底,表面也得撑住、绷住。杜峻紧急补充了好些职业装,每天挺直脊背,穿过师生络绎不绝的走廊,进入副院长办公室,深吸一口气,开始履职。

办公室的设施乏善可陈,跟申博办公室的陈设相似,一桌、一椅、一沙发、一茶几、一书柜的标配,再加上若干折叠椅。杜峻朝六晚八地待在办公室,处理学院的公务。院长调整了一下内部分工,杜峻分管科研和研究生教育,博士点申报继续由她协助院长完成。

做了这么多年的一线教师,杜峻跟其他老师一样,对行政的烦琐与处理技巧缺乏直观的认识,以为领导们的主要工作就是开开会、讲讲废话,拿鞭子抽着大家上课、做科研,时不时画张大饼,或是端一碗心灵鸡汤哄哄大家,就像一个牧羊人。真正涉足其间,杜峻才发觉这可不是随心所欲的放养,这就是一门绣花活儿,宏观角度要顾及画面的整体布局,中观角度要筹谋局部的和谐,微观角度就要事无巨细地负责色泽的浓淡、线条的美感——既是高瞻远瞩的艺术家,又是亲手操刀的画工。杜峻干了一两个星期,就觉得心力交瘁,顺带感叹向善不简单,这个表面看起来憨憨的家伙,在副院长的职位上游刃有余。

杜峻获提拔,婆婆又给了六千元的大红包,向善又请了一顿饭,这一回,柴小蛮也参加了。公公婆婆已经默认了柴小蛮的存在,杜峻大度地亲自把柴小蛮领到家里去过一次,之后柴小蛮就经常出现了。杜峻这态度很重要。柴小蛮巴结大宝二宝无果,两个大孩子对她无感,尤其大宝已经进入青春期,对自己亲妈都没好脸色,更别提柴小蛮这种没颜值没趣味的老阿姨了。柴小蛮把注意力转向萌萌的三宝,给三宝买了一只宠物鹦鹉,三宝对这只迈着方步在屋子里踱步的鸟儿爱不释手,爱屋及乌,对柴小蛮也青睐有加。

而许淳洵销声匿迹,像清晨的雾气,从杜峻的生活里消散了。竞聘成功以后,杜峻想着要给许淳洵发一条微信道谢,一忙乱,居然给忘了。

第六章

倒是许淳洵发了一条信息过来,就两个字:"愿好。"杜峻觉得这男人惜字如金,这样吝啬字句,她看过以后,干脆不回复。从此,他们就没在微信里交谈过。

五月的一个周末午后,杜峻抽出一点时间,到母亲的墓地去,跟母亲说了最近的一些感受。副院长的历练,向善与柴小蛮的关系,三个茁壮成长的孩子,大宝叛逆、早恋,二宝是学渣,三宝已经表现出音乐方面的天赋,这是外婆的基因——杜峻的母亲是小学音乐教师。

在墓地,杜峻接到四哥的电话,约第二天的晚餐。四哥说自己是在从机场回城区的路上,许淳洵在北京长达三个月的培训结束了,四哥亲自去机场接机。

"择日不如撞日,我这接上老许,就要去喝一杯,杜老师一起吧?明天咱们再举行正式的接风仪式。"四哥在电话里说。

杜峻抱歉地说自己在老家,母亲的墓地。四哥顿了顿,问墓地的方位,杜峻说了。四哥说声不远,一个多小时的车程,他们一起来祭拜一下老人家。说完,不等杜峻说出拒绝的话,直接就挂了电话。

这样许淳洵和四哥就开车过来了,带着一大捧白色花,不是普通的菊花,而是鸢尾、百合。四哥在车里候着,没有跟过来。许淳洵在墓前鞠了一躬,凑近去看杜峻母亲的生卒年,说:"伯母年纪不大。"

"我确实没想到,这么早就会失去妈妈。"杜峻说。

许淳洵转过头来,看着她,蓦然说:"工作很累吗?放松一点,别绷太紧。"

杜峻鼻子一酸,差点哭出来。这些天,她独自苦苦摸索,不敢轻易跟人商讨,更不能在人前示弱。没有人教她怎么去处理每件事,下属们等着她做出决断,他们不会主动提供任何参考与建议,他们给出的不是选择题，而是问答题，就等着她出乖露丑。她在他们眼中看到轻微的讪笑。但是，他们又都夸赞她雷厉风行，有魄力有见地，他们拼命制造彩虹屁，把她高高地吹进云端里，让她在那里孤立无援。唯有许淳洵，他一眼就看到她的强撑。

"一开始，谁都会水土不服，毕竟角色跨度太大，不过，你放心，慢慢就会适应起来，而且会适应得很好。"许淳洵温言安慰，他的眼神是那样的了解，那样的怜惜，就在那一瞬间，杜峻突然就想跟他说一说三宝的来源。

"妈妈去世的时候，我没有哭，我告诉自己，要让妈妈再回来。"杜峻说。

许淳洵静静望着她。

"从前，我不信那些神秘的事物，但是，妈妈快要走的时候，我难过得快撑不住了，妈妈反过来劝我，她说，三胎政策放开了，再生一个孩子，也许，那个孩子就是她，如果有可能，她一定是要回来找到我的。"杜峻一个字一个字艰难地说下去。

这是一个很傻很天真的想法，也是一个巨大的秘密。杜峻从来没有告诉过任何人。就连向善都一无所知。向善看见的，是失去母亲后的杜峻，拼命地忍着哭，拼命地克制悲伤。五七的晚上，也就是杜峻那位信奉神佛的中学同学告诉她，传闻中亡者经过奈何桥，重新投胎转世的那一天，排卵试纸显示了两道杠，杜峻以为，这是天意。她用了向善喜欢的婴儿洗浴用品，然后到他的书房里去，张开双臂抱住他，亲吻他，扒去他的衣服而不再强迫他脱掉袜子。他先是呆若木鸡，紧接着就接受了她的身体。在那个榻榻米上，他们有了三宝。

至今向善都不知道原因，第二天早餐，他以为应该吻她一下，可杜峻只是跟他握了握手,一切就又回到了原点,之前的那一夜,好像什么都没发生过。向善甚至困惑地问她,是不是跟聊斋里面的情节一样?赶路的书生睡了一个姑娘,醒来以后,发现夜里的屋舍居然是荒山,软玉温香的身子也荡然无存。杜峻被他的譬喻笑死。

杜峻怀孕以后,向善负责任地提出复婚,杜峻拒绝了。三宝出生以后,在办理户口之前,他又提到这个问题,杜峻还是敷衍了过去。向善什么都不明白,他只清楚一件事,杜峻依旧不打算跟他生活下去,即使有了非婚生的三宝,这个事实还是没有改变。向善不是一个情圣,或者说,这世间根本就没有无缘无故的情圣。于是,他们的关系继续停留在事业合作层面,平衡而又稳定。

怀上三宝以后,婆婆旁敲侧击地问过杜峻,是否需要联系妇产大夫去做人流,杜峻只说会生下来。婆婆很欣喜,表示会继续支撑他们养孩子。至于她与向善的走向,婆婆不是无知妇孺,不会刨根问底,公公婆婆像疼爱大宝二宝那样,深爱着三宝。

杜峻问过自己,为什么是向善,而不是别的男人?那两年,杜峻也有两三个走得近的男性朋友,一位是离异的大学同学,一位是同校物理学院的丧偶教授,两个男人都对杜峻表明过心迹。杜峻没有看到再婚的必要性,也还没有空虚到需要用恋爱来填充时光。她不会随便找谁去体验一次露水情缘,那对三宝将是残酷的。向善是大宝二宝的爸爸,他也可以是三宝的爸爸,三个同父同母的孩子,无论是伦理还是情感,彼此之间都不会有缺憾与芥蒂。

"如果再来一次,我还是会做这样的选择,尽管毫无科学依据,但三个儿子里面,只有三宝像外婆一样,热爱音律,他已经开始学习非洲鼓,小家伙特别有灵气。"杜峻说。

许淳洵想说什么,四哥走了过来。四哥微笑道:"你俩一见面,就有说不完的话,我就是来问一句,这都到饭点儿了,我是继续饿着肚子恭候,还是先行告退?"

"胡说什么!"许淳洵笑着轻斥。

冬葵子

专家拜访遇到了一个前所未有的障碍，一位北京的权威专家拒绝接见。院长通过各种人脉联系了好几遍，对方始终找借口避而不见。杜峻从自己的导师那里打听到，那位专家不久前还到他们的竞争对手——四川另一所高校去做了讲座。细一打听，原来专家的大弟子刚被提拔为学院院长，一周前公示了。

形势陡转直下。拜访那位专家，在日程表上放在靠后的位置，原本是因为有把握，不应该出现悬念，院长跟他经常在学术会议上见面，相聊颇欢，那位泰斗级的大佬五年前申报了一个国家社科重大项目，院长还受到他的邀请，担任了子课题的负责人，这就应该是极为亲近的学术关系了。一些疏远的、傲慢的专家前期已经一一见到，院长诚恳地介绍了学科的优势与特点，表达了愿意为西部地区电影学的学科发展贡献绵薄之力的情怀，收效甚好。谁知道最有把握的，反而出现了反转。那位专家的大弟子从宁波的一所高校被挖来，直接安放到院长的位置上，简直就是一颗重磅炸弹。

不管专家怎么拒绝，院长还是带领杜峻、岳白去了一趟北京，岳白的角色就是搬运工，他们照旧带去一大箱子学院的出版物，有书籍和音像制品。院长打电话给专家，告知就在学校附近，等他拨冗接见。专家在电话里淡淡地说，申博他会支持的，见面就不必了。无论院长怎么说，不见就是不见，在北京也不见。这就摆明了态度。专家不是虚与委蛇之人，不会糊弄和应付，院长跟他大弟子的亲疏远近一目了然。此前院长和杜峻就分析过，学科点的布局是有筹谋的，即使地域有缺失，但四川一个省份同时上两个点几乎是不可能的，毕竟博士点的名额会更加倾斜基础学科、前沿学科和卡脖子学科，艺术类不会分到太多的指标。

三人被拒之门外，晚餐就在北京找了个小店啃驴肉火烧，要多狼狈有多狼狈。岳白讲了几个冷笑话，试图活跃一下气氛，院长和杜峻都没有笑。

"太冷了。"杜峻摇摇头。

"换风格？脱口秀那样的？"岳白好脾气地问。

"你还是改行学算卦吧，算算这人会不会给咱们投一票。"杜峻没好气。

"我觉得有希望，说不定他还在犹豫，没想好之前不会轻易见咱们，怕见了面就没有反悔的余地了。"岳白说。

"你这是想当然，目前这状态，应该是不会支持我们的，下定了决心，不支持，所以不见，免得见面尴尬，"杜峻抬杠道，"我的观点就是没有回旋余地了，不接受反驳，反驳就是你对。"

吃完饭，院长去北京大学见一位同领域的朋友，进一步打听那位专家的朋友圈。杜峻和岳白随便找了间咖啡店等候。岳白见杜峻闷闷不乐的，就说："你知道学院的行政老师们是怎么叫我的吗？"

杜峻不解。

"她们都叫我方便面。"岳白说。

"有典故？"

"有一天早上，我还没起床，迷迷糊糊接了个电话，对方说：'你好，方便面是吗？'我瞌睡吓醒了一大半,以为谁搞恶作剧呢,我就怼了一句:'你才方便面呢,我奥利奥。'说完我就挂了,结果电话马上又打过来,对方是学院的人事秘书,都要气炸了,她说:'你靠不靠谱啊?'原来人家说的是:'你好,方便面试吗?'"

杜峻一下子就笑了。

"终于笑了,"岳白假装舒出一口长气,"这一整天,你那眉头皱得呀,都要打结了,可憋屈死我了。"

"我发愁,你憋屈个啥?"杜峻笑道,"有那闲工夫,找个女朋友磨牙去。"

"磨牙？说得我好像一头饿狼似的。"岳白一副委屈相。

"说正经的,你喜欢啥样的,姐姐帮你找找看?"杜峻说。

"你也会给人做媒？我还以为你活在云端呢。"岳白笑眯眯地瞅着她。

"什么云端！你不知道,中年油腻妇女的一大爱好,就是乱点鸳鸯谱。"杜峻说。

"我觉得,还是一个人好,这种事,挺让人惆怅的。"岳白轻声叹口气。

"咋了,有喜欢的人了?"杜峻敏感地问。

岳白没吭声,这小子突然就静下来。

"看上了,就勇敢地追,一个大老爷们,别磨磨唧唧的。"杜峻说。

"也不知道人家有没有可能喜欢我。"岳白迟疑道。

"我认识吗?"杜峻问。

岳白看着她。

"是学院的同事？我怎么没看出影儿来?"杜峻敏感地说,"你这保密工作做得真够牢固,密不透风的,怎么好上的?"

"还没呢,"岳白否认,"我都没跟她说起过。"

"这不是你的风格吧?"杜峻好笑,"你啥时候这么瞻前顾后的?你要这么胆战心惊的,别让人给追去了,那会儿你才后悔呢。"

"不会的,她单了这么久,我觉得她不会轻易爱上一个人,这也是我不敢表露的原因,她不是一般人。"岳白怅然道。

"你成功吸引了我的注意力,"杜峻说,"说说细节,我来帮你参谋参谋。"

"没啥细节,"岳白有些不好意思了,"其实,第一眼看到她,我就心动了,她那么瘦,却又那么有力量的样子,前面三十多年,我从来没有过那样的感觉——她在那儿忙活着,有一种挥斥方遒的感觉,我可以一直看着她,怎么看都看不够。"

"够肉麻的——那真是爱上了。"杜峻判断。

"学校那次流感流行,你记得吧?行政人员都被传染了,都没几个人上班了,那会儿正在填写申博表格,待在办公室里没几个人,她也在,咳嗽咳得要死,还是坚持着工作,我看着她,从来没有对一个人产生那样的心痛感觉。"岳白说。

"是的,我们都在带病坚守岗位,那感觉够酸爽的,我都快把肺给咳出去了,"杜峻说,"我不懂了,你是喜欢自虐式的恋爱?为什么不能大大方方地表白?除非,她有老公?"

"眼下,她单着,"岳白马上说,"我就是不知道,她会不会嫌弃我小——她比我大。我都想过了,不管她怎么看待我,我就这样默默守护着她吧,不给她带去烦恼。"

岳白静静地凝视着她,她的心跳突然漏了半拍,一种陌生的紧张感

第六章

沿着脊背缓缓地爬上来。似乎有什么不对劲?她赶紧喝了一口咖啡,把这荒谬的预感压下去。

"我不敢面对,也不敢告白,她的经历比我多,她的灵魂比我要高级,恐怕只有那种道行很高、扑朔迷离的男人才对她的胃口,像我这样容易被看透看穿的男人,她恐怕会觉得乏味吧?"岳白露出苍茫的神情。

"果然,众生皆苦。"杜峻感叹一句。

透过落地玻璃窗,院长正远远地走过来。那是一个盛夏的下午,院长穿着墨绿色长裙,从炽热的阳光、拥挤的人群与漫天飞扬的尘埃中,穿过斑马线,向他们走来。她看起来是那样的轻盈,那样的安静。在杜峻的眼里,院长一直是一个神奇的存在,是既可以卷出天际又充满了松弛感的女性,她是杜峻的女神,也是学院很多人的女神。那一瞬间,杜峻闪过一个念头,岳白暗恋的女人,说不定就是单身多年的院长。她没忍住,脱口而出:"你小子,爱上院长了?!"

闻言,岳白那震惊的眼神,让杜峻差点儿把咖啡给洒了,她都不敢问他,自己是不是蒙对了。

苍耳子

院长并没有带来好消息，相反，她的朋友告诉了她一些专家和他的大弟子之间的师生深情——在带这位大弟子的时候，专家和夫人一度双双病倒，大弟子衣不解带地守在医院里，照顾手术后虚弱的导师，整整十几天不眠不休。周围的朋友都知道，他们情同父子。

三个人灰心丧气地飞回成都，这位专家是学科评议组的召集人之一，在学术圈有相当的话语权和影响力，只要他稍加引导，投票的结果就会朝着杜峻和院长不愿意看到的方向，一去不回头。

回到学校，院长立即去向许淳洄汇报进展，回来以后，院长告诉杜峻，许淳洄联络了自己的师兄，师兄与那位专家在同一所高校工作，已经是校党委副书记。不过，那位专家的脾性是出了名的执拗，从来不买任何领导的账，打招呼肯定是行不通的，但是，他可以把专家的行程和家里的地址打听出来。

"别的途径都断绝了，许校长说，还剩最后一招，以诚动人，无论如何，得再去一趟。"院长说。

杜峻认为这是对的，不管最后会是怎样的结果，见面是必须的。专家的大弟子所在的学校是985高校，综合平台高于杜峻所在的211学校，但从学科本身的实力而言，杜峻所在的学院甩出对方一条大街都不止。这一切，在冰冷的表格里只能呈现五分，另外一半，要靠翔实的当面陈述来完善。如果有机会面对面地阐释，说不定还有一丝胜算，毕竟

第六章

投票不是感情活,专家的主观臆断是要建立在客观事实的基础之上。

这一次行程增加了许淳洵。抵达当晚,许淳洵的师兄出面,私人请大家吃了一顿全聚德的烤鸭。许淳洵跟师兄聊了聊他们那个圈子里的人员变动,又说起最近的一次院士申报,分析参评者的成败。席间师兄接了个电话,是在上海读博的女儿打过来的视频电话,聊了几句,师兄说林芝的爸爸到北京公干,正一块儿吃饭,把电话给了许淳洵,那姑娘礼貌地问候了许淳洵。挂断电话,师兄叹息道:

"她俩岁数差不多,那年你开会,把林芝带过来,住在我家里,两个小姑娘好得跟什么似的,难分难舍。"

"林芝要还在,今年也该读博士了。"许淳洵神色黯然。

两人不再说下去。院长和岳白低头默默吃饭,杜峻发觉,许淳洵身边的人都知道这些事,这个失独的男人,又失去了妻子。但大多数时候,没人谈论,因为许淳洵丝毫不会流露出让人同情的一面,他是一个强大至极的领导。

许淳洵的师兄介绍了一些专家的情况,说是老头自从那年大病一场,此后就很注重养生,每天凌晨四五点钟,雷打不动地到家附近的小公园里运动,先是慢跑,然后打太极拳,就算下大雨下大雪都不耽误,哪怕在公园的亭子里,也要呼吸呼吸新鲜空气,舒展一下筋骨。

除此之外,许淳洵的师兄还提供了一个迫在眉睫的消息,博士点的投票即将开始,投票专家们的电子邮箱里已经收到了评审材料,大家会有几天熟悉材料的时间,然后就是聚齐开会讨论和正式投票的环节了。在这期间,纪律规定十分严格,要求对评审信息保密,不允许接受评审对象的宴请,等等。

眼前已经别无选择。许淳洵做出决定,在公园里等,死磕。手机闹钟和酒店叫早在凌晨三点同时响起,几个人打车去了那个公园。那是一年当中最热的时候,夜里气温并没有降下来,他们在凉亭里坐着,漆黑的夜色里只听见青蛙悠长的鸣叫声。

院长估计是白天着了暑热,坐了一会儿,感觉不太舒服,头晕目眩,许淳洵安排岳白送她回酒店去休息,就剩下许淳洵与杜峻。蚊子前仆后继地赶过来,许淳洵叫杜峻别动,啪的一下,打死了叮在她额头上的一只蚊子。两个人就用手机的微光照亮,转眼间拍死了好些蚊子,有一种异样的开心。

"林芝小时候,我带她去乡下,那里的蚊子不怕花露水,也不怕蚊香,我跟她妈妈就整晚轮流值班,用扇子驱赶,也是这样,照着亮,不断地啪啪打蚊子,早上起床,满墙都是蚊子的尸体。"许淳洵说到了女儿。

"林芝,是生病吗?"杜峻隐晦地问道。

许淳洵深深地看了她一眼。然后,他告诉了她林芝的死因。那是一个悲惨的小概率事件,简直比地震、比海啸还要罕见。如果被写进剧本里,那将是狗血的、不被信服的桥段,然而偏偏发生了,就是发生了。无论是多么拙劣,多么偶然,多么不可思议,就是那样任性地发生了。

在赶去机场的路上,林芝乘坐的出租车抛锚,司机停下来查看车况。司机是个慢条斯理的胖子,半响都解决不了问题。林芝担心误机,就到公路上去看看有没有便车可以搭乘。她站在马路上,一辆飞驰的摩托车从右后方驶过来,撞上了她。三天后,林芝在美国的医院被宣告不治。

那辆摩托车骑手在一小时前杀死了前女友,逃逸途中,风驰电掣地撞上了林芝。半小时以前,他还撞死了一个前往牙医诊所,准备进行第二次根管治疗的老太太。

第六章

林芝购买的机票,是她能买到的时间最近的一趟回国的航班,不能直飞,要在香港转机,但她还是选了这趟。之所以这么赶,是因为妈妈突发脑出血。

消息不是许淳洵告诉林芝的,许淳洵怎么可能让异国他乡的女儿担心呢?是林芝妈妈的同事告知她的,人家倒也不是故意的。

许淳洵的夫人生前在学校图书馆工作,发病时,她正在跟林芝视频通话。林芝告诉了她两件事:第一件事是顺利通过了硕士答辩,预计七月初拿到学位,届时希望爸爸妈妈能够抽空去美国参加她的授位仪式;第二件事是她谈恋爱了,男朋友家住墨西哥,他们是在网上认识的,那男孩子正在申请到美国来读大学——比她小四岁,是一个印第安人。

不知道是不是因为这两件事情的刺激,林芝妈妈倒在了书架间,手机画面变得摇晃而又混乱。林芝不知道发生了什么,大声叫着。她妈妈的同事听见声响,赶过来,拨打了120,然后告诉视频那端的林芝,她妈妈晕过去了,还剧烈呕吐,吐了一地,看起来不是脑出血,就是脑梗死——事后才知还真是,两者一起发生了。

死因就是这样荒谬。

这也是许淳洵不管不顾要留住妻子的原因。女儿的同学赶去车祸现场,后来,那女孩告诉许淳洵,林芝临终前,一度恢复了神志,嘴里喃喃地叫着妈妈。

许淳洵心如刀绞。他要让天堂的女儿放下心来,他会好好照顾她的妈妈。他做了他能做的一切。那些视频,是给女儿一个交代,他不想女儿责怪他,怨他没有留住妈妈的生命。他已经尽了全力。

"其实,林芝常常怪我,说我陪她妈妈的时间太少。"许淳洵轻轻说。"也许,在女儿眼中,父亲就应该是一个无所不能的、神一样的完美存在,不应该有人性之恶,也不应该有人性的弱点。"杜峻情不自禁地说。

"杜峻,跟我说说你的父亲,"许淳洵凝视着她,"我一直很好奇,怎样的男人,才能养育出像你这样的女儿,柔韧、纯粹,散发着令人难以抗拒的力量。"许淳洵的赞美,很容易指向一个暧昧的场域,但由于他提到了她的父亲,杜峻自动屏蔽了他话语中丰沛的情感,她只听见了父亲这个龌龊的意象。

"父亲角色的残缺,会导致女性的独立。"杜峻冷冷地说。她三言两语、不费周章就讲完了父亲的一生:一个渣男,一个浪子,一个低层次的海王。他在杜峻母亲怀孕的时候出轨,杜峻出生还没有满月,他就离开了她们母女。后来,他又有过三次婚姻。在不同的婚姻里诞生了一男一女,他们都跟随自己的母亲生活,像是母系社会。杜峻上初中时,他跟最后一任妻子去俄罗斯开了一间中餐馆,半年后双双丧生于一场恐怖袭击,动静很大地死去了。父亲的骨灰跟他的妻子合葬在一起。杜峻从来没有去看过。杜峻从来不认为自己有父亲。她是母亲独自生下来的孩子。

他们一边交谈,一边看向紧邻公园的小区,按照白天踩点的位置,专家的家就在临公园的这一侧,是没有电梯的老房子,二楼,凉亭这里就可以看到灯光。他们来得实在是太早,专家还没有起床,窗口漆黑一片。

杜峻几乎从来没有说起过自己残缺的原生家庭,就连向善和公公婆婆都不太清楚,他们知道的部分,是杜峻的父母离异,父亲很早就去世了。结婚以前,母亲告诫杜峻,不要说出真相,没有父亲庇佑的女孩子容易被夫家轻视和拿捏。杜峻尊重了母亲的意愿,那是为母亲着想,

第六章

不让亲家知道母亲有过那么惨伤的过去,母亲是不需要怜悯的,更不应该被鄙视。母亲没有因为被抛弃而变得粗糙起来,她一辈子都是一个轻柔镇定的女人,她很要面子,无论多么寒碜的衣服,她都会洗得透亮,过年时,即使连香肠腊肉都买不起,她也要给杜峻置备一套新衣裳,然后自己去理发店烫一个漂亮的卷发。

"快来了。"许淳洵突然说。杜峻顺着他的目光看过去,一盏灯亮了起来。

"他会不会反感我们这样搞突然袭击?"杜峻无端端地紧张起来。

"会的。"许淳洵居然说。

"那怎么办?"杜峻有点慌,"既然讨厌我们,就更不会投票给我们了。"

"我本来就没有打算让他投给我们。"许淳洵简单地说,他的视线没有离开那扇窗户。窗帘被拉开了,灯光下,一个人影推开了窗户,然后,灯再度灭掉。

"他出门了,"许淳洵说,"我们到公园门口去等他,那样会显得更用心。"

"不是不会投票给我们吗?再多的心意,也没有用了。"杜峻跟着他往外走,忍不住有些丧气。

"听我说,我们的目的不是让他投票,而是让他看到我们的努力和决心,这就足够了。"许淳洵说着,大步流星地朝前走。杜峻看着他的背影,猛然间感到一种难以言说的悸动。

Chapter 7

第七章

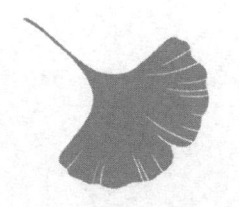

砂 仁

正如许淳洵所料,纵然见面是蜻蜓点水式的,那位专家在惊愕之余,甚至有不加掩饰的厌恶,但功夫在诗外,效果超乎寻常。

许淳洵先是彬彬有礼地提到了自己过世的博导,那是一位在学术圈里闻名遐迩的大拿,终生未婚,品性如芝兰。老专家听见这个名字,态度明显缓和了,许淳洵循序渐进地从自身的学术传承,讲到了学校的发展定位,再到电影学的人才培养模式。三段式的言说方式与戏剧创作的范式不谋而合。事后,杜峻特意提到了这一点,许淳洵戏谑道:

"终于得到了杜教授的表扬。"

"岂止表扬,我简直膜拜。"杜峻说。这是她的真实表达,她没想到在这次死马当作活马医的会面里,在蚊子乱飞、天色微明的公园里,不到两小时的交流中,许淳洵化腐朽为神奇,扭转了局面。

他们是有备而来的,球鞋、运动衣,陪老头慢跑,又跟着老人家打太极拳,跟着他到常去的早餐店。许淳洵要请他吃早餐,老头抢先付了钱,杜峻还要争,许淳洵轻轻示意她不必强求。老人家兴致勃勃地向他们推荐老北京豆汁儿,演示豆汁儿的标配:一碗豆汁,两个焦圈,一碟芥菜丝。

"我不太喜欢那个味道。"许淳洵老实说。

"那是你不懂秘籍,"老人家得意地说,"看着,像我这样啊。"他一边吃着,一边不厌其烦地介绍,先咬一口焦圈含在嘴里,缓缓喝一口豆汁,囫囵一圈,让温热爽滑的液体包裹着焦圈,再来口咸的芥菜丝,从焦香,到刺激的豆汁儿,再到解腻的芥菜,口感层次极其丰富,豆汁儿特有的酸馊味儿里还能品出一些甘甜。

"何必呢,又不是吃药,非得想方设法吞得好受一些。"回程的车上,杜峻忍不住说道。

"生活有很多的横切面,甲之熊掌,乙之砒霜。"许淳洄说。

他们打电话把院长和岳白叫出来,找地方去吃了一碗炸酱面。院长回酒店歇了一会儿,喝了藿香正气水,气色好多了。几个人坐在面馆里复盘整个工作,岳白到附近的星巴克去给大家买来咖啡,气喘吁吁地坐下来,问:"有把握吗?"

没人回答他。许淳洄很香地吸溜着面条,他往面碗里加了不少的辣椒酱。

博士点公示那天,岳白抚着胸口,对杜峻说:"那天吃早餐时,我见你们三个都面色严峻,简直不敢追问,以为这事儿彻底无望了。"

"这叫城府。"杜峻挑挑眉头。

本轮博士点申报,学校既定的四个重点突击学科,只上了两个,一个是传统的基础学科——英国语言文学,另一个就是电影学。全国一共上了三个电影学博士点,一个在北京,一个在东部地区,一个就是杜峻所在的学校,不仅是四川唯一的一个,也是西部唯一新增的一个。

据说老专家在评审会上,讲了很长的一段话,讲到了他的大弟子所在的学校,也讲了许淳洄和杜峻的拜访。最终,他没有说他会投票给哪一所学校。投票环节是保密的。但是,总是有一些隐秘的消息如花粉一般,若隐若现地飘浮而来——老专家本人那一票,投给了大弟子所在的学校,但他在会上公允地评价了杜峻所在学校的发展现状。他说了一句至关紧要的话,电影学是一个新兴学科,哪所学校都谈不上历史悠久、出身正统、实力雄厚,大家都在同样的起跑线上,都在奔跑,都在奋进,这里值得关注的一个因素就是态度——学校的态度。有了学校的整体规划和强势助力,学科必然会获得更多的资源,发展也会更加顺畅。

投票是实名制,老专家投了大弟子的学校,这一点,他在现场并没有强调。因此,其他专家在西部的学校里,都毫无芥蒂地选了许淳洵和杜峻所在的学校。这些都是传言,有鼻子有眼,不知真伪。但事实和结果就摆在那里。

公示期结束以后,院长请学院班子成员和全体申博团队狂欢了一把。吃完饭,书记有事先走,剩下的人又一块儿去吃夜宵,啤酒小龙虾。许淳洵这时候才赶过来,白天他参加一个学术会议,与几位院士共进晚餐后,专程到这里来。夜宵就是他买单。大家吃吃喝喝,回忆着申报博士点历程中一波三折的欢喜和忧愁,各种斗智斗勇,各种排兵布阵。

大家都喝得不少,一直喝到后半夜,分别时,杜峻用残留的清醒,为大家一一叫代驾,叫出租车。她安排岳白送院长,然后叫了个代驾,叮嘱许淳洵等着,自己送他回去。许淳洵带着一点醉意,站在路灯底下微微笑着,望着她扑来扑去地张罗。代驾来了,问杜峻:"车呢?"

杜峻问自己:"车呢?"杜峻急得团团转,完全想不起来喝酒以前,自己把车停在哪儿了。

许淳洵在旁边已经快要笑死。看着杜峻到处找车子,他跟过来,一把抓住她的胳膊,说:"跟我来吧,我的车在那边,你自己限行都不记得了吗?"

杜峻终于想起来自己是打车过来的,不禁站在那儿傻笑——她控制不住自己,没来由地,就是想笑,甚至想要笑出声来。许淳洵抓着她细瘦的胳膊,也是因为她已经醉得摇摇晃晃的了。

代驾开了许淳洵的车子,送他们回去。杜峻突然反应过来,问道:"您怎么知道我哪天限行?您好像知道得真不少呢。"杜峻的脑子不听使唤,想到什么,就说什么了。

"我关心你们学院的每一个人。"许淳洵一本正经地说。

"院长是您的眼线吧?"杜峻说。

"我还有眼线?"许淳洵笑起来,"你这是悬疑小说追多了。"

"那就是岳白,"杜峻破了案,"岳白知道我追悬疑小说,他也追。"

"最近我也追,你别说,还挺解压的,有些桥段很睿智,不过,大部分都弱智。"许淳洵评价。

"您喜欢悬疑的话,我推荐您看看科幻,那种外太空的,看完以后,您会发觉,地球真是一个残酷的星球,宇宙的其他地方,都挺简单的,仇恨谁,或是鄙视谁,不会装着若无其事的样子,那就是直接进攻,往死里打,不用那么费脑子,您说对吧?"杜峻说。

"有道理,不过,看起来,外星人是没脸的,地球人要脸,所以有时候得装,那些科幻作家还没有认识到这一层。"许淳洵道。

"您别用专家的眼光去要求人家的深度,好看就行,至于为什么好看,还能不能更好看,这些都不需要粉丝去考量,太累!知道吗?别那么较真,较真您就等于白读了!"杜峻振振有词地教训许淳洵。

许淳洵一直用那种温柔的目光看着她,杜峻觉得他很可爱,凑过去,在他耳边悄声说:"告诉您一个八卦,想听吗?"

许淳洵的笑意更深了:"是什么?说来听听。"

"岳白爱上了一个人,您猜是谁?"杜峻说。

第七章

"你是让我猜男女?"许淳洵逗她。

杜峻白他一眼,说:"还是告诉您吧,您肯定猜不出来,他爱上了——院长。"

许淳洵怔住了。

"这瓜够大吧?"杜峻笑着看向他,"您有没有觉得,院长身上有一种仙气?"

"仙气?"许淳洵失笑。

"我一直觉得,您跟院长很般配。"杜峻的语言游离在她的思想之外,一闪而过的念头她也能张口就来。

"哪点般配?"许淳洵收起笑容。

"您想想,您和她都单身,这是法律认可的基础;您研究理工,她研究艺术,文理搭配;您是副校长,她是院长,级别相当。这就是门当户对、天作之合呀,"杜峻滔滔不绝地说下去,"您跟她关系也不错,知根知底的,省去了彼此试探、相互磨合的那个过程,多好啊。"

车子停在小区门口,许淳洵让代驾稍等,送杜峻到电梯口。杜峻还在唠唠叨叨地说,越说越来劲,越说越像那么一回事。

"您要是脸皮薄,我来给你们做个媒,捅破窗户纸吧?"杜峻看着他,笑逐颜开地继续噜苏下去,"男人都爱说,太熟的女人,下不去手,那是指那些浅薄之人,我生了三个儿子,还真研究过男人的婚恋观,男人吧,就应该娶那种知无不言、言无不尽的红颜知己,要不怎么叫谈恋爱呢?生活就是需要语言的交流,越顺畅,越舒服。别以为结婚需要什么一日不见如隔三秋,那是病,得治! 对了,瞧我,我就不该告诉您岳白爱上了院长,您别介意,岳白跟你们不是一个轨道的,他还是小屁孩儿一个,什么苦都没吃过,院长不可能选择他。婚姻得三观契合,灵魂伴侣——你俩还都是二级教授,谈笑有鸿儒,往来无白丁……"

"杜峻,问你个问题。"许淳洵猛然收住脚步。杜峻差点儿跌出去,她这才发现自己紧紧拽着许淳洵的衣袖,她把他当扶手了。

"对不起啊。"杜峻松开手。

许淳洵不理会,盯着她,问道:"你跟向院长、向善,你俩打算复婚吗?"

"复婚?"杜峻听见这词儿,酒都醒了一大半,许淳洵这是带着任务来的?谁拜托他来问个准信儿?杜峻赶紧摇头,生怕表态慢一步,谁就会抓住她去跟向善复婚似的。不,绝不。她再也没有勇气去过那种荒腔走板的生活。向善不是一个及格的丈夫,起码对她,是低分低能。

"我不复婚,要是打算复婚,生完三宝就去了,我肯定不会跟他复婚,人不能在同一条河流里溺水两次,您说是吧?"杜峻斩钉截铁地说。

"既然不复婚,干吗给自己弄得铜墙铁壁似的?!"许淳洵再次用力抓住她,因为她被许淳洵这话给震蒙了,一脚踩滑,差点儿摔倒。

许淳洵在说什么?杜峻被酒精麻痹掉的脑袋一时间压根转不过弯来。

杏 仁

申报博士点是杜峻履行副院长职责以后,跟随许淳洵和院长攀登的第一座崇山峻岭,第二座险峰则需要她独自面对,那是一个复杂而又纠缠、没有标准答案、没有实操手册的问题——她渐渐感受到了来自书记那边的压力。

博士点正式下文以后,第一批招生时间就在当年九月,名额很少。学校研究生学院紧赶慢赶地开展了第一批电影学博士生导师的认定,除了院长之前已经在文学院的中国语言文学博士点获得了博导资格,学院里的竞争可谓惨烈。杜峻和柴小蛮算是都当上了博导。没当上的几位老师,闹到学校,在许淳洵的办公室里静坐,又去校长、党委书记的办公室里静坐。学校出面协调,由纪委查实了一遍认定工作的全流程,当然是没有问题的。许淳洵找几位老师逐一谈话,和大部分人谈完了,有一个气性大的,转眼间调去了别的学校。

事情平息以后,暑假来临了。书记假期约杜峻去办公室里,说是她担任副院长有一阵子了,因为博士点申报经常出差,自己没来得及约她好好谈谈心,其实很多事情都需要事前、事中、事后通气,及时通气,效率会更高,也不会产生误会。杜峻不明所以,只好说自己没有行政工作经验,还请书记多多指导。她就主打一个态度。自从书记给向善介绍了柴小蛮,杜峻的三观都被颠覆了,她意识到无论是多么有亲和力的上司,仍然就是上司,是不可以得罪的。

书记见她谦逊,也就打开天窗说亮话,直指博导认定这件事,表示她作为学院的书记,全程没有参与过讨论,只在投票环节出席,背后的商议、统一意见等,她一概不知情,这是很不合适的,相当不合适。

"杜院长,党务工作任务重、压力大,我并不想涉及你们行政的具体事务,但是,作为书记,校领导问到我,我要讲得出前因后果,对吧?如果我什么都不知道,校领导不会批评你们,只会说我不履职、不尽责、不作为。"书记讲得迂回婉转,有理有据,不时露出八颗牙的标准假笑。杜峻感到了她笑容背后的咬牙切齿,她意识到书记这属于硬话软说。

"书记,党政联席会上,是讲过了的,我记得当时我报告了时间节点,院长强调了程序。"杜峻陈述事实。但书记立刻就收回了笑容,她并不发火,而是换了一种推心置腹的语气,那种怜悯的眼神,仿佛杜峻是一个病入膏肓而不自知的患者。

"杜院长,这也怪我,我应该想到,你是从一线教师上来的,院长那么忙,她不会有精力时常提醒你——行政工作的性质,就决定了每件事必须有一个规范的秩序,你明白吗?"书记停下来,看着她。

"我明白的。"杜峻赶紧说,其实她根本摸不着头脑。

"我每次见到校领导,都会说,我们学院的院长,是这个领域全国最出色的院长,我们这个班子,是最和谐的班子,拿到博士点,天时、地利、人和,我们都有。但是拿到以后,还得建设,建设过程中的第一个环节,申报博导,就闹得你死我活的,还损失了一个人才,白白给别的学校挖走了,这件事,我要主动担责,这是思政工作的缺位,是学院党委没有深度介入,不过,杜院长,你什么细节都不告诉我,我又该怎么来帮你们做工作呢?解释、沟通、善后,这些都是我理应承担起来的。你看看,这就是一个教训,很大的教训。"书记点到为止,杜峻还是找不着北,那么,今

第七章

后书记也一起来抓行政吗？这句话，她不敢询问。

事后，杜峻细细琢磨了一遍书记的话，意识到这是一次敲山震虎。书记刚提拔到学院时，党政班子一团和气，那会儿书记尚有一年的提拔试岗期，一年后，她高票通过了试岗期考核，正式任命为中层正职。在这以后，情势略有转折，虽然远不至于像前任书记那样吃相难看地揽权，但对杜峻讲的这一番话，还是暗暗透露出了一些微妙的信息。

书记一句露骨刺耳的话都没有，杜峻拿不定主意该不该把这番交谈告诉院长，她不知所措。她能做的就是在书记带队去学院的各实习基地拜访时，一个不落地紧紧跟随，她并不分管本科教学，这不是她的职责，但她想表达一个态度，听话的态度。除此以外，她不知道还能做些什么。书记这一圈花费了大半个月，杜峻为此把本科生的课调换到晚上，研究生的电影课程没办法挪移，不得不停了两次。直到一天午后，她匆忙地赶到出发上车的地点，半路遇见两位研究生，其中一位惆怅地抓着她问："杜老师，什么时候补课呢？大家都好怀念您。"另一位笑出了声，说："杜老师，她不会说话，不是怀念，是想念。"

两个研究生都是女孩子，为了这么一个完全不好笑的哏，笑得稀里哗啦的。她们的笑容触动了杜峻。这些天，她累得要死，这种精神内耗是不应当的。她是一个老师，无论她同时在做着什么，她首先是一个被学生们喜爱的老师。这些年来，她发觉了一个秘密，无论多么悲伤倦怠或是烦恼不安，只要去上一节课，跟学生们在一起，一切仿佛就得到了疗愈——教书育人是可以治愈内心的。她决定停止眼下这些无谓的消耗。

她想到了许淳洵（她总是第一时间想到他）。她打电话跟他约了时间，到办公室去见他，请教他这件棘手的事，这比杜峻上任以后遇到的任何问题都要让她崩溃。

作为学院的班子成员,杜峻已经跟着院长去过许淳洵的办公室好几次,她到达的时候,许淳洵办公室的门虚掩着,他在等她。

"透过一遍水了,温度刚好。"许淳洵指指桌上泡好的红茶。

杜峻坐下来,不知道从什么地方开始讲。许淳洵也不催她。杜峻想了想,重复了一遍书记讲的那些内容。许淳洵专注地倾听,也不嫌弃她的毫无章法。

杜峻说完,期待地望着他,指望他开出灵丹妙药。许淳洵沉吟了一下,用右手的食指轻轻叩击着桌面。

"不必跟院长讲,这会影响团结。"这是许淳洵说的第一句话。然后他再问了一些细节,之后便肯定地告诉她:"学院是每周一召开党政联席会?今后,你可以对手头一直推进的工作进行逐次汇报,类似博导认定这样的事情,在党政联席会上大家议过以后,每周的推进情况以及困难,都可以再提纲挈领地说一说。"

"有必要吗?特地说给书记听?我是随时都在给院长汇报工作进展。"杜峻不解。

"有必要,严格来讲,你们的工作程序并没有太大的问题,上过党政联席会,这就对了,"许淳洵耐心地解释给她听,"但是,博士点成功增列,是学院党政班子的重大胜利,记住,是党政班子共同努力的结果,而不仅仅是行政班子的功劳,这件事,书记要有存在感,不只如此,你得注意,今后所有的工作,你都要体现对书记的尊重,不是陪着她去实习基地,是你分管的工作,要更细致地汇报,主动去适应她的工作风格,这不只是对你个人,更是对院长、对你们班子团结的一种保护。"

杜峻似懂非懂。

第七章

"一些学院,党政班子闹矛盾,对学院发展的伤害是不可逆的,对班子成员个体的发展也有负面影响,就像家务事,没有绝对的是与非,一般都是各打五十大板。你应该也了解,你们学院的前任书记非常强势,如果不是这样,电影学博士点可能在上一轮就已经拿到了。"许淳洵说。

"原来您都知道。"杜峻惊讶,许淳洵几乎从不出现在学院,但他竟是了然于胸。

许淳洵哑然失笑,他说:"杜峻,我联系你们学院,你认为我什么都不必操心吗?"

"真希望院长跟书记能够一直都一团和气。"杜峻说。

"和气不和气,取决于班子的每一个成员,不仅是副职,就连学院的中层都在里面起着不可缺失的作用,有句老话叫,夫妻不和,全靠挑拨,放到一个班子里面,也是同样的道理——如果其他人不断地在背后递刀子、拆台、搬弄是非,发生内斗是迟早的事。"许淳洵慢慢给她讲道理。

"我知道了。"杜峻完全听得懂。

"一起吃晚饭?"许淳洵问她。

"不了,"杜峻抬腕看看手表,"今晚答应带大宝二宝去游泳——奶奶去香港开学术年会,爷爷带三宝一块儿跟着去,到香港的迪士尼转悠一圈儿。"

"需要游泳教练吗?"许淳洵笑道,"我有没有告诉过你,我坚持冬泳已经十多年?"

"怪不得您的身材一流。"杜峻匆匆道,一抬头,发觉许淳洵居然微微露出羞赧的神色。见鬼!她想,拍个马屁也能让他害羞。

"今晚本来有个应酬,正好临时改期了——我可以做司机加教练。"许淳洵继续说。

"不敢耽误您的时间,"杜峻说,"孩子们很小就报过专业的游泳班,都会,天气热,小伙子们想去水里消消暑。"杜峻记起许淳洵知道她的车子限行:"我车子限行——今天约了岳白当司机。"

"好。"许淳洵略略失望。

杜峻突然有点不忍心,这个男人,她遇见困难,任何时候去找他,他都会事无巨细地帮她解决。而他,或许不过是因为寂寞,想跟着去凑凑热闹罢了,她都嫌麻烦,不愿意应酬他。这是不公平的。

"您要不嫌他们烦,就一起去吧——也不会太麻烦您,岳白会搞定他们。"杜峻说。

"好,我请你们吃晚饭。"许淳洵很快说。

放假以后,大宝二宝全天泡在不同的补习班里,公公去了香港,接送的任务就统统落在了杜峻头上,一天十二遍,时间全被碾成碎片。

做了副院长以后,杜峻才发觉行政领导并没有完整的暑假。从前做专任教师,会觉得假期做课题、写论文、备课很辛苦,现在又加上了各类行政杂务,整个假期陆陆续续都在加班,诸如修订人才培养方案、督促就业率、开拓实习基地,这些事情都是很伤脑筋的。再加上在不同的培训机构穿梭往来,杜峻忙得快要头顶冒出一股青烟来,不用节食,整个人瘦了一大圈。

蕤 仁

杜峻带两宝去水上乐园,岳白不仅管接管送,还在水里陪娃们玩水。许淳洵换了泳衣,也游了一会儿。杜峻坐在岸边喝咖啡,用笔记本电脑处理一些事务,过去她挺喜欢游泳,到了中年,月经有些紊乱,她听从中医的劝导,尽量避免接触凉水,给身体营造一个温暖的环境。中间许淳洵上来了一趟,陪她坐一会儿,两人一起看着伴随人工海浪起伏的岳白和两个兴奋的孩子。

"这是最快乐的年纪。"许淳洵说。

"谁说不是呢? 学习太卷,未来迷惘,考试好又怎样,就业是另外一个难题。"杜峻轻叹道,继续在电脑上忙碌。许淳洵探过头来,发现她在整理数学试卷。

"大宝的?"许淳洵问。

"是,"杜峻说,"最近十年的中考题目,我想分析一下规律。"

"你数学很好吗?"许淳洵说。

"不好,"杜峻坦白,"这是我妈妈当年用过的方法,高三那年,我在艺考培训班里消耗了太多时间,艺考达到当地第一名的水准,但一诊数学只考了十几分,我妈说,我不仅成绩差,运气也差,就算选择题全蒙,也不只蒙对那么一点点——她是一个音乐教师,但是,她逼自己把数学捡起来,她梳理了过去十年的高考题,发现了一些规律性的东西,比如,那些深奥的几何题不会做,根本就没关系,那些年,每年都要考一道几何题，五分，全是最基本的运算，公式背下来就能做出来。说是煞费苦心也好，投机取巧也罢，从一诊到高考，我的数学从十几分，考到了九十多分——满分是一百五十分——及格了。我的数学老师说，这是一个奇迹。"

"这世上的母亲，终究是要成佛的。"许淳洵轻轻说。

"成佛，还是成魔，就在一念之间。"杜峻说。

"怎么讲？"许淳洵困惑地看着她。

"我妈妈那样爱我，鼓励我，帮助我，但不妨碍她终其一生，都在追求她所想象的爱情。"杜峻说道。不知道为什么，这些隐秘的、不洁的、不能对人言的小秘密，在许淳洵面前，杜峻很轻易就能说出来。

母亲这一辈子都在被男人骗，她没有钱，他们就骗她的身体，她的色相衰老了，他们就骗她的心意，骗她为他们"洗手作羹汤"，骗她相信他们的鬼话。他们无一例外地，都没有娶她，从一开始，他们就没有打算跟她结婚。母亲喜欢的都是同一种类型的男人，像是杜峻的父亲，有一张清秀好看的脸，大长腿，说脏话、撒谎，从来不会哄她开心，不高兴了就朝她撒气。杜峻经常怀疑母亲骨子里有受虐倾向，那些折磨，能够让她把自己幻想成一个伟大坚贞的形象。

"他会向我求婚的，这一回，我不会看走眼的，他一定会好好照顾我们母女俩的余生，"母亲一次又一次地对杜峻说，"你看着吧，他那么爱我，他一定会把你当成自己亲生的女儿，他答应了我，我不用再给他生孩子，我们一起来爱你，只爱你一个。"母亲热切的眼神，让杜峻啼笑皆非，她想指出，她的余生，不需要这种龌龊的男人来照顾，但是，她什么都没有说，她是如此怜惜母亲，母亲一辈子都是一个天真的女人，天真得可耻。在她同时被查出患有乳腺癌、宫颈癌、肺癌之前，刚刚结束了

第七章

跟一个丧偶老海员的恋情。那个老头在白吃了她三个月的饭菜之后，向她宣布，儿子不同意自己续弦，他将只身住到儿子家里去，儿子儿媳答应为他养老送终。紧接着，母亲查出了癌症，不是转移，这是三种原位癌，是那些深深伤害母亲的男人，留在她体内的痕迹。因为他们太过荒谬，母亲人生的所有程序都错乱了，成为乱码，还生出了致命的赘生物。杜峻就是这样理解的。可笑的是，母亲还浪漫地想让那个老海员陪伴她度过最后的历程，她以为他听见自己生病的消息，会不顾一切逃离儿子的枷锁。杜峻私下给那个老头打电话，答应支付他一点钱，让他来母亲跟前演演戏。谁知老头一听见是癌症，吓得跟什么似的，非说癌症是要传染的，立即就挂了杜峻的电话，仿佛通个话都要被传染上。

"也许，她所有的努力，只是让你相信，这世界上，终究是有值得相信的婚姻。"许淳洵缓缓地说。

杜峻有些震动，她对母亲的情感很斑驳，依恋、爱、呵护，还要那么多的宽恕——杜峻一直觉得自己需要宽恕母亲的任性与不可思议，甚至当杜峻成年以后，冷静地跟她剖析过往那些男人的可疑之处，以便用来作为自己婚姻选择的反面教材，母亲全然不听，她肯定他们都是爱过她的，每一个。他们的离开，都是有不得已的理由。杜峻总是酸涩地把母亲当成一个情感上永远没能长大的孩子，母亲的心性一辈子都是不成熟的。她从来没有尝试过，换一种角度去琢磨母亲的动机，母亲给予了杜峻一个残缺的起点，像一篇写坏了开头的作品，她试图修改、增补乃至重写，就是为了给杜峻营造一座公主的城堡，虽然最终，她亲手搭建的，不过是一个破烂的阁楼。

游完泳，许淳洵请他们去吃海鲜自助餐。许淳洵跟岳白聊了一阵学术规划，又跟大宝二宝讨论一些生物和地质方面的话题，比如侏罗纪的生物、喀斯特地貌等。许淳洵并没有婆妈地问起岳白的私事，也许男人是不太会问到这种话题的。岳白是否爱上了院长，在许淳洵那里，还不如一个工作决策来得重要。

吃过饭，许淳洵要回实验室去查看一个实验数据，岳白送杜峻和孩子们回家。在楼下，他们迎头遇见向善与柴小蛮，柴小蛮开车送向善回来，向善老是不客气地让人家当司机——当然，向善也经常会发一个红包给柴小蛮，柴小蛮会把红包截图发给杜峻，炫耀自己的进展。现在，她们的关系可疑又可笑，杜峻好像成了柴小蛮的帮手，要帮她拿下向善。

杜峻从不点评红包及其效果，她在微信里给柴小蛮发了一个点赞的图片，她想的是，向善最不在意的，就是钱，发个红包，他会觉得不再亏欠柴小蛮的人情，两讫了。所以，这实在不值得欢欣鼓舞，有本事让他睡了你试试？这话，她没敢跟柴小蛮直说。

博士点拿下来不久，柴小蛮提出辞去系主任的职务，理由是这两年想集中精力申报一个教育部人文社科重大项目。学院接受了她的请求，改换岳白来做系主任。这样的安排，杜峻觉得不错，柴小蛮浑浑噩噩地在向善身上消耗了那么些时间，是时候回到事业中来了。柴小蛮退出副院长一职的竞争以后，杜峻一直觉得欠着她什么似的，虽然告诉了她不要用香水，也说了一些向善的喜好，但是，杜峻看得出来，向善对柴小蛮一直是若即若离的，他没有功夫斩断柴小蛮的念想，这就产生出了新的误解——柴小蛮始终觉得自己有机会。她不知道，她越是努力，距离向善就越远。说实话，向善并不是一个脱离了低级趣味的男人，也不是一个不需要女人的男人，但是，柴小蛮的高学历、高职称、高个子，都不足以深刻地吸引向善，这就是原罪。

第七章

"向善不会喜欢一个缺乏上进心的女人,我荒疏了自己的前程,这不应该,我不仅要照料他的起居,还要留意自己的发展,两个人是要比翼齐飞的。"私下里,柴小蛮这样跟杜峻说。杜峻有些哭笑不得,精明如柴小蛮,居然如此执迷不悟。

岳白当了系主任以后,更加紧密地团结在杜峻周围,杜峻也习惯了把烦冗的事务安排给他做。岳白很有条理,事事有回音,件件有交代。杜峻越发倚重他。有时遇见公公的时间错不开,轮到杜峻接娃,她要开会或是忙着别的,就请岳白去接一趟。大宝二宝都跟岳白很熟稔。岳白懂得最新的数码产品,出手又大方,不时给他们带去一些新出品的电子设备。两个男孩子都喜欢他。

杜峻宁愿麻烦岳白,也不会轻易朝向善开口。向善是"父爱如山"的经典阐释,就像一座山,一动不动地杵在那里——向善不会开车,不会游泳,不会做饭,干什么家务都笨手笨脚的。刚结婚时,杜峻跟他单独住在城东的婚房里,家里的电器坏掉了,他只会打电话找杜峻,肚子饿了,也打电话找杜峻。杜峻会换灯泡、会修理电饭煲、会解决一切让向善束手无策的生活难题。这些对于杜峻原本就不是什么事儿,她跟母亲生活了这么多年,没有什么是不会的,通马桶、安装家具,都是自己动手。再加上婚后碰到的是向善,等于是进了一所更高层次的学校,一所高级职业技术学校,杜峻在里面自学成才,把生活的十八般武艺全都学到了手。

有一次杜峻车子限行,蹭岳白的车子回家,半路车子坏掉了。杜峻一脸冷静地下车来,打开车前盖,立即就判断是水箱出了问题,送到4S店去维修,果然是。那一番操作,让岳白惊掉下巴。

"我打赌你不会通下水道。"岳白说。

"答错。"杜峻莞尔一笑。

"你的男人,他应该去死。"岳白嘟囔着诅咒一句。

"他不用去死,他会遇到一个比我更加能干的女人,"杜峻轻松地说,"这世上,有人是来受苦的,有人天生就是来享福的。"

当下,岳白跟柴小蛮和向善打个招呼,回到车里,驾车离开。柴小蛮继续跟着向善上楼,她通常要在向善的书房里逗留一会儿才走,仿佛难分难舍。

杜峻到公公婆婆这边来,等大宝二宝喝过睡前牛奶,洗澡上床,又叮嘱阿姨翌日的早餐记得做大宝点名的三明治,这才返回自己这边来。柴小蛮还赖着没有走,在厨房煲绿豆粥。煲好的绿豆粥加冰沙,清凉软糯。她递给杜峻一碗。

"放心,没加糖,低热量。"柴小蛮说。杜峻接过来,不客气地一口气吃了半碗。说起来,还是女人更加了解女人,柴小蛮知道她节食,糖分是天敌。

"软烂的甜品他喜欢吗?"柴小蛮朝向善的书房努努嘴,"他加糖吗?加多少?"杜峻明白过来,敢情自己是替向善试吃了一下。

"无所谓吧,对糖,他是能够接受的。"杜峻说,这柴小蛮实在太过紧张。

柴小蛮迟疑了一下,舀了一勺子白糖,放一点点,再放一点点,搅拌均匀,端进书房里去。她很快就从书房里出来,碗里的绿豆汤被喝光了。柴小蛮心情大好,主动找杜峻聊天。

"你接受他了?"柴小蛮问。

"谁?"杜峻不懂。

"岳白。"柴小蛮冲她暧昧地笑。

第七章

"接受啥?"杜峻反问。

"怎么,他还没向你表白?"柴小蛮似笑非笑。

"找我表白?"杜峻嗤笑,"这都哪儿跟哪儿啊。"

"小伙子胆子还是小了点儿。"柴小蛮摇头。

"学院都知道他有喜欢的人了? 小孩子,沉不住气,小心把人家给吓跑了。"杜峻说。

"你不知道他喜欢的是谁?"柴小蛮饶有兴致地盯着她。

"当然知道,"杜峻说,"要我是他,我也会爱上院长,那么美,那么智慧。"

"他跟你说,他喜欢院长?"柴小蛮掩嘴爆笑,"杜峻,你是真迟钝,还是装傻? 整个学院都知道,他爱上了你,你居然说他喜欢院长!"

杜峻傻眼了。

"开什么玩笑……"杜峻虚弱地说。然而,她模糊地意识到,这好像不是开玩笑,岳白从来就没有亲口说过,他喜欢的那位年长的姐姐,是院长。他整天腻在杜峻身边,他那么听话,那么顺从。她说什么,就是什么。她叫他申报课题,每个课题申报指南下来,他都会仔仔细细填表格,报上去。她跟他谈话,让他接替柴小蛮的系主任一职,他就做系主任。只要她叫他,他随时都有空,不管是替她打杂做琐事,还是帮她带娃,任劳任怨。她为什么会以为他喜欢的是院长?

杜峻懊恼得恨不得打自己一巴掌。她不应该这样肆无忌惮地差遣他,连状况都没搞清楚,凭什么以为人家愿意为她付出时间和精力? 大家都是成年人,没有利益,谁又会愿意为谁无偿付出呢?

"申博那阵子,你上火,脸上长痘痘,岳白四处跟人打听哪里有适合中年少女的中医,他知道你动不动就来点中药养生,又要哄你喝下去,又不愿意你有心理负担,背地里求爹爹告奶奶,央求着大家陪你一起喝药。"柴小蛮忍俊不禁。

杜峻想起来了,那会儿岳白买了一个养生壶,在申博办公室里神神道道地熬什么防疫方,只说是预防新冠的,见者人手一碗,接连熬了一个礼拜。她跟着喝了不少,喝完还跟岳白说,他这方子对付新冠估计没啥效果,但是清热下火还不错。

"你都没注意,他看你的眼神,温柔得都能拧出水来?"柴小蛮好笑地盯着她。

杜峻恨不得找个地洞钻进去。岳白待她的柔和,她毫无察觉,甚至一度怀疑这家伙的性取向有问题。要不是误以为他爱上了院长,她会真以为他不对劲。

"他也就是瞎说瞎胡闹,这孩子还年轻,再长两年,就知道姜是老的辣,老婆还是嫩的好。"杜峻深呼吸,眼观鼻鼻观心,赶紧胡诌一气。

"向善不会也这么想吧?"柴小蛮没留意她的反应,一脸认真地反问道。

"只要功夫深,铁杵磨成针。"杜峻扔下一句,逃进自己的书房,让自己缓口气,消化一下跟岳白之间的乌龙。

桃　仁

　　第一批博士生招进来以后,博导比学生还要多两个,这就尴尬了,新鲜出炉的博导们摩拳擦掌,谁都想分一个博士生带带,毕竟手下有没有带博士,也是学术地位的一种体现。

　　这属于杜峻分管的范畴。那几位取得博导资格的老师,除了柴小蛮,每个人都来找过她,每个人都表达了带博士的强烈诉求,每个人都抬高自己、贬低别人。杜峻头大如牛。她做的第一件事,就是公开宣告自己第一年不带博士,把学生让给其他的博导;第二件事,是去找柴小蛮。柴小蛮的生活不在别处,就在杜峻眼皮底下——自从熬的那锅绿豆粥没被向善果断拒绝,柴小蛮就找到了自己的新位置,她一有空就窝在公公婆婆的厨房里,结果被家里的阿姨翻了无数多的白眼,阿姨怕她是来跟自己抢饭碗的。她就厚着脸皮往杜峻这里钻,在厨房里研究一些滋补品,杜峻沾光也喝了不少汤汤水水。柴小蛮把信誓旦旦申报教育部人文社科重大课题的誓言抛诸脑后,满心满眼都是厨艺。杜峻跟柴小蛮一谈,柴小蛮当场就答应,退出竞争,现阶段她志不在此。这就腾出了两个名额,解决了一场爆发在即的学生争抢大战。

　　下半年研究生学院开展了副博导的遴选。副博导的职责是给博导做一些博士生培养的辅助工作,算是一个荣誉性的头衔。杜峻偷偷查了一遍书记的近况,惊讶地发现她竟然与前任书记一样,来到电影学院以后,自动转型,写了好几篇电影方面的论文,尽管发表的期刊级别不高,文章也都属于影评类的,不是学术型的,但好歹看得出书记们对中国电影事业的热爱。副博导的门槛不高,副高职称、有相关理论研究成果即可。杜峻福至心灵,邀请书记申请增列为副博导。书记听了,再三推辞,架不住杜峻一番鼓励,迟迟疑疑地填了表,填表过程中还随时来找杜峻讨教,填好以后发给杜峻把关。杜峻本身就是填表高手,将她的表格捯饬一番,材料还是那些材料,但看起来几乎就是一位未来的学术新秀——书记兴奋得脸都绿了,自此将杜峻引为知己,再也没有发生过谈心谈话、含沙射影之事。这就算是前嫌尽释了,还意外地将两人的关系推向了一个新的高度。杜峻的行止,倒不是什么规范的官场规则,那些她全然不懂得,她是乱拳打死老师傅,按照互惠互利的双赢原则来,类似于她跟向善的学术合作,无意中竟然修成了人际交往的正果——凡事不去纠缠,以等量的价值,社会价值、情感价值皆可,作为交换,彼此不亏欠、不逾矩,如此一来,小人也能成为阶段性的盟友。

对此,院长一无所知,她只知道书记申请了副博导。这也寻常,学院好些副教授都申请了,没有指标限制,审核权下放给学院。学院的学术委员会在评审时,一个都没有淘汰。杜峻谨记许淳洵的叮嘱,不在院长和书记之间制造可能会出现的矛盾。有时,说与不说,也是需要把握的技巧。

临近冬天,学校的校长退出了领导岗位,继续以教授的身份,工作到六十五周岁。此前关于继任者的传言非常多,许淳洵一直是热门人选之一。吃瓜群众分析,电影学博士点申报成功,是许淳洵的一大政绩,毕竟这个学位点填补了整个四川省的空白,也是学校拿下的第一个艺术类博士点,许淳洵直接主抓这个学科的申报,功不可没。不利的因素是,许淳洵没有过交流任职的经历,他是从学校内部一步一个层级提拔起来的,缺乏多校历练的过程。无论外界如何评判,优势还是劣势,最终,许淳洵的公示在本地各大官网发布出来,他被任命为校长,成为学校行政一把手。

在此期间,许淳洵没有联系过杜峻,杜峻也没有主动找过他,她依然会在每晚睡觉以前,看一眼许淳洵的微信步数,猜测他的行踪,是开了一天的会,还是去出差了。现在,她会浏览学校新闻网站的主页,在那里,可以看到许淳洵的动态,他参加了西部志愿者的出征仪式,他参加了学科建设研讨会,他到定点帮扶的阿坝州去慰问学校下派的驻村干部,他会见了国外高校来访的专家,太多太多,他每天都在镜头前微笑,是那样镇定,像一棵蓬勃的树。没有人看见他背后的伤口,早逝的独生女儿,撒手人寰的妻子。一念至此,杜峻心里会微微疼痛。她太清楚这是一个危险的信号。她限制自己去窥视他的行踪,最初很难控制,她给自己做了一个计划周期表,从每天只允许看一次,到三天一次,再到一周一次,就像对付可怕的毒瘾一样,戒断他。

当然,她也会极偶然地见到他。涉及全校中层副职的会议,她在会场里,而他坐在主席台上。他的目光掠过她,就像掠过任何一个中层干部。杜峻沉迷于他的每一次讲话,他不是那种霸气外露的领导,但他有一种无形的气场,就像是传说中的化骨绵掌,没有那些豪言壮语,也没有故弄玄虚,他很真诚,也很有策略(作为理工男,他竟然懂得把握语言的节奏与美感)地谈着未来的愿景。

有一天,杜峻开完了许淳洵主持的研究生招生工作会,回到办公室,发现岳白坐在她的电脑前。自打柴小蛮告诉她岳白的心意以后,她开始刻意回避他。她想的是,时间一长,自然什么都淡去了。

"找我吗?"杜峻温和地问。

岳白脸色有点难看。

"党政办打电话给我,说你告诉她们,你的电脑最近非常卡顿,她们让我过来,帮忙看一看。"岳白一字一顿艰难地解释。

"嗨,真是的,找个电脑维修师傅就好,何必麻烦你跑一趟,"杜峻尽量轻松地说着,走过去,"党政办的几个小姑娘就是信任你的技术——找到问题了吗?"

岳白什么都没说,杜峻看过去,电脑屏幕上,是一张放大的照片。那是一张合影,外省一所高校校长率队来学校交流,许淳洵站在第一排正中央——她临去开研究生招生工作会时,打开电脑浏览了新闻网主页,她已经可以一个月看一次关于许淳洵的消息,这一天,是她允许自己查看的日子。不止这张照片,任务栏里还有一溜缩小的页面,全是有关许淳洵的新闻,他的照片被点开,放大,他微笑、他皱眉、他沉思、他在行走、他在交谈、他在观看,全都是他。岳白一定全部看过了。

只是新闻,又不只是新闻。

"学校的新闻,是要常常看一看的,了解学校的工作重心……"杜峻听见自己无力的嗓音,她说不下去了。

"我早就应该想到的,周末我去四叔家里,有时许叔叔也在,我们总会聊到您,您在追的悬疑小说,您的决断力,您的一切……我一直都以为,是我控制不住自己说到您,其实,是许叔叔愿意听我讲……"岳白悲哀得无以复加,他语无伦次地说着,"我太傻了,我怎么会没有察觉呢?我怎么能够奢望——"

"不要说出来!"杜峻猛然厉声制止他,她的声音那么大,岳白一惊,立即闭嘴。

"别说,什么都别说,"杜峻低下声来,"就当什么都没有发生

第七章

过……"

不知道为什么,杜峻的眼泪突然掉下来,她的心里难过得厉害,为岳白的无措,也是为自己在不可以任性的年龄遇见了一个令她惦念的男人,更是为着所有在莫名其妙中发生的却注定是昙花一现的感情。原本,这世间,就没有什么是可以永垂不朽的。

岳白被她的反应给吓了一大跳,急忙抽几张纸巾给她。杜峻的泪水源源不断地落下来,她控制不住自己。岳白看着她,不明白她为何会哭泣。他就那样怔怔地凝视着她,连自己刚刚经历的心碎都给忘记了。

239

Chapter 8

———

第 八 章

木蝴蝶

学校的党代会召开前夕,照例是新一轮中层领导换届。院长轮岗,调任教务处处长。这是一个极其重要的行政职位,若干高校中,教务处处长最终都升任了分管本科教学的副校长。而学校现任领导班子里,一位副校长职位正好空缺。整个班子成员是清一色的男性,按照惯例,一名女性校领导是标配。这样一来,关于院长下一步提升副校长的江湖传言沸沸扬扬地四散开来。这些传言倒都是正向的,毕竟在学校的所有中层正职里面,院长是一位低调的海归学者,口碑很好,值得朝向更高的位置冲锋。

杜峻由衷地为院长欢喜,面上却也只是不深不浅地说了一些恭贺的话语,她已经明白,她们是不可能真正交心的,相互赞赏,相互助力,但绝不可能成为坦坦荡荡的好姐妹儿。杜峻已经深谙,在行政的路径上,随性是一种禁忌,一切都是真真假假的,所谓相熟、所谓同好,都是暂时的,随着岗位的变动、观念的转化、利益的冲突,任何情谊都会被解构。

明面上不能庆祝履新,私底下还是要吃几次饭的。杜峻邀约了申博时的几位核心成员,请院长吃了顿饭。院长又私人出资,请了许淳洵、杜峻、岳白几个人小酌,一起回忆申报博士点的那些经历,许淳洵与杜峻在公园里喂蚊子,院长中暑,被岳白扛回酒店,喝了藿香正气水,忐忑不安地等消息。那些记忆,怅然而又动人心魄。

许淳洞说起那位执拗的专家,后来他还联系过老人家,跟他讨论几个生物学的问题,老头对许淳洞印象很好。几个人都喝了酒,吃完饭还恋恋不舍的,院长提议去唱歌,挥发一下体内的酒精。多么古老的娱乐方式。

"最近这些年,我唯一会唱的歌曲,是催眠曲跟童谣。"杜峻实事求是地说。

但终究还是去了院长闺密的屋顶会所,那里并不对外开放。院长闺密是实现了财富自由的全职闲人,弄了一个阔绰的空间,招了一个厨师,在天台做烧烤。作为音乐发烧友,闺密在室内置办了一整套的音响,还有一个灯光晕染下的小小舞台。厨师是一个沉默寡言的男孩子,很瘦,负责烧烤,还负责调音响。

许淳洞领头跳上去,一本正经地唱了一首英文歌曲,杜峻先还被他的烟嗓惊艳不已,然后就咧嘴大笑。许淳洞对节奏的把握简直炉火纯青、出神入化,每到高音部分,他唱不上去了,不会死磕,降低一个调调,重新唱起来。

院长唱了一首《后来》,中规中矩的怀旧情歌,音准还好。院长又邀请许淳洞一起合作了一首《因为爱情》,许淳洞根本记不住歌词,故作陶醉地哼唱,结果把院长的调门都给搞乱了。几个听众都笑得稀里哗啦的。

岳白静静坐在杜峻身旁,并没有笑,他突然轻声说:"我一直有一种错觉,他俩是很般配的一对。"

"默契,"杜峻忍不住拍拍岳白,"我也这样觉得。"

"但是,他们没可能在一起吧?许叔叔心里的那个人,不是她。"岳白自语。岳白在私密范围内,一直是叫许淳洞为叔叔。

第八章

"这不是本质问题,"杜峻说,"要知道,一个好的下属,远比一个好的妻子更难得,一个好的上司,也比一个好的老公难得,他们都是通透的人,应该不会做这种得不偿失的事情。"

"我恨你的理智。"岳白说。

"不理智又能怎样?"杜峻骇笑,"你相信那种驮着包袱私奔、信马由缰浪迹天涯的故事?"

岳白死死地看了她一眼。他并不纠缠,只是忧伤。杜峻明白,他也未必有多爱她,他对她,好奇多过其他,他应该是从来就没有见过一个如此动人、如此上进的三胎妈妈,好奇也是爱情萌生的基础之一。

岳白这一代的孩子,没有经历过信息茧房,网络上什么没有呢?从前的少年们那种对异性身体心向往之、心驰神往、心旌摇曳的无限想象几乎没有了,VR的高端技术只差来个实景体验。好奇的阈值大幅度提高,同龄女性趋向苍白无趣,反倒是杜峻这种居然没有蓬头垢面、鸡飞狗跳的三孩母亲的超常识、反逻辑的存在,成功地撩动了岳白的关注。其实,他还没有见过她的狼狈和脆弱,没有见过她心底阴暗的小角落,没有见过她的不美和不乖。他爱的是一个情绪稳定、举止优雅、职业体面的女性,一个与他的同龄人相比,更加成熟和睿智的姐姐。但是,这个人设,也就只是人设而已,换言之,他爱上的,是她的幻影。他不知道,那幻影,也是她理想中的自己。

"杜峻,岳白,你们来一首!"许淳洵招呼他们。

杜峻和岳白不约而同地一起推拒,都说自己音调不准。身为小学音乐教师的女儿,那些旋律在杜峻的嗓音里,滑不唧溜,她根本把握不住。许淳洵走过来,坐在他们身旁,喝一大口啤酒,吃一点烧烤。岳白说:"许叔叔,您的歌喉很好听。"

245

许淳洵笑起来，说："上大学的时候，我是著名的水房歌手。那会儿宿舍的水房里只有凉水，冬天我舍不得花钱去浴室洗澡，就在水房冲凉，那个才叫透心凉，我一边冲，一边唱歌，我发现唱歌能产生热量，什么川江号子啊，卷着舌头的俄罗斯民歌啊，逮着什么唱什么，那种带着颤音的意大利咏叹调最有效，你们听听……"许淳洵当场就来了两句，三个人都笑得发抖。

"他们都学我的方法，唱着歌冲冷水，我们那层楼在男生宿舍出了名，人家还以为我们会多门外语，"许淳洵笑着说，"我们那个筒子楼，后来出了好些大咖，两个省部级领导，三个院士，五个长江学者，这也得归功于一年四季洗冷水澡磨炼出来的坚强意志吧。"

这一次聚完，四哥又安排了一回，原班人马，到四哥家里去。四哥在电话里让杜峻把三个孩子带上，小朋友一定会很稀罕他养的那些动物，有两匹马是特地养着给他家的孩子骑的，往后欢迎杜峻的儿子们一起过来骑马。杜峻感谢四哥的美意，说是孩儿们各有各的培训班要上，改天再来叨扰。别人的客气话，杜峻从来都是不当真的。

四哥备下了珍馐美酒，主旨倒也不是升职这些俗务，就是寻常的餐叙。四哥有一间屋子专门用来放藏品，他收藏了一些红木家具，有大件的八仙桌雕花椅，也有鸽哨、葫芦、蟋蟀罐这些小物件，最近新添了一个花梨木的脚踏。他拉着他们，一一细数其来历。

喝的是四哥酒窖里自酿的茅台酒泡虫草，四哥给院长敬酒，称她院长、处长。院长担任了教务处处长，学院院长的职务暂时还没有免去，因为新的院长还没有物色就位，学院刚好处在新学期开学阶段，开学典礼不能没有院长致辞的环节。

四哥与院长喝完，转头问杜峻："杜老师现在是副院长吧？有没有机会高升一下?"杜峻但笑不语,这不是她能回答的问题。倒是院长含蓄地接过话茬:"杜峻经过这几年的历练,成长了不少。"

许淳洵没有说话,盯着酒杯看了一会儿,批评道:"四哥,你这是暴殄天物啊,茅台没有茅台的味道,虫草也没有虫草的味道。"

四哥笑道:"现在不是流行交叉学科吗?"一桌人都笑了,四哥作为生意人,成天跟许淳洵在一起,有点出口成章的意思了。

话赶话的,院长一职就没人再提起。此前杜峻从未仰望过那个位置,事实上,她从来没有想过自己有一天会承担起领导职责,副院长纯属稀里糊涂干上去的。不过,最近学院好些人在她跟前来献殷勤,都说院长的职位非她莫属,就连书记都隐晦地鼓励她加油。杜峻心想这又不是一脚油门的事,怎么加油?

学院现有的三位副院长,一位是男性,人很活络,但只有硕士学历,硬件条件不够资格,另一位也是女性,是从系主任的位置上提拔起来的,分管本科教学,与杜峻年纪相仿,学历职称也都符合要求。杜峻申报博士点有功,那位副院长牵头申报了两个国家一流本科专业,也是战功赫赫。此外,她的任职时间比杜峻还要早一年,在资历上略有优势。

杜峻跟她的办公室门对门,那些来为杜峻打气鼓劲的人,转头又进了对面,或是从对面出来,迎面又到杜峻这里来。动机很简单,鸡蛋不能放在同一个篮子里,哪边上了,自己都要争取吃一口红利。杜峻看在眼里,觉得好笑,高校的中层领导,行政级别虽然是县处级,但跟真正的官场还是两样的,尤其是学院的老师们,简直不存在官场规则的自我生成自觉,他们的思维依赖于固定的理论范式,对于领导只有两种相处模式,要么翻脸、硬扛,要么驯服、谄媚,绝对没有圆滑玲珑的中间模式。杜峻曾经也是这样。走过了一段崎岖起伏的路径,她对自己过往那种清澈的愚蠢感到不堪回首。

院长身兼两职,持续了大半年,学院的班子一直都没有动静。杜峻没有去找过许淳洵,许淳洵也没有跟她提起过,仿佛就当从来没有这回事。

四哥又张罗了两次饭局,再没有其他人,就是许淳洵和杜峻。一次还是去他家里,另外一次去过一家小众的私房菜馆。三个人相谈甚欢。许淳洵大约新进恶补了一些电影知识,用他的理工科思维跟杜峻探讨,甚至由此启发杜峻做了一篇交叉学科的论文。

许淳洵无疑是一个迷人的男人,杜峻从不怀疑这一点。杜峻知道自己被他吸引,这没关系,她的日常生活不会因此而受到丝毫干扰。她是三个淘气包的妈妈,是一个刚柔并济的副院长,这些,哪样都比揣测他的心思更重要。

杜峻已经能够完全控制自己,再也不去看他的微信步数,揣测他的行踪,再也不去点击放大新闻网上他的图片,就为了看一眼他的笑容,还有他的眼神。

毛冬青

向善在新一轮的评审中,成功拿下了一个热门的人才称号,被称为"小四青"中的一项,这就意味着,无论被哪所学校作为人才引进,他的行价都是年薪六十万元往上走,层次稍微低一些的学校,给出百万元年薪都是有可能的。更为核心的是,他由此奠定了在那个领域的位置,他将以充满潜力的学者身份,冲击并挑战学术巅峰。

此类层次的人才,学校一共有五十三位,向善成为第五十四位,获得了八十万元的奖励。婆婆一高兴,配套奖励了八十万元。向善倒也大方,分了一半给杜峻。向善的科研成果,杜峻功不可没。这八十万元,杜峻受之无愧。她分成三笔,买了三种理财产品。向善则用他那八十万元,付了一个首付,在隔壁小区买了一套小户型的二手房。攀成钢片区都是大平层,他给找出一个套二的户型,也算厉害。

杜峻最近腰椎间盘轻微突出,每天中午都到校医院,她的闺密理疗师友情赞助,牺牲午休时间,为她理疗。两个女人一起聊天,不吐槽一下男人好像都不具有合法性,并且一个吐槽,另一个不吐槽,似乎就不够坦诚。于是,理疗师喷她的影子老公,杜峻就讲一讲她的前任向善。向善这个人,可以作为段子素材,事业成就超群,但在生活中是弱智,智商不在线,随手一抓,就是一大把的笑话。

"这个人,脑袋放在办公室,放在书房,就是不会随身携带。"杜峻慢悠悠地评价。

"算了,给你的娃们提供优质基因就行。"理疗师说。

"亲爱的,光有基因是不够的,"杜峻说,"小升初的时候,大宝直升本校,向善的大学同学打电话来恭喜,向善就说,是孩子运气好。我在旁边听着,提醒他,是爷爷奶奶和妈妈的费心付出。下一次有人打电话来,他照我教的说了,结果对方说,什么都比不过向善你的基因好——气得我呀!"

"听你说起来,这男人倒是很听话。"理疗师说。

"听话是真的——他定的那套二手房,你以为当真是他自己选的?谁的话,他都听。"杜峻自言自语。

"是柴小蛮的指令?"理疗师没见过柴小蛮,但听杜峻说得耳朵都起了老茧。

"未必是柴小蛮,"杜峻沉吟道,"他俩这段关系,我是不看好的,柴小蛮平时那么精悍,到了向善这里,就像是阴沟里翻了船,眼瞎得我都看不过去了。"

"在生活的江湖里,女人练的是轻功,是魔术,而男人,他们永远只会一样功夫,那就是金蝉脱壳,武功再高的女人,都斗不过男人的一走了之。"理疗师叹一口气。

"男人们天性就是如此,这么多年了,你还没习惯吗?"杜峻笑着拍拍她的手。

"也许,没有女人,他们也就没法脱身了,必须得直面生活,你说说,咱们凭什么挡在他们前面,替他们接受生活的枪林弹雨?"理疗师的表情突然有一种奇怪的诡异。

很久以后,杜峻回忆起理疗师的那句话,还有她哀伤的神情,会感到莫名的失落。她没有想到,这会是她们最后一次见面和聊天。下次

第八章

在约定的时间去理疗,那间屋子空荡荡的。杜峻去校医院办公室询问,得知理疗师在前一天晚上,从位于二十一层楼的家中跳下去,当场毙命。随后杜峻从网络新闻里看到了理疗师的相片,新闻详细描述了那桩恶性事件。原来,理疗师患有产后抑郁症,治疗以后,连续服药好几年,停药后症状反弹,甚至衍变成了重度抑郁,她的丈夫和婆婆对着记者说了很多很多症状,譬如情绪猛然失控,暴打孩子,譬如将出差归来的丈夫撵出家门,譬如不允许婆婆来看孩子。杜峻震惊得无以复加,她看到了理疗师的清冷孤独,但是她并不知道她身患重疾。究竟是怎样的力量,让理疗师彻底放弃了一切,包括她的骨肉?

这既是意外的,好像又是必然的。为了三个娃,理疗师几乎放弃了自己的社会属性,这是一条没有退路、没有依傍的绝路,稍有不慎,就是万丈深渊、粉身碎骨。这几年,她对着杜峻的碎碎念,或许带给了她短暂的平和与安慰,但那都是浮光掠影的,并不足以拯救她绝望的人生,这就仿佛无论多么荡气回肠的理疗,也无法根治深入骨髓的重症。生产三胞胎后遗留下来的尿崩症、阴道松弛,这一切,无从修复,而哺育孩子们的无数烦恼、愤怒、疲惫、担惊受怕,也无人替代,无数个失眠的漫漫长夜,是如何隐忍过来的,谁都不知道。后来杜峻从理疗师在校医院的同事那里又听到了一些只言片语,理疗师那位很会赚钱的老公,妈宝男一个,这还不止,长期和各色女人调情,被抓了就写检讨,坚决认错,死不悔改,后来发展到了约炮。理疗师是一个灵魂清洁的女子,为了三个娃,苦苦承受这肮脏的婚姻。杜峻不知道最终压垮她的瞬间,发生了什么,或许,挨过了那一刻,她会继续忍耐下去,可惜,她没能挺过来。所有的妈妈都在崩溃与自愈中,年复一年地挣扎着朝前走,只有她,永远地留在了昨天。

杜峻打听到理疗师的家,去遗像前献了一束花,给理疗师的孩子们带去了一些玩具。三个从高到低的孩子呆呆地坐在客厅里,眼神忧郁。杜峻看着他们,不禁落泪。她在心里对自己说,为了三个儿子,一定要身强力壮、长命百岁。她庆幸自己从来就没有想过因为生孩子而忽略自己的事业,那不在她的人生规划中。在一切带来基本安全感的事物中,健康是第一位的,金钱及其所能保障的尊严是第二位的,别的,都排在后面。说实话,假如没有给力的公公婆婆,二宝三宝应该也不会来到这世间。

没多久杜峻就知道,她的猜测再准确不过了,向善那套房,是用来做婚房的——向善宣布了结婚的决定。当着公公婆婆的面,杜峻没有问对方是谁,但向善绝口不提柴小蛮的名字,杜峻明白,这事有蹊跷。

"我是不会再替你带孩子的。"公公瓮声瓮气地说了一句。

"她有孩子,两个,"向善说,"我们都说好了,不会再要孩子了。"

"那倒是够多了,能开幼儿园了,"婆婆说着,猛地反应过来,"两个孩子?你不是跟那个女博士谈着?就是杜峻那个同事,她有孩子吗?怎么没听你们说过?"

杜峻不再听下去,借口带三宝散步,出门来。那是人家一家子的大事,自己夹在中间算什么?晚上她料理完大宝二宝的功课,回到自己这边来。向善从书房里出来,讪讪的。杜峻到厨房里倒水喝,他跟过来,也接一杯水,看样子是想跟她说点什么,又不知如何开口。杜峻停下来,望着他:"有话要说?"

向善摸摸脑袋,杜峻忍不住笑出声,想起从前理疗师跟她开玩笑:"以后你跟他说话,先叫他摸一摸带没带脑子。"向善被她笑得发愣,杜峻竭力憋住,说:"有事你就直接说吧,是不是结婚对象也是这个专业的？我们的课题团队要重组？"

这是杜峻能够想到的最坏的结果，向善结婚，找了别的合作伙伴，断了她的财路。柴小蛮她倒是不担心，柴小蛮是做电影艺术史论研究的，方向很单一、目标很专一，填报申博表格的时候，杜峻见识过她的文笔，离开了她擅长的领域，那就是磕磕绊绊、漏洞百出。

"她是学理科的，"向善说，接着又补充了一句，"会计专业。"

"挺好。"杜峻发自肺腑地说。这是她真实的想法，不影响她的收入，向善跟谁结婚都不关她的事，是人是妖都不要紧，就算是个男的也无所谓。这两套大平层，分别是在大宝二宝名下，从前那套婚房，是在杜峻名下，公公婆婆的两套老房子，说好了是要给三宝置换一套新房子。杜峻离婚后买的两套房子，更是独属于她自己。

"我问过你，你是不愿意再回头的。"向善忽然有点扭捏。

"别想多了。"杜峻安慰道。

"你不会怪她吧？"向善看着她。

"当然不会。"杜峻失笑，这个滑稽的男人。

"那就好，是我主动追求她的，花了不少时间，一开始，她是压根不想再婚的。"向善居然跟她絮叨这些。杜峻有点诧异，向善是一个吝啬的人，他的时间都花在他觉得值得的事情上，他从不舍得在女人身上费时费力。

当初向善追求杜峻时，其实那都算不得是真正的追求，那会儿他们还在读研，向善接了一些项目，手头有一点点积蓄，他把自己的银行卡交给杜峻，告诉她，以后他的钱，都归她管。尽管前面毫无铺垫，他们就是普通的师兄师妹的关系，但向善这一招很管用，这是一个男人最大的诚意，杜峻很珍惜。多年后回望，杜峻惊觉，向善并不是她所想象的不解风情,他太懂人性,他知道女人需要什么——知道杜峻这种穷人家的女儿需要什么。这也是离婚以后,杜峻在复婚、诀别之间反复纠结的原因。至少在做副院长以前,她对此是非常犹豫的,她与向善藕断丝连,她拿不准主意是不是要彻底离开他。她已经不再爱向善,准确地说,她对向善从来就没有过炽热的情感,他和他那对天使爸妈,在她看来,就是一个整体。她渴望成为这个家庭里的成员,依赖他们,信任他们,被他们照顾,被他们呵护,她也确实享受到了这些。然而,她明白,向善只是给予了她金钱,他从未将他的灵魂袒露予她。杜峻一直隐隐地觉得,向善是在等待他的白月光。这种疑虑曾经让她憋出内伤,但最近这两年,在做了副院长以后,她变得更豁达,很多事都释然了、放下了,不再依恋。她已经可以彻底离开任何人,包括向善。

不久,杜峻见到了向善的再婚妻子。他们领了证,向善搬去了女方那里,是在城西的一个小区,他跟着她和她的两个女儿住在一起。杜峻的生活几乎没有变化,公公还是全能型的助手,婆婆依然支付养娃的大量账单,杜峻仍旧跟向善是项目伙伴,向善还是会一下班就回来,在公公婆婆那里陪三宝玩一阵子,然后泡在杜峻这边的书房里。唯一不同的是,深夜向善一定会离开,他老婆开车来接走他。

有一天,杜峻加班晚归,在楼下遇见了他们两口子。那是一个小巧玲珑的女子,穿着朴素的棉布裙子,裙边绣了一圈淡黄色的雏菊,黑而直的长发垂在肩上,没有化妆的脸看起来有点憔悴,笑起来眼角都是细细的皱纹。她并不美,也不时尚,扔进人堆里,转眼就被淹没了。

向善把她介绍给杜峻,向善一直握着她的手,杜峻感到向善身上有一种奇异的戒备,就像一头雄狮警惕地保护着母狮。杜峻不欲逗留,礼貌地朝他们微笑点头,转头进了电梯。向善居然有这样强烈的保护欲,

第八章

好像杜峻会把他的小可爱给一口吃掉,或是朝她泼镪水。

婆婆说起过,向善的妻子只是大专毕业,在一所民营公司做会计,月薪六七千元。婆婆有点郁闷,这续娶的媳妇跟杜峻反差太大了。

直到杜峻见到向善的妻子,她发现这个平凡的女人看着向善,眼里都是光。那一刻,她意识到,过去的直觉极其准确,原来,她从来都不是向善的菜。向善不喜欢那种自身散发光芒的女子,他不亲近他的母亲,不迷恋杜峻,也不接受柴小蛮,大约都是这个缘故。向善所爱的,是那种清清淡淡、踏实包容的女人,没有棱角、没有锋芒,只需要安安静静地折射他的亮光就好。

石菖蒲

　　向善结婚这件事,柴小蛮从未与杜峻交流过感受,有两次杜峻试图跟她聊一聊,柴小蛮却是三言两语就岔开话题,佛系得不可思议。没过多久,柴小蛮来学院请假,先兆流产,需要卧床保胎。她的一部分研究生的课程,拜托杜峻帮忙接手。杜峻讨一杯喜酒喝,柴小蛮只说年纪大了,那些繁文缛节,就罢了。

　　学院的吃瓜群众神通广大,柴小蛮闪婚的桥段被扒了出来。男方就是本校的老师,地理学院的,去年已经退休,退休的时候还是一个副教授,老婆去世七八年了,女儿在北京工作,外孙女已经五岁多。好事者不知从哪里找来了照片,发给杜峻。那是一个不修边幅的小老头,裤子松垮垮的,脸上架着一副眼镜,胸口挂着另外一副,应该是在远视、近视之间切换自如。听说人是不错的,不会做学问,但很会做饭。

　　杜峻多少有些唏嘘,心高气傲的柴小蛮单身了这么多年,挑来挑去,挑了这样的一个人。来跟她传播是非的同事倒是说,这不算下嫁,人家不嫌弃柴小蛮学历高、个子高已经不错了,这么大岁数,一点退休金,也不缺后代,还得配合着柴小蛮生孩子,真是晚景凄凉。杜峻惊骇,如此说来,可怜的竟然不是柴小蛮,而是那个老丈夫。

　　临近寒假,学校工会从定点帮扶的乡村购买了跑山鸡,抽了真空,每位老师发放两只。杜峻开车给柴小蛮送去家里。柴小蛮还住在原来的地方,还那样满屋凌乱。她的老丈夫没在家,说是去菜市场了。柴小

第八章

蛮躺在沙发上,杜峻陪她聊了一会儿。或许是寂寞得太久,又或许是经历过了同一个男人——向善,她俩之间建构起了某种神奇的关系,不是闺密,绝对不会一起吃吃喝喝,但从前那些虚虚实实的场面话反倒不见了,柴小蛮嘴里竟然有了几分真心话。她闲闲说起她的婚姻,有一种云飞雪落的平静,杜峻却是听得惊心动魄。

柴小蛮是一个完美主义者。对于人生用力过猛的结果是,评教授能够胜出,而婚姻却不听使唤,不断触礁,不断碰壁。向善的身家学问,无疑是柴小蛮眼前的最佳选择,她才不管尴尬不尴尬的,直接拿出了做科研的劲头,想要一举拿下他,甚至不惜与杜峻交易,不惜成为向善的舔狗。但中年男女这点事儿还真不是那么简单,不小心就会掉进坑里。柴小蛮错就错在目标大于策略,感情这种事,跟哲学无关,没啥逻辑性与规律性,没脑子不行,太费脑子也没用,它的本质更像是玄学。柴小蛮在向善这场高端局里惨败,更大的坏消息接踵而至,年度体检中,她的子宫肌瘤猛长,再不生孩子,就没机会了,妇科医生磨刀霍霍,只等着帮她摘掉危机四伏的子宫。柴小蛮太想要一个孩子了,年轻的时候无所谓,年过四十,这愿望日甚一日。举目四望那些成天混在她身旁的男人,不是已婚揩个油,就是学历职业收入低至不可思议的"三低"大龄剩男,后者从遗传基因上就被她给否了,她可不想生个娃,今后学美容美发电工焊工。而那些色眯眯的已婚男,平时吃相都挺难看,关键时刻,人家的裤腰带勒得可紧了,居然有个男人冒出了金句,说什么男人最大的自律,就是不随便跟女人生孩子。

柴小蛮讲到这里,仰面大笑,杜峻也忍不住笑了。荒诞的是,柴小蛮这样深的心机,仍旧逃不脱生活的天罗地网。杜峻很想告诉柴小蛮,生孩子不是胜利,更不是终点,搞定一个娃,不比搞定一个男人的难度系数更低。想一想,她还是忍住了。说不定柴小蛮无师自通,不是好情人,却是天生的好母亲。

新学期,院长的免职文件下来了,不再兼任学院院长。新院长人选成为一个巨大的悬念。书记反复鼓励杜峻去争取,杜峻只是说,听从组织安排。她很平静,仍旧没有联系许淳洵,这种事,他愿意帮她,自然会出手,他若有其他考虑,找他也没用,彼此都难堪。

许淳洵没有联系她,倒是四哥打电话来,约她见面,地方就在学校附近的一间小有名气的川菜馆,以唐朝一位女诗人命名。这不是一般约饭的方式,杜峻有些惊异,但也没多想,她以为许淳洵会在饭局里出现,然而并没有。四哥一个人坐在包间里面等她。

四哥没有用餐厅里面的茶,他在云南买了一片茶山,他带来那座山上新摘的茶叶。他们就从茶山聊起,四哥给她看了一些山中的图片,很美、很空灵。山中有一栋木头房子,陈设一应俱全,四哥冬天会带家人去那里小住。他邀请杜峻带着儿子们一块儿去。杜峻已经不再像从前那样神经大条,她猜到四哥有话要说,这一切,不过是铺垫和序曲。她适时地呼应几句,表达赞美,或是惊叹,耐心地等待着四哥绕到主题上去。

果然有下文。

讲的是杜峻与院长这个职位,像一篇逻辑缜密的论文。杜峻的才能,已经得到学校的认可,许淳洵尤其欣赏她。但是,如果让她做院长,不是太容易,因为她的资历太浅。组织部门处理这种情况的通常做法是,在优势不突出的前提下,论资排辈。四哥不是体制内的人,对高校官场的陈述却是这样清晰明了,也真是难为他了。杜峻完全听明白了他的意思,这是一个三段式的命题:"杜峻很优秀。优秀的人并非都能

第八章

够提拔。杜峻不会被提拔。"

这是一个显而易见的事实,四哥兴师动众地过来一趟,不会是要对她讲这些。杜峻保持着静默的微笑,听着四哥继续往下说。四哥接下去讲的,才是关键部分。四哥说了很多话,从许淳洵多年来的奋斗,到家破人亡式的家庭悲剧,再到这次晋升校长背后的波诡云谲。许淳洵担任校长的公示发布后,被举报了,举报者在暗处,不过是八毛钱邮票的成本。调查程序却很虐心,幸好结果是顺利的。这些,是杜峻完全不知晓的部分。四哥又从自身对政治、教育、情怀这些名词的感受与阐释,到责任、义务、情感这些能够给虚空的精神世界带来最终归宿的固有名词,进行了一通阐述。

在云遮雾绕的句式后面,杜峻拎出了四哥的意思,那不是四哥的意思,是许淳洵的意思。许淳洵向她求婚。这真是一次荒谬绝伦的求婚,求婚者隐藏在代言者的身后。这是一个精心思谋的求婚方案,结局无论如何,都是有利于许淳洵的。如果杜峻接受了,而他反悔了,他的四周都是余地,他可以退到千万里之外,将她抛在孤零零的误解的荒原上;如果她拒绝,那他也可以隐身在所有事件外面,脱离当事人的狼狈。尽管杜峻早已察知许淳洵的心意,但这番周密万全的策划,还真是意料之外的反转,细想之下,却又是情理之中的算计,或许不是算计,只是羞赧而已,一个老男人最后的自尊。

四哥亲自为杜峻续了好几遍水,等待她的回复。这一刻,杜峻需要做出抉择,事关她与许淳洵的未来,究竟是让许淳洵成为无法预见的偶然的他者,还是稳固的同行者,都需要她的通盘忖度。

假如决定接受许淳洵为伴,意味着杜峻的行政管理经历到此为止。身为学校的行政一把手,许淳洵不能够也不应该提拔自己的伴侣,更不可能在并无胜算的情形下为她出面、争取有限的资源,这样去做,会是一种冒险,哪怕她是最恰当的,也不行。最坏的结果会是动摇许淳洵的政治根基,无数的举报、调查会让他百口莫辩。他不会为了她而去冒险。杜峻觉得悲凉。这就是成年人的爱情或欲望,谁都不会吃亏,谁都不愿意承担风险。许淳洵如此,她自己又何尝不是呢?

杜峻将四哥的话理解为科学叙事的形上之维,真正的答案他不需要知晓。这也是一种默认的规则吧。他们再喝了一会儿茶,吃了一点菜,四哥说起自己的孙子,与杜峻泛泛地探讨了一些儿童教育的理念,然后,两个人默契地告别。

三天以后,杜峻给许淳洵发了一条微信,那是一个未经深思熟虑的答复。事实上,离开四哥以后,她回到家,坐在自己那间阔大的书房里,试图好好理清一下思路,但立刻就被打断了。大宝在去补习班的路上,打电话来,说是周末有世界科幻大会的活动,班里好几个同学提前买了票,他也想去。孩子们的合理诉求,约等于圣旨,是必须要执行起来的。杜峻一通打探,发觉大宝指定的签售会,官网的票已经售罄,十几个电话打下来,她七弯八拐找到一个已经毕业的研究生,对方是那个活动的主持人,答应带大宝进去。她给大宝的电话手表留言,大宝秒回:谢谢老妈。就这四个字,几乎让杜峻来上一句文绉绉酸溜溜的"人间值得",因为进入叛逆期的大宝已经很久很久没有好好跟她说过话。这个半大小子身高超过了一米八,稚气的脸上影影绰绰地生出了青色的胡须,总是以睥睨群雄的目光冷冷地瞥一眼杜峻,对向善是正眼都不瞧的——杜峻在他面前开始变得小心翼翼。

这还不算,新的麻烦接踵而至。二宝的班主任联系她,最近二宝经常在课堂上眨眼睛,不知是否有炎症。杜峻请婆婆看了一下二宝的眼

第八章

睛,没有发炎的迹象,同时二宝在她们面前再一次频繁地眨动双眼。杜峻联想到一个儿童常见的病症,抽动症。这是一种棘手的儿童高发病。

杜峻跟婆婆商量了一阵,婆婆咨询了相熟的儿科大夫,约定第二天下午带二宝去检查。儿科大夫提前发过来一份测试量表,杜峻做了一遍,二宝的结果是高度疑似抽动症。她到知网上去找了几篇相关论文,琢磨着发病机制与预后状况。

三个孩子里头,二宝最机灵,跟向善的感情也最好。杜峻意识到,也许是因为向善的再婚和搬离,给二宝留下了或多或少的阴影。

她到书房里去,跟向善讨论这件事,他们约好了带二宝去问诊的时候,向善一起陪同。这是自二宝幼年来就形成的习惯,二宝是个胖宝宝,小时候去医院看个头疼脑热的,爷爷开车,杜峻一个人抱不动他,总是要向善搭把手。三个孩子里面,向善陪伴二宝的时间最多。

中间向善接到电话,是他的妻子,在楼下等他。向善温和地告诉妻子突发的情况,那边说了什么,杜峻不知道。向善挂断电话,告诉杜峻,他会暂时留在家里,对二宝而言,一切都跟过去一样,没有变化。

那真是一个善解人意的女人,杜峻模糊地想着。换作是她,把丈夫留在前任身边,这是不可思议的。

有一天清晨,四哥在微信里发过来一张早安图片,深蓝的背景下,线条简约的棕色花瓶里是一簇开到烂醉的玫瑰,白瓷盘里一块切开的奶油蛋糕,主打一个甜蜜的基调。这不是四哥的风格,他不是那种闲适的大爷,早起会动动手指发发图片什么的。也没有别的话,但杜峻意识到他——不是他,而是许淳洵,在等一个答案。

显而易见的是,二宝的状况,并不适合接受一个陌生男人以父亲般的身份进入他的生活。或许大宝与三宝也同样如此。杜峻想到自己的母亲,那个一生都在遭遇背叛的女子,她带来的每一个男人,都让未成年的杜峻置身于深深的无力与动荡之中。杜峻不会让自己的孩子们去经历那种惶恐与彷徨——即使是许淳洵这样令人瞩目的男性,她也没有任何权利带着三个儿子去冒险。

这必须是一个慎重的答复,但杜峻并没有在备忘录里编撰草稿,她在微信里说:"许校长,如果有机会,我期待能够承担更多的工作。"很直接,也很明确。她相信他那颗强壮的心脏,能够经受这样一次小小的回绝。他是那样耀眼的一个男人,一定会遇见更适合他的女子,或许他们还能再生一个属于他们的孩子。

许淳洵迟迟没有回应。杜峻并没有为此而焦虑,她满脑子都是抽动症,她顾不上查看许淳洵有没有回她的微信。等她想起来,已经是好几天以后。他的聊天对话框里,她那条信息寂寞地横亘在那里,底下什么都没有。

他没有回复。

北野菊

最终,杜峻被提名为院长人选。那是一番鏖战。另一位资历比她略深的副院长,貌似人淡如菊,却使出了浑身解数,甚至找到了更高层的领导向许淳洵推荐。

决战时刻,学校组织部提出一个方案,优先考虑党外人士。由于学校两位担任中层正职的党外人士,一位刚刚退休,一位将要在半年后退休,届时党外人士担任中层正职这个数据,就会为零,学校的干部配备就要出现人员结构不够科学全面的疏漏。杜峻是无党派,因此,她立即就从决战中脱颖而出。

院长告诉杜峻这些幕后花絮的时候,杜峻有点心不在焉。二宝已经被确诊为抽动症。天塌下来,都没有她的儿子重要。院长不院长的,也无所谓了。

医院的常规治疗不仅没有改善二宝眨眼睛的症状,这小家伙还新增了耸肩膀的症状。不仅如此,西药的副作用肉眼可见,二宝出现了胃肠道反应,这个小吃货的胃口受到了影响,什么好吃的都提不起兴趣。杜峻打听到了一位有名的中医,公公每天带二宝去做一次针灸治疗,回来以后,按照中医开的方子,喝汤药,用药包炖肉,用药汁洗脚。杜峻读了大量文献资料,做好了跟抽动症长期拉锯的思想准备。她与向善达成了共识,暂时回归到之前的生活状态,向善仍旧住在这里,衣服和私人物品全部搬回来,还是在公公婆婆那边的卧室或是杜峻这边书房的榻榻米睡觉。偶尔,他会消失一个晚上,去他的妻子那里留宿。他们购置的二手房已经重新装修,向善的妻子带着两个女儿搬过来,就在小区隔壁,向善走路过去,不过七八分钟的路程。

十一国庆长假,杜峻做了攻略,一家子避开拥挤的景点,飞去新加坡。向善是独自一人跟着大部队行动。他们在色彩斑斓的热带国度里漫游,孩子们就在酒店的游泳池戏水,他们都很喜欢开放式的动物园,于是就率性而为,接连两天都去动物园,另外两天去了两遍生态园。大宝和三宝被从未见过的乌龟、蛇、巨蜥给迷住了,二宝则寸步不离地跟着向善,听他讲那些形形色色的植物。这几天,二宝的症状突然减轻,不耸肩膀了,不眨眼睛了,就连新近出现的吸鼻子症状也消失不见。

杜峻的院长任命正式下文后,联系电影学院的副校长约杜峻进行了任前谈话。许淳洵担任校长以后,进行了分工调整,不再联系电影学院,这位副校长是一位文学出身的领导,兴致勃勃地跟杜峻聊着文学作品的影视改编。

校领导的办公室都在同一层楼,谈完话,杜峻经过校长办公室,门开着。她迟疑了一下,径直朝前走,并没有去打扰许淳洵。看见他,又能说些什么呢?感谢他的欣赏,还是表达内心深处的倾慕?都不可以。现在,他们就是简单的上下级关系,再没有那些暧昧的语境。

即使杜峻从未有过这样多的职场契机,如今她也不会再有工夫去关注许淳洵的个人生活了。他有他的方向,她也有自己的使命和担当。二宝的抽动症缓解了,但更大的危机发生了。公公最近先后几次出纰漏,他把除螨仪当成了电熨斗,又把三宝独自留在小区的滑滑梯上,还把自己的降压药当成感冒药给二宝服下去。婆婆带公公去了神经内科,公公被诊断为阿尔茨海默病,也就是老年痴呆。杜峻心疼公公的同

第八章

时,也明白这意味着她的生活将要面临天翻地覆的改变,她与向善,作为两个不再有婚姻羁绊的独立个体,在彰显各自职业价值的同时,必须共同来分担、面对、承续起养育三个儿子的责任。一个重要的现象是,杜峻已经不再像过去那样犹豫和恐慌,她经历过的一切艰难的至暗时刻,都在不断地提升着她的耐受力,让她更加温柔平和,更加坚毅果敢,她正在成为一个更好的自己,一个很飒很坚定又充满悲悯的女人。

杜峻的任命文件下达的同一天,院长升任副校长一事尘埃落定。杜峻看到公示,给院长发微信祝贺,院长回复了一朵小小的红玫瑰。而岳白的微信在一众祝贺杜峻荣升的信息里,显得格外与众不同,他说的是:"无论快乐还是伤悲,每一段经历,都是限量版。"杜峻微笑了,这个大男孩,终究是会成长起来的,不早也不晚,不急也不缓,依照生命的秩序,遇见一些人,遇见一些事。不过,在填报申博表格的过程中,杜峻发现岳白的文字功底了得,加上这两年系主任做下来,有条有理,纹丝不乱,杜峻想要把他吸纳到向善的课题团队里面来,分担一部分研究任务,她自己绝大部分的精力会放到学院的发展中。自从当了副院长以后,她花了很多精力去抓研究生培养质量,杜绝再次出现那个跌跌撞撞、在好几个老师的助推下才勉强毕业的网红学生。这些杂沓的工作,远比完成科研项目要艰难烦琐得多,也没有物质上的、具象的收益,然而,杜峻感到了一种从未有过的、充实而又蓬勃的、形而上的幸福。她无比珍视这种感受。在跌宕起伏的前半生,有两件事,属于生命的无形馈赠,一是成为三个男孩子的母亲,二是成为一个传递价值的女性。

院长升任副校长的公示程序走完,学校在有全体中层干部参加的教学工作会议上,宣布了院长担任副校长的正式任命。院长现在是副校长了,许淳洵主抓教学,由她协管教务处。他们都坐在主席台上。院长还是那样精致,轻盈的丝裙外面加了一件薄薄的西装外套,头发在脑后挽成髻。许淳洵做了一个很长的讲话,事关学校即将迎接的教育部本科专业审核评估。

这是第一次,杜峻以电影学院新任院长的身份,参加许淳洵召集的会议。她觉得他讲得很好,她一向很喜欢听他讲话,平实又老到。许淳洵手里有一份学校办公室提前撰写的讲话稿,但他没有用,脱稿讲了一个多钟头。

散会以后,杜峻接了一个电话,离开会场的时候,络绎的人群已经散尽。她走下学术厅的楼梯,迎面遇见许淳洵,他是要接着去离退休处参加老领导们的调研会。许淳洵身边跟着党政办主任,人家自觉地退开两步。许淳洵微微笑着,凝视着杜峻,然而,踌躇了半晌,也没有别的话可说,唯有一句:"学院工作,都还好吧?"

杜峻点点头。他眼里有微微的光。他从来就没有责怪过她,在她的人生选项里,他被不假思索地排在了最后一位,是轻易就能够舍弃与删除的。但是,他不怪她。

距离近了,杜峻才发现他的头发突然间白了好多好多,是因为做了校长,行政一把手的职责太沉重,他太累,抑或是别的什么缘故?她无法开口问他。即使是他的妻子去世时,他都没有如此衰老的痕迹,也许是年纪到了那里,他再也经不起任何的别离与放手。她想起那种叫作流年的白茶,还有传说中可以阻断白发的黄精,可是,她已经没有立场提醒他,或是送给他。幸好,他的精气神一直是很棒的,他看起来依然神采奕奕。作为一所知名高校的校长,他的人生朝向了更为宏阔的方向。

她很想对他说点儿什么,哪怕是工作也好。他不是学院的联系领导,当她熟悉了体制内的规则,这才知道,从前不断去找他诉苦,而他从来没有不耐烦,那些,其实都是职场大忌。一开始,他就没有把她当成寻常的下属。他庇佑她,呵护她,教导她,看着她一点一点地强大起来。杜峻记起与分管副校长的谈话,她畅享了拿到博士点以后的愿景,那就是创建一流的电影学科,她已经有了明确的框架和构想。她相信许淳洵会继续支持她,他会在她看得见与看不见的地方,以高调的姿态,扶持这个充满力量的学科。

有人叫着许校长,疾步朝他们走来,杜峻认得,是学科处处长。许淳洵侧身面向学科处处长,聆听他有什么急切的事情要汇报。杜峻没有向许淳洵告辞,转身静静离开。学校是那样大,她不太有机会时常见到他,除了在谨严而又疏远的会议里。这也没什么,他们几乎所有在一起的时刻,总是有别的人在场,他们甚至没有单独约会过。她看到的是他的坚韧、智慧、力量、豁达,但他也是血肉之躯,也会有凡俗的一面,她没有机会去了解。他的衣服尺码,他喜欢的颜色,他的作息,他的嗜好,他体检单上的数据,她一无所知。他们是在至美的状态疏离开来,彼此保留着如水波烟雾般的神秘悠远、如清晨推窗见雪山般的干净轻朗。

杜峻慢慢走向学校的附属幼儿园,三宝在那儿上小班。她约了下午打预防针,她要去接他。她抱着三宝去往学术厅门外的停车位,三宝忽然指着高处说:太阳在树叶里。三个儿子里面,三宝不仅通音律,语言也很有美感与诗意,常常令杜峻惊喜。

杜峻抬起头,学术厅门前有一片草地,种植着几株年代久远的银杏树,到了秋天,树叶变成了淡淡的金色,映射着稀薄清透的阳光,非常美,非常动人。这些年,杜峻忙于俗务,赚钱、鸡娃、评职称,误打误撞做了学院的领导,完全忽略了这校园中极美极美的银杏树。她得到了太多太多，不应该再有贪念，但她知道，她错失过什么。她想到许淳洵温和深邃的目光，还有他突如其来的那些白发。他们之间，不会再有迷惘，他会冷静地收藏起心动的刹那，她也会，有过那样的时刻，一切就足够了。她不会有时间时常想起来，在她繁忙的生命里，没有多余的空间留给他，但她也永远不会忘记，她拥有过一个多么温暖的奇迹。在这微光遍地的白昼，在无数年轻的大学生穿梭往来的校园里，在梧桐树与银杏叶轻盈荡漾的影子里，她终于恍悟，原来他们的相爱，注定了是一场彼此的成全。

一念至此，杜峻贴着软软萌萌的三宝，想要给他一个粲然的笑容，她一笑，却是在刹那间，泪如雨下。